페스카라 이야기

가브리엘레 단눈치오 지음
민현식 옮김

페스카라 이야기

발행	2022년 3월 7일
지은이	가브리엘레 단눈치오
옮긴이	민현식
펴낸곳	도서출판 섬달
출판사등록	2022년 1월 7일 제2022-000004호
주소	인천시 연수구 앵고개로 104번길 22
전화	070-8736-1492
홈페이지	http://pescara.pe.kr
E-mail	pescara.pe.kr@gmail.com
ISBN	979-11-977486-4-6 [03840]
가격	15,000원

오디오듣기

이 책의 번역 내용은 저작권법에 따라 보호를 받는 저작물이므로 무단 전재와 복제를 금합니다.

PESCARA TALES

들어가는 글

　국내 초역인 '페스카라 이야기 Pescara Tales'는 감각적 쾌락주의, 유미주의, 예외적 인간의 우월성, 비엔나 상공에서 전단 살포, 퇴폐주의, 피우메 침공으로 연관 검색되는 가브리엘레 단눈치오 Gabriele D'Annunzio (1863-1938)가 1902년에 자신의 고향 페스카라에 대하여 쓴 에피소드들의 묶음입니다. 산소네는 단눈치오에 대하여 이렇게 말했습니다. "단테에서 카르두치까지 공통 주제였던 종교적 열망, 영혼의 울림, 인간적 연민과 존엄에의 느낌 등은 찾아볼 수 없고, 젊음의 약동적인 감각의 찬미에서 탁월하게 음악적인 세련화로 이어지는 그의 족적만이 있을 뿐이다." 그러나 등장인물들의 허세, 미련함, 두려움에서 당신도 자신이 '모방할 수 없는 영혼'임을 다시 깨닫고, 열등한 계급의 존재를 확인하시겠습니까? 페스카라의 구석구석을 젊음의 감각적인 곳으로 '승격'시키지 못한 이 이야기를 지루한 뭔가라고 여기시겠습니까?

　책을 덮은 후 저처럼 돈 도메와 잠시 사랑에 빠지시길 바랍니다.

　이 책은 12편의 독립된 에피소드로 구성되어 있습니다. 어떤 면에서는 이탈리아판 '전원일기' 같기도 합니다. 좀 더 적나라하고, 좀 더 지독하고, 좀 더 내밀합니다.

옮긴이 민현식은 언젠가부터 '문학이나 할걸...'이라고 생각했습니다. Writer's block을 견딜 수 없을 것 같아서 '번역을 선택한' 후 '양자역학', '알파고', '펜데믹'을 번역하였습니다.

페스카라 이야기

이야기 하나
영웅

이미 성 곤셀보의 커다란 깃발들이 광장에 나타나 미풍에도 무겁게 흔들리고 있었다. 깃발을 든 사람들은 헤라클래스만큼 키가 컸고, 얼굴은 붉게 탔으며, 깃발들을 가누느라 목에는 힘이 들어가 있었다.

라두사 마을 사람들에게 승리한 후 마스칼리코 마을 사람들은 그어느 때보다 더 장엄하게 9월 축제를 진행하고 있었다. 그곳에 모인 사람들 모두는 종교에 대한 기묘한 열정에 사로잡혀 있었으며, 온 마을이 수호성인의 영광을 기리기 위해 갓 열린 옥수수를 바치고 있었다. 거리에서는 여자들이 창문마다 자신들이 결혼할 때 사용했던 이불들을 내다 널었고, 남자들은 포도 덩굴로 출입구를 장식하고 문지방 위에는 꽃을 쌓아 두었다. 거리를 따라 바람이 불면, 사람들의 눈을 제대로 못 뜨게 하는 거대한 무엇인가가 도시 전체에서 꿈틀거렸다.

교회로부터 출발한 행렬은 구불구불 이어져 광장까지 뻗어나갔다. 성 판탈레오네가 쓰러진 제단 앞에는 행렬에 참가할 수 있는 특전을 얻은 8명의 남자가 성 곤셀보 조각상을 들어 올릴 순간을 기다리고 있었다. 그들은 지오반니 크로, 루마리도, 마타라, 빈센지오 구아노, 로코 디 센조, 베네디또 갈란테, 비아지오 디 클리스치, 지오반니 센자파우라였다. 자신들이 하는 일의 위엄을 의식하고 침묵 속에 서 있었지만, 머릿속은 약간 혼란스러웠다. 그들은 매우 강해 보였고, 광신도의 불타는 듯한 눈을 가졌으며, 여자처럼 두 개의 금으로 된 귀고리를 하고 있었다. 이따금 자신들의 활력을 확인하려는 듯, 팔뚝과 손목에 힘을 주거나 서로에게 의미 없이 미소를 지었다.

수호성인의 조각상은 거대하고 매우 무거웠고 속이 빈 청동으로 만들어졌으며, 거무스레 했고 머리와 손은 은으로 되어 있었다.

마타라가 외쳤다.

"준비!"

모든 사람이 그 광경을 보려고 목을 내밀었다. 교회의 창문들은 바람이 불 때마다 으르렁거리듯 흔들렸으며, 본당은 향과 송진 냄새로 가득했다. 악기 소리가 이따금 들리자, 일종의 종교적인 열병이 그 혼란의 중심에서 8명의 남자들을 덮쳤다. 그들은 팔을 뻗어 다음 순간을 기다렸다.

마타라가 외쳤다.

"하나! 둘! 셋!"

소리에 맞춰 조각상을 제단에 올리려 했지만, 무게가 압도적이어서 왼쪽으로 기우뚱하였다. 아랫부분을 꽉 잡지 못해서, 그들은 등을 구부려 버티고자 하였다. 가장 허약한 비아지오 디 클리스치와 지오반니 크로가 잡고 있던 손을 놓았다. 그러자 조각상이 한쪽으로 심하게 기울었다. 루마리도가 외쳤다.

"조심하세요!" 구경꾼들도 수호성인 조각상이 위험에 처한 것을 보고 모두 외쳤다. "조심해요!" 꽝 하는 소리가 광장의 모든 소리를 잠재웠다.

루마리도는 무릎을 꿇고 쓰러졌고 그의 오른팔은 조각상 밑에 깔렸다. 무릎을 꿇은 채로, 그의 커다란 두 눈은 공포와 고통으로 가득 찼고, 밑에 깔린 손은 꼼짝할 수도 없었으며, 그의 입은 비틀렸지만, 그는 아무 말도 하지 못했다. 핏방울들이 제단에 뿌려졌다.

그의 동료들은 함께 다시 한번 조각상을 들어 올리기 위해 힘을 썼다. 어림없는 일이었다. 루마리도는 고통의 경련으로 입을 비틀었고, 구경하던 여자들은 몸서리를 쳤다.

마침내 조각상을 들어 올리자, 그때야 루마리도가 손을 뺐지만 손은 형태를 알아볼 수 없을 정도로 부서져 있었으며 피가 낭자했다. "지금 바로 집에 가셔야겠어요!" "집에 가셔야 해요!" 사람들이 소리를 지르며 그를 교회 문 쪽으로 이끌었다.

한 여자가 앞치마를 벗어 손에 감으라고 건네자, 루마리도는 거부했다. 그는 말을 하지 않았지만, 동상 주위에서 삿대질하며 논쟁을 벌이고 있는 남자들을 지켜보고 있었다.

"제 차례입니다!"

"아니요! 아니요! 제 차례예요!"

"아니요! 제가 할 거예요"

치코 폰노, 마티아 시파롤로, 토마소 디 클리스치가 루마리도 자리를 놓고 다투고 있었다.

그가 다투고 있는 사람들에게 다가갔다. 상처 입은 손을 옆구리에 대고, 다른 손으로는 길을 열면서 그가 무심히 말했다.

"그 자리는 제 자리입니다"

그리고는 왼쪽 어깨로 수호성인 상을 떠받쳤다. 그는 강렬한 의지로 이를 악물고 고통을 참았다.

마타라가 그에게 물었다.

"왜 그러시죠?"

그가 대답했다.

"성 곤셀보는 제가 하기를 바랍니다"

그리고 나서 그는 다른 사람들과 걷기 시작했다. 어안이 벙벙해진 사람들은 그가 지나가는 것을 바라보고 있었다. 피가 나고 검게 변해가는 상처를 보고, 누군가 그에게 묻기도 했다.

"룸마, 왜 그러는 거요?"

그는 대답하지 않았다. 그는 음악 소리에 자신의 발걸음을 자로 재듯이 엄숙하게 앞으로 나아갔다. 마음은 다소 불안정했고, 위에는 천막이 바람에 펄럭이고 있었으며, 사람들이 터질 듯이 모여 있었다.

길모퉁이에서 그가 갑자기 쓰러졌다. 조각상은 잠시 혼란의 한가운데서 순간적으로 멈칫하며 흔들렸다가 계속 앞으로 나아갔다. 마티아 스카파로라가 그의 자리를 대신했다. 두 사람이 기절한 그를 부추겨 근처의 집으로 데려갔다.

안나 디 센조는 상처를 치료하는 노파였는데, 형체를 알아볼 수 없고 피투성이인 손을 보더니, 고개를 가로저으며 말했다.

"제가 뭘 할 수 있을까요?"

그녀의 기술로는 어림없는 일이었다. 루마리도는 감정을 자제하며 아무 말도 하지 않았다. 앉아서 조용히 자신의 상처를 바라볼 뿐이었다. 그의 손은 축 늘어져 영원히 쓸모없게 되었으며 뼈는 가루가 되었다.

두세 명의 나이 든 농부들이 그 광경을 보러왔다. 그 둘은 몸짓과 말로, 같은 생각을 드러내고 있었다.

루마리도가 물었다.

"누가 내 자리에 들어갔나요?"

그들이 대답했다.

"마티아 스카포로라요."

그가 다시 물었다.

"지금 뭐 하고 있죠?"

그들이 대답했다.

"저녁 예배를 올리고 있어요."

농부들은 그에게 작별 인사를 하고는 저녁 예배를 위해 떠났다. 본당에서 커다란 종소리가 울려 나왔다.

친척 중 한 명이 상처 근처에 차가운 물이 담긴 양동이를 두면서 말했다.

"계속 손을 찬물에 담가 둬요. 우린 가야대서요. 자, 가서 저녁 예배드리죠."

루마리도는 혼자 남겨지게 되었다. 음보가 바뀌면서 차임 소리가 커졌다. 하루가 저물어 가고 있었다. 올리브 나무의 가지가 바람에 날려 낮은 쪽의 창문을 때렸다.

루마리도는 조금씩 손을 씻기 시작했다. 굳은 핏덩어리가 떨어져 나가자, 상처가 더욱 크게 보였다. 루마리도는 생각했다.

"이젠 쓸 수가 없겠구나! 사라져 버렸어. 성 곤셀보여, 당신에게 제 손을 바칩니다."

그는 칼을 들고 밖으로 나갔다. 거리는 황량했다. 신자들은 모두 교회에 있었다. 집들 위로, 도망치는 소 떼처럼, 9월 일몰의 보랏빛 구름이 빠르게 흘러갔다.

교회에서는, 사람들은 모두 하나 같이, 악기로 연주되는 음악에 코러스를 넣듯, 한 치도 어김없이 노래를 부르고 있었다. 뜨거운 열기가 인체와 촛불에서 뿜어져 나오고 있었고, 등대처럼 높은 곳에서는 성 곤셀보 상의 은빛 머리가 번득이고 있었다. 루마리도가 교회 안으로 들어갔다. 모두를 깜짝 놀라게 한 그는 제단으로 걸어가서 왼손에 칼을 들고 분명한 목소리로 말했다

"성 곤셀보여, 당신에게 바칩니다."

그러더니 그는 겁에 질린 사람들이 모두 지켜보는 가운데 조심스럽게 오른쪽 손목을 자르기 시작했다. 짓이겨진 손이, 피가 낭자한 가운데, 조금씩 떨어져 갔다. 손은 가는 실 같은 것으로 잠시 매달려 있더니, 수호성인의 발 앞에 있던 헌금을 담는 구리 대야에 떨어졌다.

그러자 루마리도는 잘린 손을 들고 분명한 목소리로 다시 말했다.

"성 곤셀보여, 당신에게 바칩니다."

이야기 둘
아말피 백작부인

I

어느 날 오후 2시경, 돈 지오반니 웃소리오가 비오레타 쿠투파스의 집에 들어가려고 할 때, 로사 카타나가 계단 앞에서 인사를 하면서 낮은 목소리로 말했다.

"돈 지오바, 마님이 떠나셨습니다. "

돈 지오반니는, 이런 뜻밖의 소식에, 정신이 아득해져, 뭔가 더 설명해 주기를 바라듯 위쪽을 바라보며, 눈을 부릅뜨고는, 입을 크게 벌린 채, 잠시 서 있었다. 로사가 계단 가에 조용히 서서 앞치마 끝을 배배 꼬면서 꾸물대고 있었기 때문에, 그가 마침내 물었다.

"이유가 뭐래요? 이유가 뭐래요?" 그는 약간 말을 더듬고 계속 반복하면서 몇 계단을 오르며 물었다.

"왜죠? 왜죠?"

"돈 지오바, 제가 무슨 말을 할 수 있을까요? 마님이 떠나셨다는 것 말고요."

"그런데 이유가 뭐냐고요?"

"돈 지오바, 저는 모릅니다. 그래서..."

그리고 로사는 텅 빈 아파트 문 앞의 층계참에서 몇 계단을 올랐다. 그녀는 불그스레한 머리카락에 얼굴은 주근깨가 가득한 다소 마른 여자였다. 그녀의 커다란 잿빛 눈에는 독특한 활력이 있었으나, 코와 입 사이의 거리가 너무 멀어서 하관은 원숭이처럼 보였다.

돈 지오반니는 꽉 닫히지는 않은 문을 밀어서 열고, 첫 번째 방과 세 번째 방을 통과했다. 그는 흥분해서 아파트 전체를 서성이더니, 목욕을 위해 따로 마련된 작은 방에서 멈췄다. 주위의 고요함이 그를 질리게 하고 무거운 불안이 그의 마음을 짓눌렀다.

"이럴 수는 없어! 이럴 수는 없어!" 그는 혼란스러운 표정으로 주위를 둘러보며 중얼거렸다.

방의 가구는 익숙한 위치에 있었지만, 둥근 거울 아래 탁자에는 수정 약병, 별갑 빗, 상자 등 여자가 단장하는데 필요한 모든 작은 소품들이 사라져 버렸다. 구석에는 기타 모양을 한 커다란 아연 주전자가 있었는데, 그 안에는 약간 핑크빛이 도는 물이 반짝이고 있었다. 그 물에서는 키프로스 분첩 냄새와 공기 중에 섞인 미묘한 향수 냄새가 났다. 그 향기에서는 관능적인 뭔가가 느껴졌다.

"로사! 로사!" 돈 지오반니는 훅 밀려오는 불안에 휩싸여 절망적으로 기어들어 가는 목소리로 그녀를 찾았다.

로사가 나타났다.

"어떻게 된 건지 말해주세요! 어디로 갔을까요? 그리고 언제 갔습니까? 그리고 이유는요?" 돈 지오반니는 자신의 슬픔을 억제하고 눈물을 억제하기 위해 우스운 모습으로 어린애같이 입꼬리를 내렸다.

그는 로사의 두 손목을 잡고 그녀에게 말하라고, 사실을 알려달라고 졸랐다.

"전 모릅니다, 돈 지오반니" 그녀가 대답했다. "오늘 아침, 마님이 옷을 여행용 가방에 넣고 레오네스 마차를 부르더니 한마디 말도 없이 가버렸습니다. 어떻게 할 수가 없었어요. 마님은 돌아오실 거예요."

"돌아와 주세요" 이미 눈물이 범벅이 된 눈을 들어 돈 지오반니는 흐느껴 울었다. "언제라고 했나요? 말하세요!" 그의 말투는 거의 협박조였다.

예?... 분명히 "잘 지내세요, 로사."라고 하셨어요. 우린 다신 보지 못할 거예요...! 그런데... 누가 알겠어요? 모든 것이 가능하잖아요."

돈 지오반니는 이 말에 낙담해서 의자에 주저앉았고, 비통한 심정으로 울기 시작하자, 로사는 이 모습에 감동할 정도였다.

"돈 지오바, 왜 그러세요? 이 세상에 다른 여자는 없나요? 돈 지오바, 왜 걱정하세요...? "

돈 지오반니는 그의 말을 듣지 못한 채, 어린아이처럼 계속 울며, 로사 카타나의 앞치마에 자기 얼굴을 파묻었다. 그는 슬픔에 겨워 몸을 추스르기도 힘들어하였다.

"안돼 안돼 안돼.... 나는 비올레타를 원해요! 나는 비올레타를 원한다구요!"라고 그가 소리쳤다.

어린애 같은 이런 행동에 로사는 웃음이 나오는 걸 참을 수 없었다. 그녀는 돈 지오반니의 대머리를 쓰다듬으며 위로의 말을 중얼거렸다.

"비올레타를 찾아드릴게요. 찾아드릴게요.... 그러니, 조용히 하세요! 돈 지오반니노, 더 이상 울지 마세요. 지나가던 사람들이 듣겠어요. 걱정 안 하셔도 돼요."

돈 지오반니는 조금씩 로사의 다정한 위로에 감정을 추스르며 그녀의 앞치마로 눈물을 닦았다.

"아! 아! 이런 일이 일어나다니!" 그가 외쳤다. 그는 잠깐 아연 주전자를 바라보며 서 있었는데, 주전자 물은 이제는 햇빛을 받으며 반짝이고 있었다. "아! 아! 이런 불행이 있나! 아!"

그는 두 손 사이로 머리를 잡고 우리에 갇힌 원숭이처럼 두세 번 앞뒤로 흔들었다.

"자 이제, 돈 지오바니노, 가세요!" 로사 칸타나가 그의 팔을 부드럽게 잡아당기며 말했다.

작은 방의 향수 냄새가 진동하는 듯 하였다. 커피 찌꺼기가 남아 있는 컵 주변에는 수많은 파리가 윙윙거렸다. 물은 벽에 반사되어 마치 미세한 금 그물처럼 흔들렸다.

"모든 것을 그대로 두세요!"라고 여자에게 버림받은 돈 지오반니가 부탁했다. 그는 가까스로 울음을 참고 있었다. 그는 자신이 겪은 일을 부정하려는 듯 고개를 저으며 계단을 내려갔다. 그의 눈은 부어오르고 붉어졌으며, 잡종 개처럼 안구에서 툭 튀어나와 있었다.

그의 두 다리는 안쪽으로 살짝 휘어 있었고, 몸에는 살이 많이 붙어 둥그스름했으며 배는 불룩했다. 대머리 주변으로는 왕관 같은 긴 곱슬 머리가 늘어져 있었다. 그의 머리카락은 두피가 아니라 어깨에서부터 위쪽으로 자라 목덜미와 관자놀이로 향하는 듯 보였다. 그는 이따금 보석으로 치장된 손으로 흐트러진 머리카락을 가다듬는 습관이 있었는데, 그 보석들은 귀하고 화려했으며, 엄지 손가락에도 끼워져 있었다. 또 딸기만한 홍옥 단추가 그의 가슴 중앙에 채워져 있었다.

대낮에 광장에 도착했을 때, 그는 야만적인 혼란을 다시 느꼈다. 몇몇 구두 수선공들이 근처에서 일하며 무화과를 먹고 있었다. 우리에 갇힌 찌르레기의 소리는 마치 가리발디 찬송 같았는데, 고통스럽게 계속 같은 소리를 내고 있었다.

그가 지나갈 때, "필요한 건 뭐든지 말씀하십시오, 돈 지오반니!"라고 돈 도메니코 올리바가 붙임성 있게 나폴리식으로 모자를 벗으며 말했다. 돈 지오반니의 이상한 표정에 호기심이 발동한 그는 재빨리 그를 다시 지나치면서 더욱 자유분방한 몸짓과 붙임성으로 그에게 또 인사를 했다. 그의 몸은 길쭉했지만, 다리는 아주 짧았고, 조롱을 일삼는 그의 입은 습관적이고 무의식적으로 삐뚤어져 있었다. 페스카라 사람들은 그를 "쿠린테라"라고 불렀다.

"말씀만 하세요."라고 그는 또 지껄였다.

무화과를 먹는 자들의 웃음소리와 찌르레기의 짹짹거리는 소리로 독이 올라 화가 머리끝까지 난 돈 지오반니는, 두 번째 인사에 사납게 등을 돌리고 사라져 갔는데, 그런 인사는 그를 조롱하고자 하는 것이었음을 충분히 알 수 있었던 것이다.

놀란 돈 도메니코는 계속 그를 따라가면서 지껄였다.

"돈 지오바! ...화나셨어요... 그런데요..."

돈 지오반니는 그 소리를 듣지 않고, 집을 향해 빠르게 걸었다. 길가에 늘어선 과일 장수들과 대장장이들은 한낮의 태양 아래서 숨을 헐떡이며 땀을 흘리는 이 두 사람의 이상한 행동을 쳐다 보았지만 이해할 수는 없었다.

집에 도착했을 때, 돈 지오반니는 노크도 하지 않고 분노에 찬 녹황색 뱀처럼 변해서 소리쳤다.

"돈 도메, 돈 도메, 가만두지 않을꺼야." 이렇게 소리지르며, 그는 집으로 들어가 사납게 문을 닫았다.

너무 놀란 돈 도메니코는 한동안 말을 잇지 못하고 서 있었다. 돈 도메니코는 왜 저럴까 궁금해 하면서 오던 길을 되돌아가고 있을 때, 무화과를 먹었던 사람 중의 하나인 마테오 베르두라가 그를 불렀다.

"이리 와보세요! 이리 와보세요! 말씀드릴께 있어요. 굉장한 거죠."

"뭔데요?" 그가 다가오자 긴 척추의 남자가 물었다.

"그거 모르세요?"

"뭐요?"

"아! 아! 그럼 아직 못 들었다는 말인가요?"

"뭐요?"

베르두라가 웃자 다른 구두 수선공들도 키득대기 시작했다. 그들 모두는 꽤나 즐거운지 몸을 흔들며 목이 쉬도록 웃어 재꼈다. 웃는 모습이 각자 다르긴 했지만.

"3센트 어치만 무화과를 사세요. 그럼 말씀드릴게요."

구두쇠인 돈 도메니코는 잠시 머뭇거렸지만, 호기심에 지고 말았다.

"그래요, 자 여기 있어요."

베르두라는 한 여자를 불러 접시에 과일을 쌓게 했다. 그리고는 말했다.

"거기에 살던 그 마님, 도나 비오레타 아시죠...? 저 극장 아시잖아요..?"

"그래서요?"

"그녀가 오늘 아침에 떠났답니다. 그냥 갔대요!"

"정말요?"

"진짜라니까요, 돈 도메."

"아, 이제 알겠네요!" 교활하고 잔인할 정도로 악랄한 돈 도메니코가 외쳤다.

그는 돈 지오반니가 자신에게 준 모욕에 대해 복수하고 이런 소식을 얻느라 쓴 3센트를 벌충하기 위해, 그 비밀을 까발리고 덧붙이러 카지노로 곧장 달려갔다.

일종의 카페인 "카지노"는 그늘에 잠긴 듯했고, 물이 뿌려진 탁자 위에서는 먼지와 사향의 독특한 냄새가 났다. 그곳에는 의사 펀조니가 팔을 늘어뜨리고 의자에 앉아 코를 골고 있었다. 카파 남작은, 절름발이 개들과 상냥한 소녀들을 사랑하는 늙은이였는데, 신문을 보면서 조용히 고개를 끄덕이고 있었고, 돈 페르디난도 지오다노는 프랑스-프로이센 전쟁의 전장을 나타내는 카드 위로 작은 깃발들을 옮겼다. 돈 세티미오 드 마리니스는 의사 피오카와 함께 피에트로 메타스타시오의 작품을 평가하면서 시적 표현을 사용함에 있어 이따금 소리를 높이거나 복잡한 열변을 토하기도 하였다. 공증인 가이울리는 누구와 게임을 해야 할지를 몰라서 혼자 카드를 섞어서 테이블 위에 일렬로 늘어놓았고, 돈 파올로 셋시아는 소화를 시키려 발걸음 수를 세면서 당구대 주위를 어슬렁거렸다.

돈 도메니코 올리바가 너무 급하게 들어와서, 아직 잠에 빠져 있는 의사 판조니를 제외한 모든 사람이 그를 바라보았다.

"들으셨나요? 들었어요?"

돈 도메니코는 너무 그 소식을 알리고 싶고 너무 숨이 차서 처음에는 횡설수설하며 말을 더듬었다. 주변에 모인 남자들은 모두 그가 과연 무슨 말을 할까 궁금해하며, 어떤 특이한 일이 일어나서 한낮의 잡담에 생기를 불어넣어 주기를 기대하였다.

한쪽 귀가 약간 들리지 않는 돈 파올로 셋시아가 안달을 하며 말했다. "어서 말해봐, 누가 혀를 묶기라도 했나, 돈 도메?"

돈 도메니코는 이야기를 처음부터 차분하게 또박또박 다시 시작했다. 그는 모든 것을 말했다. 돈 지오반니 웃소리오의 분노에 찬 이야기를 과장하고, 기가 막히게 세부 사항들을 더하는 등, 이야기를 계속하며 자신의 말에 도취되었다.

"아시겠나요? 이제 아시겠죠?"

의사 판조니는 이렇게 시끌벅적한 가운데 눈을 뜨고 여전히 잠에 취한 커다란 눈동자를 굴리며 괴물같이 삐져나온 코털을 날리며 말했다, 아니 킁킁거렸다.

"무슨 일이에요? 왜 그래요?"

그러더니 끙끙거리며 지팡이에 기대서 아주 천천히 몸을 일으켜서는, 사람들이 모여 있는 곳으로 왔다.

카파 남작이 입안에 가득 침을 머금은 채로 비올레타 쿠투파에 대한 씹기 좋은 이야기를 시작했다. 그의 의도를 보여주는 눈동자가 반짝이자, 이야기를 듣는 사람들의 눈동자들도 반짝이기 시작했다. 돈 팔로 세치아의 초록빛 눈은 생기가 넘쳤으며 촉촉하게 반짝거렸다. 마침내 웃음이 터져 나왔다.

의사 판조니는 서 있기는 했지만, 다시 잠이 들었다. 그에게 잠은 질병처럼 저항할 수 없는 것으로 언제나 그의 콧구멍 안에 자리 잡고 있는 듯했다.

그가 코를 골면서 혼자 방 한가운데에서 머리를 가슴에 대고 있을 때, 나머지 사람들은 이 이야기를 자신들의 가족들에게도 전하기 위해 마을 전체로 흩어져 갔다.

그리고 이렇게 알려지게 된 이야기는 페스카라에 작은 파란을 불러왔다. 저녁이 되어, 바다로부터 상쾌한 바람이 불고 초승달이 뜨자, 모든 사람들이 거리와 광장에 들락거렸고, 사람들이 웅성대는 소리가 끊이질 않았다. 비올레타 쿠투파라는 이름이 모든 이들의 입에 오르내렸다. 돈 지오반니 웃소리오는 볼 수가 없었다.

II

비올레타 쿠투파는 1월에 한 무리의 가수들과 함께 페스카라에 왔다. 축제 철이었다. 그녀는, 자신이 군도 출신의 그리스 사람이며, 그리스 왕 앞에서 코르푸의 극장에서 노래도 했으며, 영국 제독을 사랑으로 미치게 한 적도 있다고 말했다. 그녀는 통통한 체형과 매우 하얀 피부를 가지고 있었다. 그녀의 팔은 특이할 정도로 포동포동했다. 또한 보조개 같은 작은 움푹한 부분들이 가득해서 움직일 때마다 분홍색으로 변했다. 이런 움푹한 부분들은, 젊은 사람에게 어울리는 반지들과 장신구들과 함께, 그녀의 비만을 오히려 아주 보기 좋고, 싱그러우며, 사람을 애타게 하는 어떤 것으로 만들었다. 그녀의 얼굴은 약간 천박했고 눈은 황갈색에 나태함으로 가득차 있었다. 입술은 커다랗고 으스러진 듯 납작했다. 코는 그리스 사람 같지 않게 자그마하고 콧날도 휘지 않았으며, 콧구멍은 크고 부풀려진 것처럼 보였고, 검은색 머리카락은 풍성했다. 그녀는 부드러운 억양으로 한마디 한마디 주저하는 듯 말을 이어갔으며 거의 언제나 미소를 짓고 있었고, 목소리는 이따금 갑자기 귀에 거슬리기도 했다.

그녀의 무리가 도착했을 때, 페스카라 사람들은 기대감으로 한껏 들떠 있었다. 이들 외국 가수들은 그들의 몸짓, 행동의 장중함, 의상 외, 다른 재주들로 어디에서나 환영받았다. 그러나 모든 관심이 집중된 사람은 비올레타 쿠투파였다.

그녀는 모피로 가장자리를 댄 어두운 볼레로를 입고, 앞쪽은 금박 장식용 끈으로 여미고, 머리 위에는 여성용 작은 모자를 쓰고 있었는데 전체가 모피였으며 한쪽이 약간 닳아 있었다. 그녀는 활기찬 걸음으로 혼자 주변을 걷고, 상점에 들어가고, 가게 주인들을 약간 경멸스럽게 대하고, 물건들이 평범하다고 불평하다가, 사지는 않고 가게를 나와, 관심 없다는 듯 콧노래를 흥얼거렸다.

광장의 모든 벽에 빼곡히 커다란 전단이 "아말피 백작 부인" 공연을 알렸다. 비올레타 쿠투파라는 이름이 주홍 글자로 쓰여 눈부시게 빛나고 있었다. 페스카라 사람들의 뜨거운 관심사가 된 것이다. 드디어 오랫동안 기다려온 저녁이 찾아왔다.

무대는 바닷가 근처 마을의 변두리에 있는 오래된 군 병원의 방에 설치되었다. 방은 낮고 좁았으며 복도만큼 길었다. 그림이 그려진 목조 무대는 바닥에서 몇 뼘 정도 올라가 있었고, 측벽을 따라 갤러리가 있었으며, 삼색기로 덮이고 꽃줄로 장식된 톱질 모탕들 위에 판자로 구성되어 있었다. 쿠쿠지토와 쿠쿠지토의 아들이 그린 장막은 비극, 희극, 음악이, 마치 미의 세 여신처럼 얽혀서, 페스카라의 푸른 개울을 가로지르는 다리 위로 날아가는 모습을 나타내고 있었다. 교회에서 가져온 의자들이 무대 앞쪽의 절반을 차지했고, 학교에서 가져온 벤치가 나머지 공간을 차지했다.

저녁 7시가되자, 광장에서 마을 밴드가 음악을 시작하더니 마을을 한 바퀴 돌고나서 마침내 극장 앞에서 멈췄다. 밴드의 시끌벅적한 행진은 거리를 지나던 행인들의 관심을 고취시켰다. 여자들은 자신들의 아름다운 비단옷을 내어 입고 내숭을 떨고 있었다. 방은 빠르게 채워졌다.

그곳에 모인 여자들은, 결혼했든 안 했든, 모두 반짝이는 자태로 갤러리는 빛이 나는 듯하였다. 감상적이며 창백한 피부를 가지고 있던 웅변가 테오돌린다 포마리치는 "수컷"이라고 불리는 페르미나 메무라 근처에 앉았고, 카스텔라마레에서 도착한 푸실리 소녀들은, 매우 검은 눈을 가지고 있었고 키가 컸는데, 모두 분홍색 유니폼을 입고 있었으며, 땋은 머리를 등 쪽으로 내리고, 몸짓을 섞어가며 큰 소리로 웃고 있었다. 에밀리아 단눈치오는 사자를 닮은 아름다운 눈으로 아주 피곤한 듯한 분위기를 연출하고 있었고, 마리아나 코르테제는 앞에 앉아 있던 도나 라케레 프로페타에게 자신의 부채로 손 인사를 했다. 도나 라케레 부치와 도나 라케레 카라바는 연설대와 심령술에 대해 논쟁하고 있었으며, 뗄 가도 학교 선생들 두 명은 보는 각도에 따라 빛깔이 달라지는 비단옷을 입고 아주 옛날 방식의 비단 베일을 썼으며 황동 스팽글이 반짝이는 색다른 머리 스타일을 하고 조용히 앉아 있었는데, 이렇게 새로운 방식으로 치장한 것에 죄책감으로 거의 기절할 듯하였고, 자신들의 이토록 세속적인 모습에 거의 참회하는 듯한 분위기였다. 붉은 숄 아래로 몸을 떨며 계속해서 기침하는 코스탄자 레스부는 매우 창백하고 샛노란 금발에 매우 마른 여자였다.

무대와 제일 가까운 좌석들은 돈 많은 사람들이 차지하였다. 돈 지오반니 웃소리오는 잘 다듬어진 외모, 화려한 흑백 체크 무늬 바지, 빛나는 양모 코트, 손가락과 셔츠 앞부분의 많은 가짜 장신구들로 가장 눈에 띄었다. 마르세이유 아레오파고스의 일원인 돈 안토니오 브라텔라는, 온몸에서, 특히 푸른 살구만큼 두꺼운 왼쪽 귓볼에서 권위가 느껴지는 사람이었는데, 지오반니 페루치니의 가극을 큰 소리로 낭독했으며, 그의 입에서 나오는 단어들은 장중하게 울려 퍼졌다. 의자에 축 늘어져 앉아 있던 청중들이 몸을 들썩이며 동요하기 시작했다. 의사 판조니는 잠에 취해 이따금 소리를 냈는데 그 소리는 악기들의 튜닝음 "라"와 뒤섞였다.

"쉿! 쉿! 쉿!"

극장 안은 고요해졌다. 장막이 올라가고 빈 무대가 드러나고, 무대 측면에서는 첼로 소리가 들렸다. 틸드가 나타나 노래를 불렀다. 이어 세르토리오가 나와 노래를 불렀다. 그의 뒤를 이어 한 무리의 단역 배우들과 친구들이 등장하여 노래를 읊었다. 그 후, 틸드가 창문 쪽으로 다가가 노래를 불렀다.

"오, 얼마나 지루한 시간인가
갈망하는 사람에게...!"

관객들이 약간 술렁이기 시작했다. 사랑의 듀엣이 임박했다고 모두 느꼈기 때문이었다. 틸드가, 사실, 첫 번째 소프라노였는데, 그렇게 젊지는 않았다. 그녀는 파란색 의상을 입고 머리를 충분히 덮지 못하는 금발 가발을 썼고, 얼굴은 하얗게 분말을 발라 밀가루를 입힌 생 돈가스처럼 보였으며 삼으로 만든 가발로 얼굴 일부분만을 가렸다.

에지디오가 나왔다. 그는 젊은 테너였다. 그는 안장다리인 데다가 가슴이 움푹 꺼져 있어서, 정육점에서 흔히 볼 수 있는, 송아지 머리를 매달려는 용도로 양손을 사용해야 하는 광택 나고 긁힌 자국이 있는 숟가락을 닮았었다. 그가 시작했다.

"틸드! 당신은 말을 하지 않군요,
고개를 떨궈 저를 실망하게 하네요,
말해 주세요, 왜 저를 잡나요?
왜 당신 손이 지금
떨리고 있나요? 왜 그렇나요?"

그러자 틸드는 감정이 복받쳐 대답한다.

"그렇게 엄숙한 순간에, 어떻게
제게 이유를 물을 수 있나요?"

듀엣은 한층 부드럽게 노래하였다. 기사 페트렐라의 멜로디가 청중의 귀를 즐겁게 했다. 모든 여자들은 완전히 몰입되어 갤러리의 난간에 기대어 있었고, 깃발들의 녹색이 반사되어, 두근대는 심정으로, 그들의 얼굴은 창백하게 보였다.

"낙원을 떠날 때처럼
죽음이 우리에게 모습을 드러낼 것입니다."

틸드가 등장했다. 그리고 노래를 부르며 공작 카르니올리가 들어섰다. 그는 바리톤에 어울리는 뚱뚱하고 성격이 사나우며 긴 머리를 하고 있었다. 그는 여러 번 과장된 동작으로 노래 음절 위를 내달리며 노래했고, 가끔은 눈에 띄게 절제된 모습을 보여 주기도 하였다

"당신은 모르십니까? 부부의 사슬이
다리에 묶인 납과 같다는 것을... "

그러나, 노래에서 그가 아말피 백작 부인에 대해 길게 노래했을 때, 청중들로부터 긴 박수가 터져 나왔다. 사람들은 백작 부인을 원하고 바랬던 것이다.

돈 지오반니 웃소리오가 돈 안토니오 브라텔라에게 물었다.

"그녀는 언제 나오나요?"

돈 안토니오는 고상한 말투로 대답했다.

"오! 이런 세상에, 돈 지오바! 모르세요? 2막에서 나와요! 2막요!"

세르토리오의 연설 장면은 그저 그렇게 지나갔다. 약한 박수 속에 막이 내렸다. 드디어 비올레타 쿠투파의 화려한 등장이 시작된 것이다. 소근거리는 소리가 오랫동안 객석을 가로질렀으며 장막 뒤의 무대 제작자들이 망치를 두드리는 소리가 들리자 소곤거리는 소리는 더 커졌다. 그렇게 보이지 않는 곳에서 나는 소리는 관객들의 기대감을 한층 높였다.

막이 오르자, 관객들은 마법에 사로잡힌 듯했다. 무대 효과는 놀라울 정도였다. 세 개의 조명을 받는 아치가 원근법을 고려해 펼쳐져 있었고, 가운데 하나는 환상적인 정원과 접해 있었다.

시동들이 여기저기 흩어져 절을 하고 있었다. 빨간 벨벳 옷을 입은 아말피 백작 부인은, 여왕처럼 드레스를 늘어뜨리고, 팔과 어깨를 드러내고 얼굴은 붉게 달아오른 채, 불안한 발걸음으로 등장해서 노래했다.

"황홀한 저녁이었죠. 여전히

저의 영혼을 가득 채우네요"

그녀의 목소리는 고르지 않았고 때로는 콧소리가 섞이기도 했지만, 항상 강력하고 날카로웠으며, 틸드가 흐느껴 울고 난 후에는 관중들에게 특히 효과가 있었다. 즉시 관중들은 두 쪽으로 나뉘었다. 여자는 틸드, 남자는 레오노라편이었다.

"저의 매력에 저항하기가
쉽지 않을 거예요."

레오노라는 그녀의 성격, 몸짓, 동작에서 산타 고스 티노의 축 늘어진 몸매의 여자들에게 익숙한 미혼 남자들이나 단조로운 부부 관계에 지친 남편들을 도취시키고 열광시키는 도도함이 있었다.

모두가 그녀의 모든 동작과 크고 하얀 어깨를 응시했고, 그녀가 풍만한 팔을 움직일 때면 양 볼의 보조개들은 미소로 바뀌었다.

그녀의 솔로가 끝나자 우뢰와 같은 박수가 터져 나왔다. 그 후, 백작 부인이 기절하는 장면과 그녀가 카르니오리 공작(듀엣의 리더) 앞에서 시치미를 떠는 장면은 박수를 불러일으켰다. 극장안의 열기가 더해졌다. 갤러리 안에서는 여기저기서 부채질을 하고 있었으며, 여자들 얼굴은 부채에 가려 가끔 보이지 않기도 하였다.

백작 부인이 석회광 조명을 받으며 감상에 빠져 기둥에 기대어 있고 에지디오가 부드러운 사랑의 노래를 부르자, 돈 안토니오 브라텔라는 큰소리로 외쳤다, "훌륭하네요!"

돈 지오반니 웃소리오는 갑자기 충동적으로 혼자 손뼉을 치기 시작했다. 다른 사람들은 그에게 조용히 하라고 소리쳤다, 노래를 듣고 싶었던 것이다. 돈 지오반니는 혼란스러워졌다.

"이 모든 것이 사랑을 위해 존재합니다. 모든 것이 말해 주네요.
달, 산들바람, 별, 바다..."

에지디오의 목소리는 그저 그랬지만 페트렐라 스타일의 이 멜로디의 리듬을 따라 관중들은 머리를 흔들었고, 조명은 눈부시고 누르스름했지만 눈으로는 장면을 빨아들일 듯이 지켜보고 있었다. 그러나 열정과 유혹을 대조적으로 보여준 이 장면 이후, 아말피 백작 부인이 정원을 향해 걸어가다가, 여전히 모든 사람의 마음에 맴돌고 있는 선율을 홀로 부르는 장면에서, 관중들의 기쁨은 극에 달해서, 지금은 꽃들 사이에 숨겨져 있는 아름다운 목소리의 요부와 함께 높은 음을 노래하려는 듯 고개를 들고 몸을 약간 뒤로 기울였다. 그녀가 노래했다.

"돛단배가 준비되었습니다... 아, 사랑하는 이여 오세요!

사랑이 속삭이지 않나요... 살아야지 사랑할 수 있다고?"

이 절정의 장면에서 비올레타 쿠투파는 돈 지오반니 웃소리오를 완전히 사로잡았다. 그는 열정적이고 음악적인 광기에 사로잡혀 계속해서 외쳤다.

"브라보! 브라보! 브라보!"

돈 파올로 셋시아가 큰소리로 외쳤다.

"오, 여기 보세요! 여기요! 웃소리오가 그녀에게 완전히 빠져 버렸어요!"

모든 여자들은 신기해하며 혼란스러운 표정으로 웃소리오를 쳐다보았다. 뗄 가도 선생들은 비단 베일 아래에서 묵주를 흔들었고, 테오도린다 포마리치는 여전히 황홀경에 빠져 있었다. 모두 같이 빨간 옷을 입은 파실리 소녀들만이 활기를 유지하고 움직일 때마다 뱀 모양을 한 땋은 머리를 흔들며 수다를 떨었다.

3막에서는, 여자 관객들이 옹호하던 틸드의 죽어가는 한숨도, 세르토리오와 카르니오리의 거절도, 합창단의 노래도, 우울한 에지디오의 독백도, 귀부인들과 기사들의 환희도 이전 장면의 요염함을 잊게 만들 수는 없었다.

"레오노라! 레오노라! 레오노라!" 관중들은 환호하였다.

레오노라는 라라 백작의 팔에 안겨 다시 나타나 정자에서 내려왔다. 이렇게 그녀는 청중들을 완전히 사로잡게 되었다.

그녀는 이제 은색 리본과 거대한 걸쇠로 장식된 보라색 가운을 입고 있었다. 그녀는 객석으로 몸을 돌리면서 늘어진 드레스를 재빠르게 뒤로 돌려놓고 자신의 발등을 드러냈다.

그런 다음 그녀는 이루 말할 수 없는 매력과 사랑스러움을 다해 대사를 이어갔으며, 장난스럽게 노래했다.

"저는 나비예요, 꽃들 속을 날아다니죠..."

사람들은 이 잘 알려진 노래를 부르자 거의 넋이 나간 듯했다.

아말피 백작 부인은 남자들의 열렬한 존경을 느끼자, 도취하어, 그녀의 유혹적인 몸짓을 더 하고 그녀가 할 수 있는 가장 높은 음을 냈다. 비너스의 목걸이를 한 채로 드러나 있는 그녀의 살집 있는 목은 트릴로 떨리고 있었다.

"저는 꿀벌, 혼자 꿀을 빨고
푸른 하늘 아래 혼자 취하죠..."

돈 지오반니 웃소리오는 너무 강렬히 지켜보고 있어서 그의 눈은 안구에서 튀어나올 듯했다. 카파 남작도 똑같이 매혹되었다. 마르세유 아레오파고스의 일원인 돈 안토니오 브라텔라의 가슴은 부풀 대로 부풀어 올라, 마침내 터질 듯이 감탄을 내뱉었다.

"엄청나네요!"

III

이렇게 비올레타 쿠투파는 페스카라를 정복했다. 한 달 이상 동안 카발리에 페트렐라 오페라 공연은 점점 인기가 높아지고 있었다. 극장은 항상 만원이었고 심지어 미어터질 정도였다. 레오노라는 노래가 끝날 때마다 엄청난 박수를 받았다. 특이한 현상이 발생했다. 페스카라의 모든 사람은 일종의 음악적 광기에 사로잡혀 있는 것처럼 보였다. 모든 사람들이 하나의 멜로디, 즉 꽃들 사이를 날아다니는 나비의 마법의 고리에 갇히게 된 것이다.

마을의 모든 곳에서, 모든 시간, 모든 방식, 모든 변주 형태, 모든 악기로 놀라운 정도로 끊임없이 그 멜로디가 반복되었고, 비올레타 쿠투파라는 사람은 이런 음악적 현상의 상징이 되어 갔다. 마치 - 감히 비교한다면 - 오르간의 화음이 낙원의 영혼을 암시하는 것처럼.

남부 지방 사람들에게는 본능적이라고 할 수 있는 음악적, 서정적 이해가 이때만큼 확장되었던 적은 없었다. 거리의 부랑아들은 사방에서 휘파람으로 따라 했으며, 모든 아마추어 음악가들도 마찬가지였다. 돈나 리시타 메누마는 새벽부터 황혼까지 하프시코드로 멜로디를 연주했고, 돈 안토니오 브라텔라는 플루트로, 돈 도네미코 쿼퀴노는 클라리오네트로, 신부인 돈 지아코모 파루치는 옛날

로코코식의 하프시코드로, 돈 빈센지오 라파그네타는 바이올린첼로로, 돈 빈센지오 라니에리는 트럼펫으로, 돈 니콜라 다눈지오는 자신의 바이올린으로 연주했다. 산타 고스 티노의 탑에서 아스날까지, 또한 페스체리아에서 도가나까지 다양한 소리가 뒤섞여 불협화음이 되었다. 이른 오후 동안, 그 지역은 치료되지 않는 광기를 다루는 커다란 병원처럼 느껴졌다. 심지어 바퀴로 칼을 가는 사람들도 칼과 숫돌의 새된 소리 속에서도 리듬을 유지하려고 애썼다

카니발 기간이었으므로, 극장에서 축제가 열렸다. 참회 목요일 저녁 10시, 방에서는 밀랍 양초가 타오르고 도금양 향이 강하게 풍기며 거울들은 반짝거렸다. 가면을 쓴 취객들이 군중 속으로 들어왔다. 펀치넬로스가 두드러져 보였다. 은색 종이 별자리들로 표시된 녹색 휘장으로 감싼 단상에서는 오케스트라가 연주를 시작했고, 돈 지오반니 웃소리오가 들어왔다.

그는 스페인의 귀족처럼 옷을 입었으며 라라 백작처럼 매우 뚱뚱했다. 길고 흰 깃털이 달린 파란색 모자가 그의 대머리를 가리고 있었고, 그의 어깨 위로는 금으로 장식된 짧은 빨간 벨벳 코트가 살랑대고 있었다. 이 옷은 그의 뱃살과 얄팍한 다리를 두드러지게 하였다. 그의 한 줌 안 되는 머리채는 기름을 발라 번쩍이고 있어서, 모자에 달린 인조 장식과 비슷했고, 평소보다 더 까맸다.

버릇없는 펀치넬로가 그를 지나치며 목소리를 변조하여 외쳤다.

"아이고, 웃겨라!"

그는, 돈 지오반니의 이런 모습에, 너무도 광대같이 놀란 척을 해서, 주변 사람들은 모두 깔깔대고 웃었다. 가면 무도회복 검은색 두건 아래는 모두 새빨갛게 꾸며서 마치 한 떨기 꽃 같았던, 라 시카리나는 너무 웃다가 두 명의 누더기를 덮어쓴 광대들 때문에 발을 헛디뎠다.

화가 잔뜩 난 돈 지오반니는 사람들 사이를 헤매면서 비올레타 쿠투파를 찾았다. 다른 사람들의 계속 빈정대는 모습이 그에게 상처를 주었다. 그러다가 그와 같이 스페인 귀족처럼 차려입은 또 다른 라라 남작을 만났다. 그가 돈 안토니오 브라텔라인 걸 알고 조금 반가워하였다. 이미, 이 두 사람 사이에 경쟁심이 사라진 지 오래되

었다.

"모과는 좀 괜찮나요?" 돈 도나토 브란디마르테가 악랄하게 소리를 질렀다, 그건 돈 안토니오 브라텔라의 왼쪽 귀에 나 있는 두툼한 돌기를 의미하는 것이었다. 돈 지오반니는 그가 이렇게 모욕받는 것이 너무 즐거웠다.

이들은 서로 마주 보면서, 머리부터 발끝까지 흘깃거리며, 각자의 위치에서, 서로 약간 떨어져, 사람들 사이를 거닐었다.

열한 시가 되자, 사람들은 설렘으로 동요하였다. 비올레타 쿠투파가 나타났기 때문이다. 그녀는 긴 주홍색 후드가 달린 검은색 가면 무도회복 안에 악마 의상을 입고, 얼굴에는 주홍색 가면을 쓰고 있었다. 동그랗고 백조 같은 턱, 두꺼운 붉은 입은 그녀의 얇은 베일 속에서도 빛났다. 가면 때문인지 길어 보이고 약간 사시처럼 보이는 눈은 웃는 것 같았다.

사람들은 모두 그녀를 즉시 알아보았고, 거의 모든 사람은 그녀가 지나가도록 비켜 주었으며, 돈 안토니오 브라텔라는, 한쪽에서, 어루만지는 듯이 앞으로 나아갔다. 다른 쪽에서는 돈 지오반니가 다가왔다. 비올레타 쿠투파는 돈 지오반니의 손가락에 낀 반지에 빠르게 눈길을 주더니 브라텔라의 팔짱을 꼈다.

그녀는 웃으며 엉덩이를 씰룩대면서 걸어갔다. 브라텔라는 그녀에게 관례적이고 어리석고 허영에 가득 차서 말을 건넸고, 그녀를 "백작 부인"이라 부르며 지오반니 페루찌니의 서정시 구절들을 중간중간 섞었다.

그녀는 웃으면서 그에게 몸을 기댔고, 이 못생기고 허영심이 강한 남자의 약점이 그녀를 즐겁게 했기 때문에 도발적으로 그의 팔에 살짝 힘을 가했다. 어느 순간부터, 브라텔라는 반복적으로 페트렐라의 멜로 드라마에서의 라라 백작 대사를 인용하며 굽실거리듯이 말하거나 노래했다.

"그럼, 제가 바래도 될까요?"

비올레타 쿠투파도 레오노라의 대사로 응답했다.

"누가 당신을 막나요...? 안녕히 가세요."

그리고 멀지 않은 곳에 돈 지오반니가 있는 것을 보고 그녀는 이

매혹적인 기사와 떨어져, 아까부터 무용수 사이를 이리저리 오가던 이 두 사람을 질투와 증오로 가득 찬 눈으로 지켜보고 있었던 그에게로 다가갔다.

돈 지오반니는 첫사랑의 시선을 받고 있는 젊은이처럼 떨었다. 그러다가 과도한 자부심으로 오페라 가수에게 춤을 신청했다. 여자의 가슴에 코를 대고, 망토가 뒤로 흩날리며, 장식 깃털이 미풍에 흔들리면서 빙글빙글 돌고 있었다. 땀과 화장품 오일이 섞여 물줄기처럼 관자놀이를 따라 흘러내려 숨이 막힐 정도였다.

지친 그가 마침내 멈춰 섰다. 그는 현기증에 몸을 비틀거렸다. 누군가 양 손으로 그를 잡고는 그의 귓가에 비웃으며 속삭였다. "돈 지오바, 잠시 멈추고 숨이나 쉬세요!"

목소리의 주인공은 브라텔라였다. 그는 그 가수에게 이어서 춤을 신청했다. 그는 왼팔을 들어 엉덩이 위로 아치형으로 두르고, 발로 리듬을 맞추고, 깃털처럼 가볍게 보이려고 애쓰며, 우아하게 보이려고 했지만, 너무 멍청하게 보이는 동작과 원숭이 같은 찡그린 표정으로 춤을 추었기 때문에, 사방에서 웃음소리가 들렸고 펀치넬로스의 조롱이 그에게 쏟아졌다.

"1센트 내고 보셔야 됩니다, 여러분!"

"여기 기독교인 양 춤추는 폴란드 곰이 있습니다! 그를 주목해주세요, 여러분!"

"모과도 있나요? 모과도 있어요?"

"예, 보세요! 보세요! 오랑우탄입니다!"

돈 안토니오 브라텔라는 위엄을 지키며 계속 춤을 추고 있었다. 다른 커플들이 그의 주위를 춤추며 맴돌고 있었다.

방에는 별의별 사람들이 다 모여 있었고, 이렇듯 혼란스러운 가운데 촛불이 타고 있었고 촛불의 붉은 불꽃이 드라이 플라워로 된 꽃줄들을 밝히고 있었으며, 거울들은 이 모든 소란을 비추고 있었다.

라 시카리나와 몬타냐의 딸, 수리아노 딸, 몬타라노 자매들이 나타났다가 사라졌는데, 그들은 시골 여자들의 싱싱한 사랑스러움으로 사람들의 마음을 설레게 했다. 마돈나처럼 파란 공단을 입은 키

가 크고 호리호리한 도나 테오데린다 포마리치는 머리가 머리띠에
서 풀려 어깨 위로 물결치자, 이동 시에는 원래 그랬던 것처럼 내버
려 두었다. 가장 기민하고 지칠 줄 모르는 무용수이면서 가장 창백
한 안색의 코스탄젤라 코페는 방 이쪽 끝에서 저쪽 끝으로 순식간
에 날아다녔고, 불타는 듯한 머리색을 한 아말리아 소르프라는 촌
사람처럼 옷을 입었는데, 그녀의 대담함은 따라올 사람이 없었다.
그녀의 비단옷 허리 부분은 팔을 연결하는 부분의 윤곽을 드러내는
띠 하나가 받치고 있어서, 춤추는 동안이나 잠시 쉬는 동안에는 그
녀의 겨드랑이 아래쪽의 검은 얼룩들을 볼 수 있었다. 마법사 복장
을 하고 아름답고 파란 눈을 한 아말리아 갈리아노는 수직으로 걸
어가는 비어있는 관처럼 보였다. 술기운 비슷한 것이 소녀들을 지
배하는 듯했다. 그들은 물 탄 포도주처럼 따뜻하면서도 짙은 공기
속에서 발효되고 있었다. 월계수와 드라이 플라워에서는 독특한 냄
새가 났는데 교회 냄새와 아주 비슷했다.

음악이 멈추자, 사람들은 다과실로 이어지는 계단을 올라갔다.
돈 지오반니 웃소리오는 비올레타 쿠투파를 연회에 초대하기 위해
왔다. 브라텔라는, 그녀와 친하다는 것을 보여주기 위해, 그녀에게
몸을 기대고 귓가에 무언가를 속삭이다가 웃기 시작했다. 돈 지오
반니는 더이상 그의 경쟁자에게 신경을 쓰지 않았다.

"백작 부인이여, 오시죠," 격식을 갖춰 그는 팔을 내밀었다.

비올레타는 이를 받아들였다. 둘은 돈 안토니오를 뒤로하고 천천
히 계단을 올라갔다.

"당신을 사랑합니다!" 돈 지오반니는 위험을 감수하면서 자신의
목소리에, 키에티 극단이 연기해서, 자신도 잘 알고 있는, 정부 역
을 흉내 내면서, 비슷하게 열정을 담으려고 하였다.

비올레타 쿠투파는 대답하지 않았다. 그녀는 다과를 나눠주며 마
치 시장 장터처럼 커다란 소리로 가격을 외치고 있는 안드레우치오
의 부스 근처에 모여있는 사람들을 즐거운 듯 바라보고 있었다. 안
드레우치오는 위쪽이 대머리인 머리가 크고, 아랫입술이 툭 튀어나
오고, 코는 심한 매부리코여서 사람 머리 모양을 한 커다란 종이등
중 하나처럼 보였다. 술꾼들은 야수처럼 탐욕스럽게 먹고 마시고

달콤한 과자 부스러기와 술을 자신들의 옷에 흘렸다. 돈 지오반니를 보고, 안드레우치오가 외쳤다. "나리, 잘 부탁드립니다."

돈 지오반니는 재산이 많았고 혈연도 없는 홀아비였다. 그렇기 때문에 사람들은 모두 자발적으로 그에게 도움이 되는 일을 하려고 했으며 아첨을 떨었다.

"식사가 변변치 않네요," 라고 그가 대답했다. "그럼 이만...!" 그는 뭔가를 하려면 반드시 탁월하고 진귀해야 된다는 표정을 지어 보였다.

비올레타 쿠투파는 자리에 앉아 느슨하게 가면을 벗고 무도회 의상을 조금 열었다. 진홍색 두건으로 싸인 그녀의 얼굴은 열기로 발그레해져 훨씬 더 선정적으로 보였고, 무도회 의상이 벌어져 있어, 분홍색 속옷 안의 그녀의 육체를 연상할 수 있었다.

"건강을 기원합니다!"라고 외친 돈 폼페오 네르비는 잘 차려진 테이블 앞에 머뭇거리다가 군침이 도는 랍스터에 끌려 자리를 잡고 앉았다.

돈 티토 드 시에리가 도착해서는 바로 자리를 잡았고 돈 주스티노 프랑코가 돈 파스쿠알레 비르질리오, 돈 페데리코 시콜리와 함께 나타났다. 테이블에 앉은 손님들의 수는 계속해서 불어났다. 우여곡절 끝에 이리 저리 헤매다가, 돈 안토니오 브라텔라도 도착했다. 이들은 돈 지오반니를 늘 방문하는 사람들이었다. 그들은 그의 주변을 둘러싸서 그에게 아첨하는 일종의 마당 같은 것을 만들었고, 마을 선거에서 그에게 표를 줬으며, 그가 위트 있는 말을 하면 언제나 웃어주면서, 그를 "감독님"이라는 별칭으로 불렀다. 돈 지오반니는 그들 모두를 비올레타 쿠투파에 소개했다. 이 기생충들은 탐욕스러운 입으로 접시 위로 몸을 구부린 채 먹고 있었다.

사람들은 돈 안토니오 브라텔라의 모든 말, 모든 문장을 조용한 적개심을 갖고 듣고 있었지만, 돈 지오반니의 모든 말, 모든 문장에는, 미소를 짓고 고개를 끄덕이며 만족스럽게 듣고 있었다. 돈 지오반니가, 그의 충신들이 둘러싼 가운데, 승리한 것이다. 비올레타 쿠투파는 그를 다정하게 대했다. 그의 황금의 힘을 느꼈기 때문이다. 후드를 완전히 벗어 이마와 목의 머리털은 부스스해진 채로 그녀는 늘상하던 대로 시끄럽고 유치하게 굴었다. 그들 주변의 사람들도 조금도 가만히 있지를 못했다.

그 중심에서는 어릿광대 서너 명이 바닥에서 손과 발로 걷다가 큰 딱정벌레처럼 구르고 있었다. 아말리아 소로프라는 의자 위에 올라서서 그녀의 긴 팔을 팔꿈치까지 걷어 붙인 채, 탬버린을 흔들었다. 그녀 주변으로 한 쌍의 커플이 짧게 소리를 지르며 이상하게 깡충깡충 뛰었는데, 그것을 한 무리의 젊은이들이 호기심에 가득 차 바라보고 서 있었다. 때때로, 아래층에서 호기롭게 군무를 지시하는 돈 페르디난도 지오다노의 목소리가 들리기도 했다.

"좌우로! 전후로! 전후좌우로!"

조금씩 조금씩, 비올레타 쿠투파의 테이블이 차기 시작하더니 넘치게 되었다. 돈 네레오 피카, 돈 세바스티아노 피카, 돈 그리소스토모 트로일로와 웃소리오의 충신들이 도착했다. 돈 시릴로 다메리오, 돈 카미리오 단젤로, 돈 로코 마타체도 왔다.

그들을 알지 못하는 사람들은 멍한 표정으로 서서는 그들이 먹는 것을 지켜보았다. 여자들은 부러운 듯 쳐다보았다. 이따금 테이블에서는 거친 웃음소리가 터져 나왔고, 코르크 마개가 '펑'하고 뽑혀, 포도주 거품이 흘러넘쳤다.

돈 지오반니는 비올레타를 웃게 만들기 위해 손님들, 특히 대머리 손님들에게 포도주를 뿌리며 재미있어했다. 기생충들은, 쏟아지는 포도주 거품 비를 맞으며, 뻘게진 얼굴로 여전히 먹으면서 자신들의 "감독님"에게 미소를 지었다. 그러나 돈 안토니오 브라텔라는 화를 내며 가는 척을 하니, 그 맞은 편의 사람들은 짐승들이 짖는 것처럼 웅얼거렸다.

비올레타가 "가지 마세요."라고 하자, 돈 안토니오는 자리에 남았다. 이후 그는 다섯 번째 운율에 맞춰 건배를 제안했다. 반쯤 취한 돈 페데리코 시코리도 역시 비올레타와 돈 지오반니에게 경의를 표하면서 "성상"과 "첫 경험"에 대해서 말하며 건배를 제안하기도 하였다. 그가 큰소리로 외쳤다. 그는 키가 크고, 마르고, 약간 푸르스름한 피부를 가지고 있었다. 그의 생업은 성인 기념일들과 교회 성일들을 위한 찬미가를 작곡하는 것이었는데, 지금 술에 취해 순서를 무시한 채 오래된 운율과 새로운 운율들을 내뱉고 있었다. 어느 순간, 더 이상 균형을 잡고 서 있을 수 없게 된 그가, 열에 녹은 촛불처럼 구부러져 조용해 지자,

비올레타 쿠투파는 자지러졌다. 사람들은 마치 구경이나 난 듯이 테이블 주위로 모여들었다.

"가시죠"라고 비올레타는 마스크와 후드를 쓰면서 말했다.

색정에 불타올라 땀에 젖어 시뻘게진 돈 지오반니가 그녀의 팔을 잡았다. 기생충들은 마지막 한 방울까지 입에 털어 넣고는, 부산하게 그들을 따라 일어났다.

IV

며칠 후, 비올레타 쿠투파는 마을 광장에 있는 돈 지오반니의 집들 중 한 아파트에 거주하게 되자, 많은 풍문이 페스카라에 떠돌았다. 유랑극단은 아말피 백작 부인을 남겨두고 브린디시를 떠났다. 엄숙하고 조용한 사순절에도 페스카라 사람들은 소소한 험담과 중상을 늘어놓고 있었다. 날마다 새로운 이야기가 도시를 떠돌며, 날마다 사람들은 상상 속에서 없던 것들을 만들어냈다.

비올레타 쿠투파 집은 산타 고스 티노 근처로써, 브리나 궁전 맞은 편, 멤마 궁전에 인접해있었다. 매일 저녁, 창문에 불이 켜지면 호기심 어린 사람들이 그 아래에 모였다.

비올레타는, 프랑스 방식의 다양한 신화 주제들을 묘사한 프랑스 직물로 장식된 방에서 방문객을 맞이했다. 17세기 두 개의 둥근 꽃병이 굴뚝 양쪽 선반 위에 놓여 있었고, 비슷한 재질의 두 커튼 사이의 반대쪽 벽을 따라 노란색 소파가 길게 자리를 차지하였다. 굴뚝 선반 위, 두 개의 금 촛대 사이에는, 석고로 된 비너스상과 메디치 가문 풍의 작은 비너스상이 있었다. 선반 위에는 다양한 도자기 꽃병, 수정 구슬 아래의 조화 한 다발, 밀랍으로 된 과일을 담은 바구니, 스위스 오두막 모형, 명반 덩어리, 조개 몇 개, 코코넛 등이 놓여 있었다.

처음에 그녀의 손님들은 살짝 조심스러운 마음이 들어 그 오페라 가수가 살고 있는 위층으로 올라가는 계단에 선뜻 나서지 못했

지만, 그 후, 조금씩, 그들은 주저하는 것을 극복해 나갔다. 가장 성실한 남자들조차도 비올레타 쿠투파의 살롱에 때때로 모습을 드러내기도 하였다. 가정이 있는 사람들도 마찬가지였다. 그들은 그들의 아내에게 작은 범죄를 저지르려는 것처럼, 혹은 멸망과 죄의 장소에 들어가려고 하는 것처럼, 은밀한 기쁨과 두려움으로 그곳으로 향했다. 그들은 자신들의 행동을 합리화하고 서로 안심시키기 위해 두 명, 세 명씩 모여, 팔꿈치로 꾹꾹 찔러가며 서로 격려하고 있었다. 이어, 창문에서 새어 나오는 불빛, 피아노에서 흘러나오는 소리, 아말피 백작 부인의 노래, 그녀를 찾은 사람들의 목소리와 박수소리가 그들을 흥분시켰다 그들은 갑작스럽게 열정에 사로잡혀, 가슴을 내밀고, 젊음의 자신감으로 머리를 들고 단호하게 계단을 오르며, 인생을 맛보고 즐길 기회를 놓치지 않겠다고 결심했다.

비올레타는 매우 예의를 차리며 형식적으로 사람들을 맞이했다. 그녀는 새로 도착한 사람들을 정중하게 환영하고 그들에게 시럽을 탄 물과 강장제를 제공했다. 새로 들어 온 사람들은 약간 놀라서, 어떻게 행동해야 할지, 어디에 앉아야 하고, 무슨 말을 해야 할지 몰랐다. 그래서 그들은 날씨나, 정치, 사순절 설교의 내용 같은 실제적이고 지루한 주제에 관해 이야기를 나누었다.

돈 주세페 포스티글리오니는 스페인 왕위에 오른 프로이센 호엔촐레른 왕자의 허세에 대해 이야기했으며, 돈 안토니오 브라텔라는 영혼의 불멸이나 다른 영감을 주는 문제에 대해 즐겁게 이야기했다. 아레오파기타 교리에 대한 내용은 대단했다. 그는 천천히 단호하게 이야기를 했으며, 이따금 어려운 단어를 빠르게 발음하면서 몇몇 음절은 건너뛰기도 했다. 어느 날 저녁에는, 그럴듯한 어떤 이야기를 하면서, 지팡이를 들고 구부리며, 잘 구부려지다를 "얼마나 잘 구우려지나요!"로 말하기도 했고, 또 다른 날 저녁에는, 자신의 입천장을 가리키며 플루트를 연주할 수 없는 것에 대해 변명하면서, "내 입-언-장 전체에 염증이 났어요!"라고 말하기도 했으며, 또 다른 저녁에는 꽃병 모양에 대해서 말하면서, 아이들이 약을 먹게 하려면 유리를 만들 때 달콤한 것도 섞어 넣어야 한다고 말을 하기도 했다.

이런 이야기를 듣자 돈 파올로 셋시아는 믿지 못하겠다는 듯이 벌떡 일어나서 말했다. "돈 안토, 도대체 그게 무슨 말인가요?"

돈 안토니오는 가슴에 손을 얹고 도전적인 표정으로 자신의 말을 되풀이했다, "내가 말한 것은 확실한 거예요. 아주 확실하죠." 어느 날 저녁 그는 아주 힘들고 조심스럽게 걸어 들어와서는, 아주 공들여서 앉을 준비를 하였다. "감기에 걸렸고 허리가 길었기 때문이다." 또 다른 저녁에는 그는 오른쪽 뺨에 약간 멍이 든 채로 들어왔다. "손도 쓰지 못하고" 쓰러졌기 때문이었다. 다시 말해 미끄러져서 얼굴을 바닥에 부딪혔던 것이다. 그렇게 시시껄렁한 이야기가 그들의 대화 내용이었다. 돈 지오반니 웃소리오는, 그런 곳에는 언제나 있었기 때문에, 주인 같은 분위기가 났으며, 가끔 비올레타에게 허세를 부리며 다가가 그녀의 귀에 친한 듯이 뭔가를 중얼거렸다. 긴 침묵이 흘렀다. 그동안 돈 그리소토모 트롤리오는 코를 풀고, 돈 페데리코 시콜리는 두 손을 입에 대고 폐결핵 환자처럼 기침을 하고는 손을 털었다.

오페라 가수는 코르푸, 안코나, 바리에서의 자신의 활약상에 관한 이야기로 대화를 되살렸다. 그녀는 조금씩 신이 나서 자신의 상상 속에 빠져들었다. 그녀는 조심스럽게 왕자들과의 "정사"와, 왕실의 호의, 낭만적인 모험에 관해 이야기했다. 그녀는 그때와 상관없이 읽었던 소설의 내용에 대한 기억들을 뒤죽박죽 섞기도 했으며, 자신의 말을 듣고 있는 사람들이 그 말을 믿을 거라고 제멋대로 생각하고 있었다. 이 때 돈 지오반니는 완전히 동요해서 거의 얼떨떨한 상태로 그녀를 바라보고 있었는데 그러다가 질투와 거의 비슷한 짜증 같은 감정을 느꼈다. 비올레타가 바보 같은 미소를 지으며 이야기를 끝내자, 대화는 다시 시들해졌다.

그리고 나서, 비올레타는 피아노로 가서 노래를 불렀다. 사람들은 모두 깊은 관심을 가지고 귀를 기울였고 마지막에는 박수를 보냈다. 그러자 돈 브라텔라가 플루트를 가지고 일어났다. 그 소리로 사람들은 말할 수 없는 우울함에 빠지게 되었는데, 기절이라도 할 듯했으며, 머리를 가슴까지 숙이면서 겨우 그 고통을 견디고 있었다. 마침내 하나둘씩 모두 떠났다. 그들이 비올레타의 손을 잡고 작별 인사를 할 때, 그녀의 강한 사향의 냄새가 그들의 손가락에 약하게 남아 그들을 더욱 들뜨게 만들었다. 거리에서는 더 많은 사람들이 무리를 지어 느슨하게 이야기를 하고 있었다. 흥분하다가, 목소리를 낮추기도 하고, 누군가가 다가오면 말을 하지 않기도 하였다. 천천히 그들은 부리나 궁전 아래에서 광장의 다른 곳으로 이동했다. 그곳에서 그들은 여전히 불이 켜져 있는 비올레타의 창문을 바라보았다. 창 너머로 희미한 그림자가 지나갔다. 어느 순간 빛이 사라지고 두세 개의 방을 가로질러 마지막 창에서 멈췄다. 얼마 지나지 않아 한 사람이 셔터를 닫기 위해 몸을 내밀었다. 몰래 엿보고 있던 사람들은 그건 돈 지오반니일 거라고 생각했다. 그들은 별빛 아래에서 계속 이야기를 하다가, 때로는 서로 옆구리를 찔러가며 웃으며, 손짓과 발짓을 하고 있었다. 돈 안토니오 브라텔라는 아마도 가로등 불빛이 반사되어서 그런지 푸르스름하게 보였다. 기생충들은 이야기 중에 자신들의 물주를 그토록 우아하게 갈취하고 있는 이 오페라 가수에 대해 조금씩 적개심을 드러내고 있었다. 그들은 이런 넉넉한 식사가 사라지지는 않을까 노심초사하고 있었다. 이미 돈 지오반니는 초대를 줄이고 있었다.

"이 불쌍한 사람의 눈을 뜨게 해야 해요. 여자 사기꾼이라구요! 이런! 그가 홀려서 결혼할 수도 있어요. 그렇고 말구요! 그렇게 되면 얼마나 꼴사나워요!"

돈 폼페오 네르비는 자신이 먹고 있던 큰 송아지의 머리를 흔들어 동의했다.

"맞는 말이죠! 맞아요!" 잘 생각해야 해요."

족제비같은 돈 네레오 피카가 방법을 제안하고 계획을 세웠다. 이 경건한 사람은 교회 안의 비밀스럽고 힘든 싸움에 익숙해서, 불화의 씨 뿌리는 것 따위는 식은 죽 먹기처럼 여겼다.

그래서 다른 사람들은 그저 밥만 먹고 있었고 바보 같은 말을 하려다가도 입을 다물었다. 봄이 되자, 공원의 나뭇잎들에서는 이파리 냄새가 나고 하얀 꽃들이 만발하여 흔들리고 있었다. 근처의 샛길에서는 헐렁하게 옷을 입은 매춘부들의 모습도 보였다.

V

돈 지오반니 웃소리오는 비올레타 쿠투파가 떠났다는 소식을 로사 카타나로부터 들은 후, 그녀가 없는 집으로 다시 들어가, 그의 앵무새가 나비와 벌처럼 윙윙거리는 소리를 내는 것을 들었을 때, 그는 예전에는 느끼지 못한 더욱 깊은 좌절감을 느꼈다.

입구에는 한 줄기 햇빛이 선명하게 들어차 있었고, 철제 격자를 통해 연보라색 꽃들이 가득한 조용한 정원이 보였다. 그의 하인은 밀짚모자를 얼굴에 덮고 벤치에서 잠을 자고 있었다.

돈 지오반니는 하인을 깨우지 않았다. 그는 계단을 계속 바라보면서 어렵게 계단을 올라갔고, 가끔 멈추어 서서 중얼거렸다. "오, 맙소사! 오, 오, 어떻게 이런 일이!"

방에 도착한 그는 침대에 몸을 던져 입을 베개에 대고는 다시 흐느끼기 시작했다. 다시 일어났을 때, 침묵이 무겁게 흘렀으며 창문까지 자란 정원의 나무들은 고요 속에 약간씩 흔들리고 있었다. 별다른게 없었는데, 왜 이런 일이 발생했는지 그는 알 수 없었다.

그는 생각에 빠져 오랫동안, 떠난 그녀의 자리, 몸짓, 말, 사소한 움직임들을 떠올렸다. 그는 마치 그녀가 그 자리에 있는 것처럼 그녀의 모습을 볼 수 있었다. 기억할 때마다 그의 슬픔은 점점 커져, 마침내, 그는 멍해져 있었다. 그는 거의 움직이지 않은 채로 침대에 앉아 있었고, 눈은 충혈되어 있었으며, 이마는 땀과 뒤섞인 흑채로 검게 변했고, 얼굴은 갑자기 더 뚜렷해진 주름으로 깊게 주름져 있었다. 그는 한 시간 만에 10년을 늙어버렸다. 재미있고도 한심한 변화였다.

돈 그리소스토모 트로일로가 소식을 듣고 도착했다. 그는 키가 작고, 동그랗고 부은 얼굴, 왁스를 꼼꼼히 발라 새의 두 날개처럼 날카롭고 가는 수염을 한, 나이 든 남자였다. 그가 말했다.

"이런, 지오바, 무슨 일입니까?"

돈 지오반니는 대답하지 않았지만 모든 연민을 쫓아 버릴 듯이 어깨를 흔들었다. 그러자 돈 그리소스토모는 비올레타 쿠투파에 대해 말하지 않고 자비롭게 그를 나무라기 시작했다.

돈 시릴로 다메리오가 돈 네레오 피카와 들어왔다. 둘은 들어오자 마자, 보란 듯이,

"돈 지오바, 이제 아시겠죠! 우리가 말씀드렸죠! 우리가 말씀드렸잖아요!"라고 그들은 소리쳤다. 둘 다 성찬 합창단 소속이었기 때문에, 오르간 반주로 노래하는 습관에서 얻은 콧소리와 억양을 가지고 있었다. 그들은 무자비하게 비올레타를 공격하기 시작했다. 그녀가 이런 짓도 하고 저런 짓도 하고 다른 짓도 했다는 말이었다.

돈 지오반니는 화가 나서 그런 비방을 듣지 않겠다는 행동을 취했지만 둘은 계속했다. 이제 돈 파스쿠알레 비르질리오, 돈 폼페오 네르비, 돈 페데리코 시콜리, 돈 티토 데 시에리가 도착해서 거의 모든 기생충들이 모이게 되었다. 그들은 서로의 말에 맞장구를 치며 점점 더 사나워지게 되었다. 그는 비올레타 쿠투파가 톰, 딕, 해리에게도 자신의 몸을 허락했다는 사실을 몰랐을까? 진짜, 그녀는 그랬다구요! 진짜라구요! 그들은 정확한 세부 사항이나, 정확한 장소들도 공개했다.

그러자 돈 지오반니는 끔찍한 호기심에 사로잡혀 알고 싶어서 눈에는 불이 일었다. 이러한 폭로는 그를 역겹게 하는 대신, 오히려 자신의 욕망을 자극했다. 비올레타는 그에게는 그런 추문보다는 훨씬 매력적이고 아름다운 사람처럼 느껴져서, 그는 자신의 슬픔과 뒤섞인 맹렬한 질투로 마음속이 엉망이 되어가는 것을 느꼈다. 바로 그때 그의 눈앞에 비올레타가 그에게 부드러운 안식을 주듯이 나타났다. 현기증나는 환상이었다.

"오, 하나님! 오, 하나님! 오! 오!" 그는 다시 흐느끼기 시작했다. 사람들은 서로를 바라보며 웃음을 참았다. 사실, 이렇게 살찌고, 대머리에, 추한 남자의 슬픔은 너무도 터무니없어서 현실감이 느껴지지 않았다.

"모두 나가세요, 지금!" 돈 지오반니는 펑펑 울고 있었다.

돈 그리소스토모 트로일로가 앞장 서자, 다른 사람들도 지껄이면서 그를 따라 계단을 내려갔다.

저녁이 되자 엎드려 있던 남자가 조금씩 살아나기 시작했다. 문쪽에서 여자 목소리가 들렸다. "돈 지오반니, 들어가도 될까요?"

로사 카타나의 목소리인 것을 알아채자, 본능적으로 그는 갑자기 기분이 좋아졌다. 그는 그녀를 들이기 위해 달려 나갔다. 어둑해진 방 안으로 로사 카타나가 나타났다.

"들어 오세요! 들어 와요!" 그가 소리쳤다. 그는 그녀를 자신의 옆에 앉히고, 그녀가 말하게 하고, 그녀에게 수많은 질문을 퍼부었다. 친숙한 목소리를 듣자 그는 고통이 조금 사라지는 것처럼 느꼈다. 그는, 여전히 환각 상태에서 벗어나지 못한 채, 이 친숙한 목소리에서도 비올레타의 목소리를 떠올렸다. 그녀의 손을 잡고 외쳤다.

"당신은 그녀가 옷 입는 것을 도왔죠? 그렇지 않나요?"

그는 그녀의 거친 손을 어루만지며, 눈을 감고, 몇 번이나 자신의 손으로 만졌던 그 풍부하고 풀어 해친 머리카락들을 마음속에 잠시 떠올렸다. 로사는 처음에는 이해하지 못했다. 그녀는 이것을 돈 지오반니가 갑자기 감정이 격해져서 그럴 거라고 생각하면서, 부드럽게 손을 빼고 모호하게 말하며 웃었다. 그러나 돈 지오반니는 중얼거리듯 말했다.

"아니, 아니요!... 잠깐만, 그대로 있어요! 당신은 그녀의 머리를 빗겨주지 않았던가요? 그렇죠? 당신은 그녀를 목욕도 시키셨죠? 그렇죠?"

그는 비올레타의 머리카락을 빗기고, 그녀를 목욕시키고, 그녀의 옷을 입힌 로사의 손에 키스를 하기 시작했다. 로사의 손에 키스하는 동안 그가 더듬거리며 이상한 소리를 내자 로사는 웃음을 겨우 겨우 참았다. 그러나 마침내 그녀도 그가 왜 그러는지 알 수 있었지만, 여자들만의 느낌으로 웃음을 계속 참았다. 그러면서도 이 어리석은 코미디 후에 생길 수 있는 이점들을 계산하고 있었다. 그녀는 고분고분하게 그가 그녀의 손을 만지도록 내버려 두었고, 자신을 비올레타라고 부르게 했고, 그녀가 모시던 마님의 문 열쇠 구멍으로 수 차례 엿보아서 얻은 모든 경험을 십분 활용했다. 그녀는 심지어 자신의 목소리를 더 달콤하게 하려고도 하였다.

이제 방안은 많이 어두워졌다. 잘 보이지 않았다. 열려진 창으로 빛이 붉게 반사가 되어 들어왔고, 정원의 나무들은 이제 거의 새까매져 바람에 뒤틀리며 흔들리고 있었다. 병기고 주변의 수렁에서 개구리들의 목쉰 소리가 들려 왔다. 거리의 소음은 아득하기만 했다.

돈 지오반니는 그 여자를 자신의 무릎으로 끌어당겼고, 마치 아주 독한 술을 삼킨 것처럼, 완전히 혼미해져서, 셀수 없이 많은 유치한 말을 중얼거리고 계속 횡설수설하며 그녀의 얼굴을 자신의 얼굴에 가까이 가져갔다.

"아, 사랑하는 귀여운 비올레타!" 그가 속삭였다. "내 사랑이여! 가지마세요, 제발...! 당신이 떠나면 당신의 니니는 죽어요, 불쌍하지 않나요..! 않나요우-요우-요우!"

그렇게 그는 이전에 비올레타에게 했던 대로 계속 바보같이 굴었다. 로사 카타나는 그를 계속 달랬다. 그는 마치 어딘가 도착된 아픈 아이처럼 보였다. 그의 머리를 자신의 어깨에 기대게 하고, 울어서 부어오른 눈에 입을 맞추고, 그의 대머리 부분을 쓰다듬으며 엉겨붙은 머리를 가다듬어 주었다.

VI

이런 식으로, 로사 카타나는 1871년 3월에 중풍으로 사망한 돈 지오반니 웃소리오로 부터 야금야금 재산을 물려받았다.

이야기 셋
투를렌다나의 귀환

일행이 해변을 따라 걷고 있었다. 언덕을 넘어 마을 전체에 봄이 다시 오고 있었다. 해변가 녹지대는 볼품은 없었지만 이미 파룻파룻했고, 이곳저곳이 나날이 다르게 성장하는 초목들로 확연히 구분되었으며, 모든 언덕들은 신록의 나무들로 덮여 있었다. 북풍은 신록의 나무들을 흔들어서 바람이 지나간 자리에는 꽃들이 많이 떨어져 있었다. 가까운 언덕들은 분홍색과 보라색 사이의 색으로 덮여 있는 것처럼 보였고, 순간 그 모습은 물웅덩이의 맑은 표면을 덮고 있는 잔물결처럼, 혹은 색이 바랜 그림처럼 떨리고 창백해졌다.

바다는 달빛을 받으며 해안을 따라 고요하고 넓게 펼쳐져 있었고, 북쪽 바다는 페르시아의 청록색을 띠고 있었으며, 보다 어둡게 보이는 물살들이 굴곡지게 바다 표면을 흐르고 있어서 바다는 여기저기 깨진 듯이 보였다.

고향을 떠나 오랫동안 여기저기를 떠돌아다녔던 투를렌다나는, 이곳에서 있었던 기억들을 모두 잊고 고향에 대한 어떤 느낌도 없이, 지치고 규칙적인 발걸음을 서두르며 옮기고 있었다. 그는 뒤도 돌아보거나 주변을 살펴보지도 않았다.

낙타가 풀이 자란 곳에서 멈추면, 투를렌다나는 짧고도 쉰 목소리로 갈 길을 재촉했다. 그러면 이 거대한 붉은색 네발 동물은 얼마 안 되는 풀을 세게 씹으면서 천천히 고개를 들었다.

"가자, 바르바라!"

작고 눈처럼 하얀 당나귀인 수잔나는 원숭이가 괴롭히는 것에 항의하듯이, 위에 올라탄 원숭이를 내려 달라고 이따금 애처롭게 울었다.

그러나 잠시도 가만히 있지 않는 자발리는 그렇게 하지 않았다. 마치 미친 것처럼 당나귀 위를 빠르고도 사납게 뛰어다니고, 장난스럽게 머리 위로 뛰어오르며, 커다란 귀를 잡기도 하고, 꼬리를 들어 올리고 털을 흔들더니, 털 사이를 들여다보고, 손톱으로 사납게 긁은 다음, 당나귀의 입에 손을 대고 턱을 움직여 당나귀가 풀을 먹을 때처럼 무섭게 얼굴을 일그러뜨렸다. 그러더니 갑자기 원숭이는 다시 자기 자리로 돌아가서는 덤불 뿌리처럼 꼬인 발을 손으로 잡고 경이감과 혼미함이 가득한 주황색 눈으로 바다를 바라보면서 앉아 있었다. 이마에는 주름살이 보였으며 얇은 분홍빛 귀는 신경질적으로 떨리고 있었다. 그러더니 바로 당나귀에게 그 몹쓸 짓을 다시 시작했다.

"가자, 바르바라!"

낙타가 그 말을 듣고 다시 걷기 시작했다.

일행이 페스카라 강어귀에 있는 버드나무 숲에 도착했을 때, 반디에라의 부두에 정박해 있는 배의 돛대 위에서나, 강 오른쪽 둑에서 사람들이 보였다. 투를렌다나는 강물을 마시기 위해 멈췄다.

고향의 강은 평화로운 바다 같은 느낌을 주었다. 속새로 덮인 둑은 황량하고 길게 뻗어 있었다. 깊은 침묵이 흘렀다. 강어귀는 바다의 수정으로 틀을 짜 맞춘 거울처럼 햇빛 속에서 고요하게 빛났다. 해초들은 바람 때문에 구부러져, 해초의 녹색 부분과 흰색 부분이 드러나 보였다.

"페스카라!" 투를렌다나는, 호기심에 차서 이제는 알아 보겠다는 듯한 말투로, 조용히 멈춰 서서 풍경을 바라보며 말했다.

그런 다음 자갈이 깨끗한 강변으로 내려가 무릎을 꿇고, 손바닥을 구부려 물을 입으로 가져가 마셨다. 낙타는 긴 목을 구부려 천천히 규칙적으로 물을 들여 마셨다. 당나귀도 강물을 마셨고, 원숭이는 사람 흉내를 내며 설익은 인도산 무화과 같은 보라색 손으로 컵을 만들었다.

"가자, 바르바라!!" 낙타가 이 소리를 듣고 물을 그만 마셨다. 물이 낙타의 입에서 가슴으로 뚝뚝 떨어졌으며 벌린 입술 사이로 하얀 잇몸과 노란 이빨들이 보였다.

바다 사람들이 숲을 가로질러 표시한 샛길을 따라 이들은 계속 나아갔다. 그들이 람피냐의 아르세날레에 도착했을 때, 해가 지고 있었다. 투를렌다나가 벽돌 난간 옆을 걷고 있던 선원에게 물었다.

"저기가 페스카라인가요?"

선원은 이상한 짐승들을 보고 놀라면서 투를렌다나의 질문에 대답했다.

"예, 그렇습니다."라며 하던 일을 중단하고 투를렌다나를 뒤따랐다.

곧 다른 사람들도 합류했다. 이어 호기심 많은 사람이 모여들어서는 투를렌다나를 뒤따랐는데, 투를렌다나는 사람들의 말에 신경 쓰지 않고 태연하게 자신의 길을 갈 뿐이었다. 그들이 부교에 이르렀을 때, 낙타가 건너가는 것을 거부했다.

"가자, 바르바라! 가자, 가자구!" 투를렌다나는 짜증 난다는 듯이 고삐 밧줄을 흔들면서 재촉했다. 하지만 바르바라는 고집스럽게 바닥에 누워 아주 편안하게 머리를 쭉 뻗고는 움직일 생각을 하지 않았다.

처음에는 신기하게 바라보던 주변의 시시덕대던 사람들이 이제는 함께 소리를 질렀다.

"바르바라! 바르바라!"

사람들은 선원들이 앵무새와 원숭이를 먼 곳으로부터 데리고 오는 것을 보았고 원숭이를 어느 정도 잘 알고 있었기 때문에, 그들은 수천 가지 방법으로 자발리를 놀렸다. 사람들이 커다랗고 푸른 아몬드를 주자, 원숭이는 아몬드를 까서는 그 달콤하고 신선한 과육을 탐욕스럽게 먹어 치웠다.

계속 재촉하고 소리를 질러서, 투를렌다나는 기어코 낙타의 고집을 꺾었고, 뼈들과 가죽이 거대한 구조를 이루고 있는 낙타는 부추기는 사람들 사이에서 비틀거리며 일어섰다.

사방에서 병사들과 선원들이 그 광경을 보기 위해 부교위로 몰려

들었다. 저 멀리 그란 사쏘 산 너머로, 지는 태양이 봄 하늘을 선명한 장밋빛으로 비추고 있었으며, 축축한 대지, 강물, 바다, 연못에서는 습기가 피어올랐다. 집, 돛, 돛대, 식물, 풍경 전체가 장밋빛으로 물들었고, 사람들의 모습은, 투명하다 해야 할까, 서서히 사라지는 빛 속에서 윤곽선이 흔들리면서 흐려졌다.

일행의 무게 때문에 다리는, 아주 커다란 거룻배처럼, 타르를 칠한 배 위에서 삐걱거렸다. 투를렌다나는 다리 한가운데에 멈춰서는 낙타를 멈추게 했다. 낙타는 사람들 머리 위로 우뚝 서서 바람을 맞으며 숨을 몰아쉬고는 머리카락이 무성한 가상의 뱀처럼 천천히 머리를 움직였다.

낙타의 이름은 호기심 많은 사람 사이에 알려지게 되었고, 그들 모두는 재미있는 것을 좋아하기도 하고, 해가 아름답게 지고 일 년 중에 가장 아름다운 계절이기도 해서, 한껏 부풀어 올라 신이 나서 외쳤다.

"바르바라! 바르바라!" 박수 소리와 사람들이 지르는 호의의 함성에 낙타 가슴팍에 기대어 있던 투를렌다나는 마음속에 훈훈한 만족감이 솟아오르는 것을 느꼈다.

당나귀는 갑자기 높고 이상한 소리를 내며 울기도 하고, 열정적으로 한숨을 내쉬는 듯하기도 하여서 사람들은 갑자기 웃음을 터뜨렸다.

신선하고 행복한 웃음소리가 폭포의 돌 위로 떨어지는 커다란 물소리처럼 다리의 한쪽 끝에서 다른 쪽 끝으로 퍼져 나갔다.

잠시후, 투를렌다나는 아무도 자신을 알아보지 못하는 사람들 사이를 뚫고 앞으로 나아갔다. 여자들이, 갈대 바구니에, 방금 잡은 물고기들을 팔고 있는 성문 밖에 그가 도착했을 때, 단물이 다 빠져 쭈굴쭈굴한 레몬 같은 노란 얼굴을 한 키작은 빈치-반체가 다가서서는, 낯선 사람이 보일 때면 언제나 그랬던 것처럼 숙소를 제안했다.

먼저 그는 바르바라를 가리키며 물었다.

"사납나요?"

투를렌다나는 미소를 지으며 아니라고 대답했다.

빈치-반체는 안심한 듯 말을 이어갔다. "로사 쉬아보나 집에서 숙박하실래요?" 두 사람이 페스카리아쪽으로 방향을 바꿨다가, 다시 산타 고스 티노쪽을 향하자, 사람들이 그 뒤를 따랐다. 창문과 발코니에서 여자와 아이들은 몸을 내밀어 지나가는 낙타를 보고 놀라고, 하얀 나귀의 우아함에 감탄하며, 원숭이의 광대 같은 모습에 웃음을 터뜨렸다.

어떤 곳에서는, 바르바라가 낮은 로지아에 매달려 있는 퍼런 무엇인가를 보고는 목을 뻗어 입술로 잡은 후 그것을 찢어버렸다. 로지아에서 내다보고 있던 여자들에게서 비명 소리가 터져 나왔고, 그 소리는 다른 로지아에서도 터져 나왔다. 강에서 온 사람들은, 마치 카니발 때 가면을 쓴 것처럼, 큰 소리로 웃고 소리를 질렀다.

"와! 와!"

그들은 이런 새로운 광경과 상쾌한 봄 공기에 취한 듯했다. 포르타살레 근처의 로사 쉬아보나 집 앞에서 빈치-반체는 멈추라는 신호를 보냈다.

"여기입니다."라고 그가 말했다.

창문이 일렬로 된 매우 허름한 단층집이었는데, 벽 아래쪽은 글자들이 새겨져 있거나 이상한 모습들로 덮여 있었다. 아치에는 한 줄의 박쥐들이 고정된 듯 장식처럼 늘어서 있었고 붉은빛을 띤 종이로 덮인 등이 창문 아래에 매달려 있었다.

이곳은 일종의 모험가들이나 떠돌이들의 거처였다. 레토 마노펠로 출신의 몸집이 크고 뚱뚱한 트럭 기사, 술모나의 집시, 말 매매인, 보일러 수리공, 부키아니코의 선반공, 산타젤로의 여자들, 요망한 여자들, 아티나의 자루 피리 부는 사람, 산사람들, 곰 조련사, 사기꾼, 가짜 탁발승, 도둑, 점쟁이들이 뒤섞여 잠을 자는 곳이었다. 빈치-반체는 이 모든 쓰레기들의 중개자이며 로사 쉬아보나 하숙집의 위대한 보호자였다.

로사 쉬아보나가 사람들이 들어오는 소리를 듣고는 문턱까지 나왔다. 그녀는 난쟁이와 암퇘지가 낳은 존재처럼 보였다. 그녀가 쭈뼛대면서 물었다.

"왜 그러시죠?"

"숙박을 원하는 사람이 있는데요, 짐승들이 있어요. 도나 로사."

"몇 마리인데요?"

"보시다시피 세 마리입니다. 원숭이, 당나귀, 낙타."

사람들은 이런 대화에 관심이 없었다. 몇 명은 원숭이를 놀리고 있었고, 다른 사람들은 낙타의 다리를 만지며 무릎과 가슴의 굳은 살에 대해서 말하고 있었다 여러 소아시아의 항구들까지 가 보았던 소금창고의 두 경비원들이 낙타의 놀랄만한 특징들에 대해서 큰소리로 이야기하고 있었다. 그들은 또 낙타가 많은 반라의 이국 악사들과 여자들을 목에 매고 춤추는 것을 보았다고, 자신도 믿을 수 없었다는 듯이, 말했다. 이렇게 신기한 이야기를 더 듣고 싶어 하는 사람들이 외쳤다.

"더 말해 봐요! 더 말해 보세요!" 사람들은, 눈을 크게 뜨고 숨죽인 채, 이야기꾼들의 주변으로 모였다.

그러다가 바닷바람으로 눈꺼풀이 치켜 올라간 늙은 경비원이 아시아의 나라들에 관해서 이야기를 하기 시작했고, 말을 하면 할수록 자신의 이야기에 상상을 더해 그의 이야기는 점점 더 신기해져 갔다.

어떤 신비로운 부드러움이 석양을 관통하는 것 같았다. 이야기를 듣는 사람들의 마음속에는, 그들에게 묘사된 곳들이 기이한 광채에 싸여 그들의 상상 속에 생생하게 떠올랐다. 이미 그림자가 드리워진 포르타의 아치를 가로질러, 소금을 실은 배가 강물 위에서 흔들리고 있는 것이 보였고, 소금은 저녁의 모든 빛을 흡수해서 그 보트들을 마치 소중한 수정궁전처럼 보이게 했다. 초록빛이 도는 하늘에는 초승달이 떠올랐다.

"더 말해 보세요! 더 말해 봐요!"라고 모인 사람 중에 나이 어린 사람들은 울다시피 간청했다.

그동안 투를렌다나는 짐승들을 헛간으로 몰고 가서 먹이를 주었다. 그러다가, 그는 빈치-반체와 함께 문밖으로 나섰다. 아직 남아 있던 사람들은 낙타 머리가 바위 창살 사이로 보였다 안 보였다 하는 헛간 문 주위에 모여 있었다.

가는 길에 투를렌다나가 물었다.

"여기 술 마실 만한 곳이 있나요?"

빈치-반체가 바로 대답했다.

"네, 꽤 있죠." 그러더니 그는 크고 검은 손을 들더니 손가락으로 하나 하나 세었다.

"스페란자 주점, 부오노 주점, 앗사우 주점, 자리칸테 주점, 투를 렌다나의 아내 맹인 여자가 운영하는 주점..."

"아!" 투를렌다나가 조용히 말을 받았다.

빈치-반체는 크고 날카로운 녹색 눈을 들어 올렸다.

"전에 여기 와본 적이 있습니까, 나리?"

그러면서 그는 페스카라 사투리로 대답을 기다리지도 않고 계속 지껄였다.

"맹인 여자 주인이 하는 주점이 크고 그곳 와인이 최고죠. 이른바 그 맹인 여주인은 남편이 4명입죠...."

그는 웃느라 말을 멈췄다, 그러자 그의 노란 얼굴은 잔주름으로 자글자글해졌다.

"첫 번째 남편은 나폴리 왕의 배를 타고 인도에서 프랑스로, 스페 인으로, 나중에는 미국까지 항해한 선원 투를렌다나였죠. 그는 바 다에서 실종됐고, 배가 사라진 이후로 아무런 소식도 듣지 못했기 때문에, 그가 어디 있는지 아무도 모르죠. 삼십 년쯤 되겠네요. 투 를렌다나는 삼손처럼 힘이 셌다고 했죠. 그래서 손가락 하나로 닻 을 올릴 수 있다고 했으니까요.. 불쌍한 사람같으니! 선원들은 대개 그런 최후를 맞이하기가 쉽잖아요."

투를렌다나는 조용히 듣고 있었다.

"그녀가 5년 동안 혼자 살고 나서 결혼한 두 번째 남편은 영국과 의 전쟁 중 나폴레옹 시대의 밀수업자들과 한통속인 오르토나 출신 의 빌어먹을 페란테의 아들이었죠. 그 놈들은 프랑카빌라, 실비, 몬 테실바노에서 밀수를 했습죠. - 영국 배들과 설탕과 커피를 거래했 죠. 실비 근처에 '사라치니 탑'이라는 탑이 있었는데, 그곳에서 신 호를 보냈죠. 경찰차가 지나가면, '플론, 플론, 플론, 플론'이라는 신호가 나무 뒤에서 들렸죠." 그 시절을 회상하는 빈치-반체의 얼 굴은 환해졌고, 즐겁고도 정신없이 그 모든 은밀한 작전들을 세세

하게 묘사하였으며, 풍부한 몸짓들과 감탄사들은 이야기에 흥미를
더해 주었다.

그의 작은 몸뚱이는, 이야기를 계속 이어가면서, 웅크러져 있다
가 가슴을 내밀며 점점 우뚝 서게 되었다.

"그러다가, 페란테의 아들은 어느 날 밤 해안을 따라 걷고 있다가
무라트 병사가 쏜 총을 등에 맞고 죽었습죠."

"세 번째 남편은 티티노 파사칸탄도였는데, 중병이 걸려 침대에
서 죽었죠."

"네 번째 남편은 지금도 살아 있고, 이름은 베르두라이며, 착한
사람으로 술에 물을 타지 않죠. 지금 가면 몇 잔하실 수 있을 거예
요."

이렇게 칭찬을 받은 주막에 도착했을 때 그들은 헤어졌다.

"내일 뵙죠, 나리!"

"그래요, 잘 가요!"

투를렌다나는 긴 테이블 옆에 앉아 있는 술꾼들이 호기심을 가지
고 관심을 보였지만, 신경 쓰지 않고 아무렇지도 않게 들어갔다. 먹
을 것을 시키자, 저녁 식사가 차려진 2층 방으로 안내되었다.

그곳에서 정기적으로 묵는 사람들은 아직 방에 없었다. 투를렌다
나는, 굶주린 사람처럼 머리를 접시 위로 숙이고 앉아서, 쉬지 않고
크게 한 입씩 퍼먹기 시작했다. 그는 거의 완전히 대머리였고, 이
마에서 뺨까지 얼굴에 깊고 붉은 흉터로 주름져 있었으며, 그의 굵
은 회색 수염은 튀어나온 광대뼈까지 뻗어 있었고, 그의 피부는 검
고, 건조하고, 푸석푸석했으며, 바다와 태양 때문에 거칠고 고통으
로 주름져 있어서, 사람의 모습이 아니었으며, 그의 눈은 무덤덤하
게 먼 곳을 응시하고 있었다.

베르두라는 호기심에 사로잡혀 자신의 맞은편에 앉아있는 투를
렌다나를 유심히 바라보았다. 그는 약간 상기되어있었으며 그의 얼
굴은 황소의 쓸개처럼 주홍색의 실핏줄이 서 있었으며 불그스레 했
다. 드디어 그가 물었다.

"어디에서 왔습니까?"

투를렌다나는 고개를 들지 않고 간단히 대답했다.

"멀리서 왔습니다."

"그럼 어디로 가십니까?" 베르두라가 다시 물었다.

"여기 있을 겁니다."

놀란 베르두라가 입을 다물었다.

투를렌다나는 접시에서 물고기를 하나씩 하나씩 집어 들어, 머리와 꼬리를 떼고 뼈까지 씹어 먹었다. 물고기 두세 마리당 포도주를 한 모금씩 마셨다.

"여기 아는 사람 있나요?" 베르두라는 호기심에 들떠 물었다.

"글쎄요," 투를렌다나가 짤막하게 대답했다.

상대가 짤막하게 이야기하는 바람에, 베르두라는 다시 입을 다물었다. 아래층 술꾼들의 시끌벅적함 속에 투를렌다나가 느리게 꼭꼭 씹어 먹는 소리가 들렸다. 베르두라는 조심스럽게 다시 입을 열었다.

"낙타는 어느 나라에서 구하신 거예요? 저 두 혹은 진짜인가요? 저렇게 크고 힘센 짐승도 길들여 지나요?"

투를렌다나는 그가 지껄이게 놔두었다. 물론 대답도 하지 않았다.

"성함이 어떻게 되십니까, 선생님?"

질문을 받은 투를렌다나는 접시에서 머리를 들고 이전처럼 간단하게 대답했다.

"저는 투를렌다나라고 합니다."

"뭐라구요?"

"투를렌다나입니다."

"아!"

여관 주인은 깜짝 놀랐다. 어떤 막연한 두려움이 그의 가장 깊은 영혼을 뒤흔들었다.

"뭐라구요? 여기 투를렌다나라구요?"

"예, 여기."

베르두라의 큰 푸른 눈은 남자를 바라보면서 커졌다.

"아니, 당신은 죽지 않았나요?"

"예, 안 죽었습니다."

"그럼 당신이 로살바 카테나의 남편인가요?"

"예, 그렇습니다."

"그럼 지금" 베르두라는 당황해서 외쳤다. "우리 둘 다 남편이라 구요?"

"우리 둘이?"

그들은 잠시 조용해졌다. 투를렌다나는 침착하게 마지막 한 조각 의 빵을 씹고 있었고, 그 조용한 방은 그가 이빨로 바스락거리며 빵 을 씹는 소리로 가득 채워졌다. 원래 유순하고 단순해서 그런 건지, 어리석어서 그런 건지는 모르겠지만, 베르두라는 너무 특이한 경우 라고 생각해서 깜짝 놀랐다. 갑자기 유쾌한 충동이 그를 사로잡아 서 들뜨게 했다.

"로살바에게 갑시다! 가자구요! 갑시다!"

그는 투를렌다나의 팔을 잡고 술꾼 사이로 그를 이끌고 팔을 흔 들며 소리쳤다.

"투를렌다나가 왔어요, 뱃사람 투를렌다나라구요! 내 아내의 남 편이에요! 투를렌다나가 안 죽었어요! 투를렌다나가 왔어요! 투를 렌다나입니다."

이야기 넷
투를렌다나 취하다

마지막 잔을 마시자, 시청의 시계탑 시계가 새벽 2시를 울리려하고있었다.

시계 타종 소리가 맑은 달빛으로 가득 찬 밤의 정적 속에서 울려퍼질 때, 비아지오 쿠아구리아가 와인을 많이 마셔 혀가 꼬부라진 목소리로 말했다.

"자! 가야되지 않겠어요?"

벤치 아래에서 반쯤 뻗은 시아볼라는 자신의 장거리 육상 선수같은 다리를 이따금 흔들며, 야생 토끼의 맛이 목구멍으로 올라오고, 콧구멍으로는 바람이 실어다 주는 바다 근처 숲의 소나무 송진 냄새를 맡으며, 페스카라 후작의 금지된 땅에서 몰래 한 사냥에 대해 중얼거렸다.

비아지오 쿠아구리아는 금발의 사냥꾼을 발길질하며 일어나려고 하면서 말했다.

"가자구요."

흔들거리며 힘겹게 일어나고 있는 시아보라는 마치 삐쩍 마른 사냥개 같았다.

"가야죠, 그들이 우리를 쫓고 있단 말이에요," 그가 대답하며 동의한다는 의미로 손을 높이 들었다, 아마 하늘을 가로질러 새들이 날아가고 있는 것을 염두에 둔 듯하였다.

투를렌다나도 일어나서는, 뒤에 있는 화장하지 않은 빨갛게 상기

된 뺨과 튀어나온 가슴을 한 술집 주인 자리칸테를 보고 껴안으려
했다. 그러나 자리칸테는 욕설을 퍼부으며 그가 껴안으려는 것을
피했다.

문턱에서 투를렌다나는 옆 사람들에게 가는 길에 조금만 부축해
달라고 부탁했다. 하지만 단짝 친구인 비아지오 쿠아그리아와 시아
보라는 농담조로 그 청을 거절하더니 달빛이 환한 길로 멀어져 갔
다.

그러자 투를렌다나는 잠시 멈춰 서서는 수도사의 얼굴처럼 둥글
고 붉은 달을 바라보았다. 주변의 모든 것들은 조용했고 길게 늘어
선 집들은 밝은 달빛을 반사하고 있었다. 고양이 한 마리가 5월의
밤의 문간에서 울고 있었다. 술 취한 남자가 머뭇거리며 천천히 손
을 뻗어 고양이가 귀여워서 만지려 하자, 길들여지지 않는 고양이
는 펄쩍 뛰어서 사라졌다.

주인 없는 개가 다가오는 것을 보고, 개를 충동적이고 지나치게
귀여워하려고 하자, 개는 그가 부르는 것에 아랑곳하지 않고 사거
리 모퉁이를 돌아 사라져서는 뼈다귀를 물어뜯고 있었다. 개가 이
빨로 내는 소리는 한밤의 고요함 속에서 분명하게 들렸다.

잠시 후, 주점의 문이 닫히고 투를렌다나는 흘러가는 구름 그림
자에 가린 보름달 아래 홀로 남아 서 있었다. 문득 그는 자신을 둘
러싸고 있는 모든 사물이 빠르게 사라지는 것처럼 생각이 들었다.
모든 것들이 그에게서 멀어져 갔다. 그가 뭘 했다고 모든 것들이 사
라지는 걸까?

불안한 발걸음으로 그는 강 쪽으로 움직였다. 걷는 동안 모든 것
이 사라져 버렸다는 생각이 그를 완전히 사로잡았으며, 술에 취하
면 사람이 변하는 것처럼 그를 변화시켰다. 그는 다른 두 마리의 주
인 없는 개를 만나 실험 삼아 그들에게 접근했지만, 그들도 꼬리를
다리 사이에 끼우고 슬금슬금 멀어져서 벽 쪽으로 가서 조금 더 가
더니, 짖어 대기 시작했다. 갑자기, 바그노 다 산타 고스 티노에서,
아르세날레에서, 페스체리아에서, 주변의 모든 섬뜩하고 후미진 장
소에서, 떠돌이 개들이 전투 개시 나팔 소리와 달로 올라간 굶주린
부족의 공격적인 합창에 응답이라도 하는 듯이 모든 방향에서 달려

왔다.

투를렌다나는 깜짝 놀랐다. 마음속에 막연한 불안감이 일어서 조금 빨리 가다가 땅의 요철진 곳에 발이 걸렸다. 그가 자제타의 큰 술통들이 희끄무레하게 싸여 유물처럼 보이는 쿠퍼가 모퉁이에 이르렀을 때, 그는 어떤 짐승의 무겁고도 규칙적인 숨 쉬는 소리를 들었다. 마치 모든 짐승이 그에게 반감을 품고 있는 듯한 인상을 받았지만, 술 취한 사람의 고집으로, 그는 소리 나는 방향으로 움직여 또 다른 실험을 하고자 했다.

낮은 헛간 안에서 미켈란젤로의 늙은 말 세 마리가 여물통 위에서 힘겹게 숨을 쉬고 있었다. 그들은 키에티의 길을, 하루에 두 번씩, 상인들과 상품들로 가득 찬 거대한 역마차를 끌며 평생 살아온 노쇠한 짐승이었다. 마구의 마찰로 여기저기 사라진 갈색 털 아래의 갈비뼈들은 허물어진 지붕을 뚫고 나온 무수히 많은 마른 널빤지들 같았다. 앞다리는 너무 구부러져 무릎이 어딘지 거의 알아볼 수 없었고, 등은 톱날처럼 너덜너덜했으며, 갈기의 흔적도 거의 남지 않은 비쩍 마른 목은 땅을 향해 처져 있었다.

헛간 안쪽의 목제 난간이 문을 막고 있었다.

투를렌다나는 힘내라는 듯이 소리를 냈다.

"웃쌰, 웃쌰, 웃쌰! 웃쌰, 웃쌰, 웃쌰!"

말들은 움직이지 않았지만, 사람이 하는 것처럼 함께 숨을 쉬었다. 말들의 모습은 헛간 안의 푸르스름한 그림자속에서 흐릿하고 분명치 않아 보였으며, 말들처럼 거름도 숨을 내쉬는 듯했다.

"웃쌰, 웃쌰, 웃쌰!" 투를렌다나는 이전에 바르바라에게 물을 마시라고 재촉하던 것처럼 애통한 듯 계속했다. 말들은 움직이지 않았다, 그래서 다시 한번.

"웃쌰, 웃쌰, 웃쌰! 웃쌰, 웃쌰, 웃쌰!" 말 한 마리가 몸을 돌려 커다랗고 흉측한 머리를 난간 위에 올려놓고 달빛 속에 거친 물이 가득한 듯한 눈으로 바라보았다. 턱 아래 피부는 축 늘어져 잇몸이 드러났다. 숨을 쉴 때마다 콧구멍이 벌렁거리며 습기 가득한 숨을 내쉬고, 콧구멍이 가끔 닫혔다가 다시 열리면 발효 상태의 효모같은 작은 기포 구름을 내뿜고 있었다.

그 노쇠한 말 대가리를 보자 술 취한 남자는 정신이 들었다. 왜 그는 그렇게 만취했을까? 보통 그는 술을 안 먹지 않았나? 졸음이 밀려오면 뭐든 잘 잊는 그에게, 잠시, 죽어가는 낙타의 모습이 그의 눈앞에 다시 나타났다. 낙타는 기력이 없어, 긴 목을 짚 위에 쭉 뻗은 채 땅바닥에 누워 있었고, 때때로 기침으로 온몸이 떨렸다. 신음할 때마다 부풀어 오른 배에서는 물을 반쯤 채운 통에서 나는 소리가 났다.

측은지심과 연민이 파도처럼 밀려오면서, 낙타가 고통스러워 하던 모습이 다시 떠올랐다. 죽어가는 그 거대한 몸에서 나오는 이상하고 쉰듯한 신음 소리로 떨리고, 목은 고통스럽게 움직이며, 깊고 불분명한 소리와 함께 일어났다가 지푸라기 위로 다시 무겁게 쓰러지는 순간 다리는 뛰려는 듯이 움직이며, 귀는 긴장해서 떨리고, 다른 감각 기관들은 말짱한데 바라보던 것이 사라졌는데도 눈동자는 한 곳에 고정되어 있었다. 이 모든 고통이 인간의 고통인 것처럼 생생하게 선명한 기억으로 떠올랐다.

그는 난간에 기대어 무의식적으로 입을 열어 미켈란젤로의 말에게 다시 소리쳤다.

"웃쌰, 웃쌰, 웃쌰! 웃쌰, 웃쌰, 웃쌰!" 그러자 침대에서 이런 소동을 듣고 있던 미켈란젤로가 창문 위로 뛰어올라 밤의 숙면을 방해하는 사람에게 심하게 욕을 하기 시작했다.

"이런 빌어먹을 놈아! 페스카라 강에 가서 뛰쳐 버려라! 꺼져, 여기서. 꺼져, 안 그러면 총으로 쏴버릴 거야! 이놈의 새끼야, 왜 괜히 와서 잠자는 사람들을 깨우냐? 술 취했으면 가라고, 가!"

투를렌다나는 비틀거리며 강을 향해 다시 출발했다. 과일 시장 옆의 교차로에서, 교미를 하고 있는 한 무리의 개들을 보았다. 남자가 다가오자 모여있던 개들이 흩어지더니 바구노쪽으로 달려갔다. 게시디오 골목에서 또 다른 개떼가 나타나서는 바스티오니 방향으로 달아났다.

보름달의 달콤한 빛에 휩싸인 봄날의 페스카라 전역에서 교미하는 개들이 싸우고 있었다. 사슬에 묶인 채 도살된 소를 감시하는 마드리갈레의 마스티프가 때때로 굵은 목소리를 내면 다른 개들이 이에 화답하였다. 이따금씩 개가 한 마리씩 개들이 싸우고 있는 곳으로 달려가곤 하였다. 그러면 집 안에 갇힌 개들의 울음소리를 들을 수 있었다.

이제, 이 술 취한 사람의 뇌에서는 아주 이상한 현상이 벌어지고 있었다. 그의 앞에서, 그의 뒤에서, 그의 주위에서, 사물들이 점점 더 빨리 날아다니기 시작했다. 그가 앞으로 나아가자, 모든 것들이 그에게서 멀어졌다. 구름, 나무, 돌, 강둑, 배의 기둥, 그리고 집 - 모든 것들이 그가 접근하자 멀어져 갔다. 이런 식으로 분명히 그를 혐오하고 모든 것들이 그를 배척하는 듯 하자 그는 두려움에 빠졌다. 그가 멈춰 섰다. 그의 기분은 우울했다. 그의 어수선한 머리 속에 갑자기 어떤 일이 생각났다. "여우!" 그 여우 같은 시아보라도 그와 더 함께 있기를 원하지 않았다! 그의 공포는 점점 증가했다. 그의 손발이 심하게 떨렸다. 그러나 그는 그런 생각을 하면서, 부드러운 버드나무와 해안의 웃자란 풀 사이로 내려갔다.

밝은 달이 눈으로 덮인 듯한 만물 위에 평온을 흩뿌리고 있었다. 나무들은 마치 흐르는 물을 응시하는 것처럼 제방 위로 평화롭게 구부러져 있었다. 달 아래 자는 듯한 강에서는 부드럽고 우울한 숨결이 뿜어져 나오는 것 같았다. 개구리들의 울음소리가 선명하게 들렸다. 투를렌다나는 풀들 사이에 웅크리고 있어서 거의 보이지 않았다. 무릎 위에 얹은 손이 떨렸다. 갑자기 뭔가 살아 있는 것이 그의 아래쪽에서 움직이는 것이 느껴졌다. 개구리였다! 그는 비명을 질렀다. 그는 일어나서 앞을 가로막는 버드나무 사이를 비틀거리며 달리기 시작했다. 불안한 마음이 들어 마치 초자연적인 현상이라도 발생한 것처럼 공포를 느꼈다.

요철진 곳에 발이 걸려서, 앞으로 넘어져 얼굴을 땅에 부딪혔다. 그는 아주 힘들게 일어나서는 주변의 나무들을 바라보았다. 포플러의 은빛 실루엣이 고요한 공기 중에 조금도 움직이지 않고 솟아올라 있어, 그 위쪽은 비정상적으로 높아 보였다. 강기슭은 꿈에서 봤던 것들의 그림자들같이 현실이 아닌 것처럼 끝없이 사라져갔다. 오른쪽에 있는 바위들은 소금 결정처럼 눈부시게 빛났고, 가끔 푸른 베일처럼 부드럽게 머리 위로 지나가는 움직이는 구름으로 그림자가 드리워졌다. 수평선은 좀 더 멀리 있는 숲까지 이어져 있었다. 나무의 향기와 바다의 부드러운 숨결이 함께 섞였다.

"오, 투를렌다나! 오오오!" 뚜렷한 목소리가 들렸다.

투를렌다나는 깜짝 놀라서 뒤를 돌아보았다.

"오, 투를렌다나, 투를렌다나아아아!"

빈치-반체가 세관원과 함께 버드나무 덤불 사이의 선원들이 다니는 길로 올라왔다.

"이 밤에 어디를 가시는 거예요? 낙타때문에 그래요?" 빈치-반체가 다가가면서 물었다.

투를렌다나는 바로 대답하지는 않았다. 그는 한 손으로 바지를 잡고 있었다. 무릎은 앞으로 구부리고 얼굴은 이상하게 바보 같은 표정을 지으며 너무 불쌍하게 말을 더듬어서, 빈치-반체와 세관원은 박장대소하였다.

"갑시다! 가자구요!" 주름지고 키작은 남자가 술 취한 남자의 어깨를 잡고 강변 쪽으로 밀며 외쳤다. 투를렌다나는 앞으로 나아갔다. 빈치-반체와 세관원은 조금 떨어져 그를 따라가면서 웃으며 낮은 목소리로 말했다.

그는 풀밭이 끝나고 모래가 시작되는 지점에 이르렀다. 페스카라 하구에서는 바다의 으르렁거리는 소리가 들렸다. 모래 언덕 사이에 평평하게 펼쳐진 모래 위에서 투를렌다나는 아직 묻히지 않은 바르바라의 사체를 향해 달려갔다. 커다란 몸뚱이에서는 피부가 벗겨지고 피가 나고 있었으며, 등 쪽의 통통한 부분은 가리지 않아서 누르스름하게 드러나 있었다. 다리 쪽은 아직 털이 벗겨지지는 않았고 두 개의 커다란 굳은살 부분이 있었다. 입안에서는 각진 이빨들을 볼 수 있었으며, 위턱과 하얀 혀 위로 휘어져 있었다. 알 수 없는 이유로 아랫입술은 잘려져 있었고 목은 뱀 같았다.

이 끔찍한 모습을 보자 투를렌다나는 눈물을 흘리고 고개를 흔들며 사람이 아닌 것처럼 신음했다.

"오! 오! 오!"

낙타 위에 누우려다 그는 쓰러졌다. 그는 일어나려고 했지만, 술에 취해 인사불성인 상태라 의식을 잃고 말았다.

투를렌다나가 쓰러지는 것을 보고 빈치-반체와 세관 직원이 그에게 다가왔다. 한 사람은 머리를, 다른 사람은 발을 잡고, 그를 들어 올려 사랑스러워서 껴안는 것처럼 바바라의 몸 위에 길게 눕혔다. 그들은 자신들의 행동에 깔깔대며 떠나 버렸다.

투를렌다나는 해가 뜰 때까지 낙타 위에 누워 있었다.

이야기 다섯
금화

파사칸탄도는 덜컹거리며 유리 걸이문을 세차게 열어젖히고, 어깨에서 빗방울들을 대충 털어내면서 방으로 들어와서는, 입에서 담뱃대를 떼고, 경멸하듯, 관심 없는 듯, 방을 둘러보았다.

선술집의 푸르스름한 구름 같은 담배 연기 속에서 술 마시는 사람들의 얼굴이 보였다. 평판이 좋지 않은 여자들, 오른쪽 눈에 불결한 질병에 걸려 기름으로 번득이는 녹색 안대를 한 병약한 병사 파치오, 세관원들의 가사 도우미이며, 작고 딴딴한 몸집, 심술맞은 얼굴, 쭉정이 레몬 같은 누런 낯빛, 굽은 등, 가느다란 다리를 무릎까지 부츠에 찔러 넣은 빈치-반체, 군인들의 중재자, 코미디언들, 곡예사들, 사기꾼들, 점쟁이들, 곰 조련사들의 친구이며, 게으르고 호기심 많은 사람으로부터 몇 푼 안 되는 돈이라도 갈취할 생각으로 여러 마을을 싸돌아다니는 굶주리고 탐욕스러운 건달들의 친구인 마그나상구에를 볼 수 있었다.

그리고 피오렌티노 주점의 여자들도 또한 거기 있었다. 그중 3~4명은 이미 퇴기처럼 보였는데, 그녀들의 뺨은 벽돌색으로 칠해져 있었고, 눈은 관능적이며, 너무 익은 무화과처럼 거의 푸르스름한 색을 띠고 있는 입술은 탄력이 없어 보였다.

파사칸탄도는 방을 가로질러, 외설적인 그림과 낙서들로 가득한 벽 앞의 의자에 ,피카와 페푸치아를 양옆에 두고 앉았다. 그는 갸름하고, 젊고, 어쩐지 여자 같고, 매우 창백한 얼굴에, 코는 두툼하고 탐욕스러웠으며 한쪽으로 많이 구부러져 있었다. 그의 귀는 마치 두 개의 부풀린 종이 봉투처럼 그의 머리에서 튀어나왔으며 한 쪽이 다른 쪽보다 더 컸다. 그의 둥글고 튀어나온 입술은 매우 붉었고 항상 모서리에 희끄무레한 침이 작은 공처럼 뭉쳐져 있었다. 공들여 빗은 머리 위에, 오랫동안 사용해서 평평해진 낡은 모자를 쓰고 있었고, 갈고리처럼 위로 휘어진 그의 한쪽 머리카락들은 동그랗게 말려 이마를 덮고 코가 시작하는 부분까지 내려가 있었으며, 다른 쪽 머리카락들은 곱슬곱슬하게 그의 관자놀이를 덮고 있었다. 몸짓 하나하나, 동작 하나하나, 목소리 톤과 눈길에 음탕함이 묻어 있었다.

"오," 그가 외쳤다, "주인장, 포도주 한 잔이요!", 점토로 된 파이프로 테이블을 두들기자 파이프는 그만 깨져 버렸다.

주막의 주인인 우먼 아프리카나는, 카운터에서 나와서 고도 비만으로 뒤뚱거리며 테이블로 와, 와인이 가득 찬 잔을 파사칸탄도 앞에 놓았다. 그녀는 잔뜩 사랑을 바라는 눈초리로 그를 바라보았다.

파사칸탄도는 갑자기 페푸치아의 목에 팔을 두르고 그녀에게 술잔의 술을 마시게 한 다음, 거칠게 자신의 입술을 페푸치아의 입술에 갖다 대었다. 페푸치아는 웃으면서 파사칸탄도의 팔을 풀었는데, 그녀가 웃어서 삼키지 않은 포도주가 그녀의 입에서 그의 얼굴로 뿜어져 나왔다.

우먼 아프리카나의 안색이 납빛이 되었다. 그녀는 카운터 뒤로 다시 돌아갔다. 거기에서도 페푸치아와 피카의 새된 목소리가 들렸다. 유리문이 열리고 피오렌티노가 문가에 나타났는데, 그는 싸구려 소설의 악당처럼 온통 망토를 두르고 있었다.

"얘들아," 그가 쉰 목소리로 외쳤다. "이제 그만 가자." 페푸치아, 피카, 다른 여자들이 남자들 옆자리에서 일어나 주인을 따라갔다.

비가 거세게 내리자 바구노 광장은 진흙 호수로 변했다. 파치오, 마그나상구에, 다른 사람들은 하나둘 떠나고, 술에 취해 테이블 아래 길게 뻗은 빈체-반체만이 남게 되었다. 방안의 연기는 점차 줄어들었고, 반쯤 털이 뽑힌 비둘기가 바닥에 흩어진 빵 부스러기를 쪼아 먹었다.

파사칸탄도가 일어나려고 할 때, 아프리카나는 천천히 그에게로 다가갔다. 그녀의 보기 흉한 모습은 걸음을 옮기자 물결치듯 출렁댔고, 보름달 같은 얼굴은 주름이 잡혀 기괴하면서도 애정이 넘치는 찡그린 얼굴이 되었다. 그녀의 얼굴에는 점이 몇 개가 있었는데, 거기에는 털들이 조금 나 있었고 그녀의 입술 위쪽과 뺨은 짙은 그림자가 진 듯 거뭇거뭇했다. 그녀의 짧고 거칠고 곱슬곱슬한 머리카락은 머리에 일종의 투구같았으며, 평평한 코 위쪽의 두꺼운 눈썹 때문에 그녀는 수종이나 상피병에 걸린 동물처럼 보였다.

그녀가 파사칸탄도에게 왔을 때, 그녀는 그가 달아나지 못하게 그의 손을 잡았다.

"오, 쥬바! 원하는 게 뭐죠? 내가 당신에게 무슨 짓을 했나요?"

"당신이요? 아무것도 한 게 없는데요."

"그럼 나에게 왜 이런 괴로움과 고통을 주나요?"

"내가요? 난 모르겠는데요!... 안녕히 계세요! 난 지금 시간이 없어요," 라며 사나운 몸짓을 하며 그가 가려고 하였다. 그러나 아프리카나는 통제가 안 되는 끔찍한 격정으로 그에게 몸을 던져 그의 팔을 누르고, 자신의 얼굴을 그의 얼굴에 대고, 온몸을 그에게 기대자, 파사칸탄도는 섬뜩해졌다.

"원하는 게 뭐예요? 원하는 게 뭐죠? 말해보세요! 원하는 게 뭐죠? 내가 왜 이럴까요? 내가 이렇게 당신을 안고 있잖아요! 여기 계세요! 저와 함께 있어요! 날 외로워 죽게 하지 마세요. 날 미치게 하지 말아요! 왜 그러시죠? 오세요, 모든 게 당신 거예요...."

그녀는 그를 카운터 쪽으로 끌고 와서는 서랍을 열고, 거기 있는 모든 것을 그에게 주겠다는 몸짓을 했다. 기름 때가 묻어 끈적끈적한 서랍 속에는 구리 동전 몇 개와 빛나는 은 동전 몇 개가 흩어져 있었는데 다해서 아마 5리라였을 것이다.

파사칸탄도는 아무 말도 하지 않고 동전을 집어 카운터에 올려놓고 천천히 세기 시작하더니, 그의 입에는 혐오감이 드러나고 있었다. 아프리카나는 지친 야수처럼 가쁜 숨을 몰아쉬며 동전을 쳐다보다가 그의 얼굴을 쳐다보았다. 카운터에 떨어지는 쨍그랑거리는 동전들 소리, 빈치-반체의 거친 코 고는 소리, 계속되는 빗소리와

바구노 아래와 반디에라를 통과하는 강물 소리에도 비둘기가 부드
럽게 구구대는 소리가 들렸다.

"이걸로는 충분하지 않아요,"라고 파사칸탄도가 마침내 입을 뗐
다. "이것보다 많아야 해요. 더 가져오세요, 안 그러면 가겠습니다."

그는 머리 위로 모자를 눌러 쓰고, 곱슬곱슬한 머리카락이 있
는 이마 아래 탐욕스럽고 뻔뻔스럽고 희끄무레한 눈으로 아프리카
나를 지긋이 바라보며 그녀를 매료시켰다.

"더는 없어요. 거기 있는 것 다 보셨잖아요. 다 가져가세요....."라
고 달래는 듯이 간청하는 목소리로 아프리카나는 더듬거렸다, 그녀
의 이중 턱이 흔들리고 입술이 떨리면서 그녀의 돼지 같은 눈에서
눈물이 쏟아졌다.

"음," 파사칸탄도는 그녀에게 몸을 굽히며 부드럽게 말했다. "음,
당신 남편이 금화를 가지고 있었다는 것을 내가 모를 거라고 생각
하나요?"

"오, 지오반니! ...제가 어떻게 그걸 가져와요?"

"지금요, 바로 가서 가져오세요. 여기서 기다릴게요. 당신의 남편
이 자고 있잖아요. 지금이라구요. 가요, 안가면 앞으로 결코 나를
볼 수 없을 겁니다!"

"오, 지오반니!..... 무서워요!"

"뭐라구요? "무섭든 안 무섭든 상관없어요, 난 갑니다. 자, 갑시
다."

아프리카나는 떨고 있었다. 그녀는 아직 깊은 잠에 빠져 탁자 아
래에 뻗어 있는 빈치-반체를 가리켰다.

"먼저 문을 닫으세요." 그녀가 알았다는 듯이 말했다.

파사칸탄도는 발로 차서 빈치-반체를 일으켜서, 놀라서 소리 지
르고 떨고 있는 그를 진흙과 진창으로 질질 끌어내고는, 다시 돌아
와 문을 닫았다. 선술집의 곁문 중 하나에 걸린 장미빛을 내는 붉은
등 때문에 짙은 그림자 속에 무거운 아치가 생기게 되었고, 모퉁이
에 있는 계단은 신비롭게 보였다.

"어서요! 가자구요!" 아직도 떨고 있는 아프리카나에게 파사칸탄
도가 다시 재촉했다.

그들은 천천히 구석에 있는 어두운 계단을 올라갔다. 여자가 먼저 가고 남자가 그 뒤를 바짝 뒤쫓았다. 계단 꼭대기에서 그들은 들보가 깔린 낮은 방으로 들어갔다. 벽의 조그마하게 움푹 들어간 부분에는 파란색 마졸리카 성모상이 있었는데 그 앞에는 서약을 위해 물과 기름으로 채워진 유리잔 안에 불이 타고 있었다. 다른 벽은 문둥이처럼 울긋불긋하게 찢어진 종이 그림으로 덮여 있었다. 지독한 냄새가 방안을 가득 채웠다.

두 도둑은 조심스럽게 부부의 침대로 다가갔는데, 침대 위에는 한 노인이 이빨 없는 잇몸과 담배에 절어 축축한 벌름거리는 콧구멍으로 쉰 소리를 내며 머리를 돌려 한 쪽 뺨을 줄무늬 면 베개에 대고 잠에 빠져 있었다. 썩은 호박에 구멍을 낸 것 같이 벌린 입 위로는 뻣뻣한 콧수염이 자라있었다. 한쪽 눈은 반쯤 뜨고 있었는데, 털이 덥수룩하고 물집으로 덮인 개의 귀를 뒤집어 놓은 것 같았다. 이불 밖에 있는 헐벗고 수척한 팔에는 핏줄들이 눈에 보이게 드러나 있었으며 습관적으로 뭔가를 움켜쥐고 있던 굽은 손가락은 카운터판을 움켜쥐고 있었다.

이 노인은 오랫동안 20프랑 두 닢을 가지고 있었는데, 그것은 비참한 한 친척이 그에게 남긴 것이었다. 그는 어떤 사람들이 사향을 간직하는 것처럼 이것을 뿔로 만든 코담배 상자 속에 담배들과 함께 넣어 애지중지 간직하고 있었다. 거기에 빛나는 금화들이 있었다. 노인은 그것들을 꺼내서 애정 어린 시선으로 바라보고, 탐욕과 소유욕이 스멀스멀 올라 올 때면, 손가락으로 그 금화들을 다정스레 만져 보곤 했다

아프리카나는 숨을 죽이고 천천히 다가갔는데, 파사칸탄도는 명령하듯이 그녀에게 훔쳐 오라고 재촉했다. 아래 쪽에서 어떤 소리가 들리자, 둘은 잠시 멈췄다. 털이 반쯤 뽑힌 비둘기가 절뚝거리며 침대 다리 쪽의 낡은 슬리퍼 안에 있는 둥지로 들어가려고 날개를 퍼득 거리다가 자리를 잡으면서 소리가 조금 나자, 남자는 빠르고 잔인한 동작으로 새를 잡아 주먹을 쥐어 질식시켰다.

"있나요?" 그가 아프리카나에게 물었다.

"네, 있어요, 베개 아래요," 라고 말하면서 그녀는 베개 아래로 손

을 조심스럽게 밀어 넣었다. 노인은 무의식적으로 한숨을 쉬며 잠을 자고 있었다. 눈꺼풀 사이로는 흰자위가 조금 보였다. 그러다가 노쇠한 그는 다시 정신없이 잠에 빠져들었다.

조마조마해하던 아프리카나는 갑자기 과감해져서 재빨리 손을 앞으로 뻗어 담뱃갑을 잡고 계단을 향해 달려갔다. 파사칸탄도가 바로 뒤에서 그녀를 따라 아래로 내려갔다.

"오, 주여! 주여! 당신을 위해 제가 한 거 보셨죠!" 그녀가 그에게 몸을 던지며 소리쳤다. 떨리는 손으로, 그들은 함께 코담배 상자를 열고 담배 사이에서 금화들을 찾기 시작했다. 맵싸한 담배 냄새가 코에 올라오자, 두 사람은 재채기를 하고 싶었지만, 갑자기 웃고 싶은 충동이 강하게 들었다. 재채기 소리를 안 들리게 하려고, 그들은 서로에게 기대어 몸을 앞뒤로 흔들며 비틀거렸다. 그런데 갑자기 분명치 않은 이상한 소리가 들리더니, 위층 방에서 목쉰 고함 소리가 들리면서 계단 위쪽에 노인이 나타났다. 그의 얼굴은 등불의 붉은 빛이 비쳐 격노한 듯 보였고, 그의 몸은 가늘고 수척했으며, 다리를 드러내고 있었고, 그의 셔츠는 해져 있었다. 그는 도둑들을 내려다보며 저주받은 영혼처럼 팔을 흔들며 외쳤다.

"금화! 금화! 금화!"

이야기 여섯
마법

라 브레베타라고 불리는 마스트로 페페 데 시에리의 재채기가 시청 광장에서 크게 7번 연속으로 울려 퍼지면, 페스카라의 모든 사람은 각각 테이블에 둘러앉아 식사를 시작하곤 했다. 종이 열 두 번 치고 나면, 사람들은 바로 웃음을 터뜨렸다.

수년 동안, 라 브레베타가 매일 사람들에게 이렇게 즐거운 신호를 선사하자, 그의 신기한 이런 재채기의 명성은 마을 전체로, 인접 마을로 퍼져 나갔다. 그에 대한 기억은 여전히 사람들의 마음속에 살아 있다. 왜냐하면 앞으로 오랫동안 이어질 속담 같은 것을 그가 처음 만들었기 때문이다.

I

마스트로 페페, 라 브레베타는 평민이었으며, 다소 뚱뚱하고, 몸집이 떡 벌어져 있었으며, 덤벙거리는 사람이었다. 얼굴은 우둔함이 넘쳐흘렀고, 눈은 젖을 빠는 송아지의 눈을 연상케 했으며 손과 발은 엄청나게 컸다. 또한 코는 길고 두툼했으며, 턱뼈는 매우 강하고 잘 움직였다. 그가 재채기를 하면, 지방 조직이 젤리 푸딩처럼 온몸이 떨리는 바다사자처럼 보인다고 선원들이 말하곤 했다.

그는 바다사자처럼 동작이 느리고 게으르며, 태도는 터무니없이 어색했으며, 잠자는 것을 아주 좋아했다. 그는 음지에서 양지로, 양지에서 음지로 이동하면, 반드시 자신의 입과 코로 공기를 급작스럽고 세차게 내뱉고자 하는 충동을 느꼈다. 특히 조용한 곳에서 발생하는 소음은 멀리서도 들렸고 일정한 간격을 두고 발생하였기 때문에, 마을 사람들에게는 일종의 시계처럼 되어 버렸다.

젊었을 때, 마스트로 페페는 마카로니 가게를 운영하였는데, 밀가루 반죽 가닥, 맷돌과 바퀴의 단조로운 소음, 밀가루 먼지가 뽀얀 따뜻한 공기의 속에서 그는 낙천적이며 우둔한 사람이 되었다. 장성한 그는 카스텔리 코뮌의 도나 펠라기아와 결혼하고 초창기에 하던 장사를 그만둔 후, 꽃병, 접시, 주전자, 카스텔리의 장인들이 아브루찌 지역의 테이블들을 장식하기 위해 만들었던 볼품 없는 토기들과 같은 적토 질그릇이나 마졸리카 도자기 장사를 시작하였다. 수세기 동안 변하지 않은 그 형태의 단순함과 종교성 속에서 항상 재채기나 하면서 아주 단순하게 살았던 그가, 인색한 사람을 아내로 맞아, 탐욕스러운 그녀의 영혼이 조금씩 그에게 전해져서 그도 그녀처럼 궁핍하고 인색한 사람이 되었다.

현재 마스트로 페페는 강의 우안에 위치한 토지와 작은 농가의 소유자가 되었다. 그곳은 강물의 흐름때문에 녹색의 원형 극장처럼 보였고, 관개가 잘 되는 토양으로 포도와 곡물뿐만 아니라, 특히 많은 양의 채소가 매우 풍성하게 생산되었다. 수확량은 증가했고 매년마다 마스트로 페페의 돼지는 살이 쪘으며, 떡갈나무 아래에서 잔치를 벌이다 보면, 그 아래로 도토리가 많이 떨어져, 그는 이 또한 즐거워했다. 매년 1월이면 라 브레베타는 아내와 함께 농장으로 가서, 산 안토니오의 가호 아래 돼지를 죽이고 소금에 절이는 일을 도왔다.

어느 해인가, 그의 아내가 몸이 좋지 않아, 라 브레베타는 혼자 돼지를 잡으러 갔다. 돼지는 세 명의 건장한 농장의 일꾼들에 의해 큰 판자 위에 올려져서 목이 날카로운 칼로 잘려져 있었다. 돼지의 꿀꿀거리는 소리와 꽥꽥거리는 소리는 적막 속에 울려 퍼지다가 대개 시냇물이 흐르는 소리에 묻힌 후 갑자기 줄어들어 갈라진 상처에서 토해낸 따뜻한 주홍색 피가 콸콸 흐르면 사라졌다. 돼지는 마지막 경련을 일으키고 다시 떠오른 태양은 은빛 안개의 형태로 강의 습기를 흡수하고 있었다. 라 브레베타는, 일종의 즐겁고도 잔인한 표정으로, 레푸루치오가 뜨거운 꼬챙이로 돼지의 깊은 눈을 태우는 것을 보거나 돼지의 무게로 판자가 삐걱거리는 소리를 듣고 기뻐하면서, 풍부한 돼지기름과 햄이 생길 거라고 생각했다.

죽은 돼지는 시골풍 갈퀴 모양의 갈고리에 머리가 아래로 처진 채로 매달려 있었다. 농장 일꾼들은 갈대 뭉치에 불을 붙여 돼지의 짧고 뻣뻣한 털을 태웠고, 불길은 밝게 빛나는 태양 아래서는 거의 보이지 않게 치솟았다. 한참 있다가, 일꾼 중 한 명이 그 위에 끓는 물을 부으면, 라 브레베타가 빛나는 칼날로 돼지의 시커메진 표면을 긁기 시작했다. 차츰 돼지 피부가 깨끗해졌고, 햇볕 속에 김이 나면서 매달려 있으면 장밋빛이 되었다. 레푸루치오의 얼굴은 개기름이 흐르고 주름져 늙어 보였는데, 귀에는 커다란 귀걸이를 하고 있었으며, 입술을 깨물고 서 있다가 몸을 위아래로 움직이기도 하고 무릎을 구부리기도 하였다. 작업이 완료되자 마스트로 페페는 일꾼들에게 돼지를 덮으라고 명령했다. 그는 살면서 한 마리의 돼지에서 이렇게 많은 양의 고기가 나온 것을 본 적이 없었으며, 아내가 그 자리에 있어 함께 기뻐하지 못한 것이 못내 아쉬웠다.

늦은 오후, 친구인 마테오 푸리엘로와 비아지오 쿠아그리아가 한때 장사치였던 신부 돈 베르카미노 캄프로네의 집에서 돌아오고 있었다.

이 두 친구는, 방탕하고 제멋대로 사는 사람으로, 재미를 늘 쫓으며, 충고도 아주 잘하는 부류였는데, 돼지를 잡는데 펠라기아가 없다는 소리를 듣고 뭔가 재미있는 일이 있지 않을까해서, 라 브레베타를 떠보기 위해 왔다. 보통 시아보라라고 불리는 마테오 푸리엘로는 약 40세의 밀렵꾼으로, 키가 크고 호리호리하며, 금발에 노르스름한 피부, 뻣뻣한 콧수염을 가지고 있었다. 그의 머리는 금박을 입힌 나무 조각상에서 금박이 부분적으로 벗겨져 있는 머리 부분과 닮아 있었다. 그의 눈은 경주마의 눈처럼 둥글고 불안하게 보였고 새 은화 두 개처럼 빛났으며, 전체적으로 봤을 때, 보통 흙색 옷을 입는 그는, 태도, 동작, 팔을 휘저으며 걷는 걸음걸이에서, 평원을 가로지르며 토끼를 잡는 사냥개를 연상시켰다.

리스타빌리토라고 불리는 비아지오 쿠아그리아는 봄철 아몬드

나무처럼 반짝이고 팔팔했고 불그스레한 얼굴에 시아보라보다 몇 살 어리며 키는 보통보다 작았다. 그는 귀와 이마, 머리 부분을 따로따로 움직일 수 있는 특이한 능력을 갖고 있었는데 마치 원숭이 같았다. 뭐라 설명할 수 없는 이런 근육의 수축으로 그는 자신의 모습을 크게 변화시킬 수 있었고, 유쾌하게 목소리로 흉내 낼 수 있는 능력과 사람이나 사물의 우스꽝스러운 면을 빠르게 포착하는 재능으로 몸짓이나 말로 흉내 낼 수 있었기 때문에, 페스카라의 많은 사람들 사이에서 그는 아주 재미있는 사람으로 통했다. 이렇게 행복한 기생충처럼 살면서, 축제와 세례식에서는 기타도 연주를 하곤 해서, 그의 인기는 사그라들 줄 몰랐다. 그의 눈은 흰 족제비처럼 빛났고, 그의 머리에는 굽기 위해서 털이 뽑힌 살찐 거위의 몸에 난 솜털 같은 머리카락들은 양털처럼 보이기도 했다.

라 브레베타는 두 친구를 보자 다정하게 인사하고는 말했다.

"무슨 바람이 불어 여기까지 오셨나요? "

유쾌하게 인사를 나눈 후, 라 브레베타는 두 친구를 방으로 데려가 탁자 위의 엄청난 돼지를 보며 물었다.

"이런 돼지 어떻게 생각하나요? 뭐라고요? 어떻게 생각하신다구요?"

두 친구는 감탄하면서 조용히 돼지를 바라보고 있었고, 리스타빌리토는 혀로 입천장을 때리며 이상한 소리를 냈다.

시아보라가 물었다 .

"이걸 어떻게 하실 생각이에요?"

"소금에 절이려구요." 라 브레베타가 대답했다. 그의 목소리에는 돼지를 맛있게, 또 많이 먹을 생각으로 즐거움이 넘쳐났다.

"소금에 절인다구요?" 리스타빌리토가 외쳤다. "소금에 절이시겠다구요? 시아보라, 이 사람보다 더 멍청한 사람을 본 적이 있나요? 이런 기회를 이렇게 없앨 건가요?"

라 브레베타는 놀라서 송아지 같은 눈으로 이 사람을 봤다가 저 사람을 봤다가 하고 있었다.

"도나 펠라지아는 당신이 언제나 그녀 말을 따르게 했지요." 리스타빌리토가 계속 추궁했다. "그런데, 그녀는 지금 여기 없어요, 돼지를 팔아서 돈을 드세요."

"하지만 펠라지아? 펠라지아?" 라 브레베타가 말을 더듬었다. 마음속에 노기등등한 아내의 모습이 떠올라 그는 두려워졌다.

"돼지를 도둑맞았다고 말하세요,"라고, 짜증 난다는 듯이 빠르게 손짓을 하며, 언제든지 준비가 되어있는 시아보라가 제안했다.

라 브레베타는 깜짝 놀랐다.

"집에 가서 어떻게 얘기해요? 펠라지아가 믿지 않을걸요. 나를 문밖으로 내던질 거예요! 때릴 수도 있어요! 당신들은 펠라지아를 몰라요."

"아, 펠라지아! 도나 펠라지아!" 교활한 친구들이 비웃듯이 소리쳤다. 그런 다음, 리스타빌리토는 페페가 대성통곡하는 목소리와 날카롭고 꽥꽥대는 여자 목소리를 흉내냈으며, 페페가 벤치에 묶여 있고 그의 아내가 애처럼 그의 엉덩이를 소리 나게 때리는 우스운 장면을 연출했다.

시아보라는 이 광경을 보고 너무 웃겨서, 돼지 주위를 낄낄거리며 펄쩍펄쩍 뛰어다녔다. 거의 자제가 되지 않을 정도였다. 놀림을 당한 남자는 바로 그 순간 갑자기 발작적인 재채기를 하였는데, 그를 그만두게 하려고 리스타빌리토를 향해 미친 듯이 팔을 흔들었다. 소음이 너무 커서 창틀이 덜덜 떨릴 정도였으며, 세 명의 얼굴에는 석양빛이 떨어지고 있었다.

리스타빌리토가 마침내 조용해지자, 시아보라가 말했다.

"그럼, 갑시다!"

"식사 같이하실래요..." 마스토로 페페가 조심스럽게 말을 뱉었다.

"아니, 아니요, 고맙지만요," 시아보라가 말을 가로막고 문 쪽으로 몸을 돌렸다. "펠라지아에게 안부 전해 주세요, - 그리고 돼지는 꼭 소금에 절이세요."

II

두 친구는 강변을 따라 함께 걸었다. 저 멀리 소금을 실은 바를리타의 배들이 수정으로 만든 요정 궁전처럼 반짝거렸다. 미풍이 몬테코르노에서 불어와 깨끗한 수면에 물결을 만들고 있었다.

"그런데요," 리스타빌리토가 멈춰 서서는 시아보라에게 말했다, "오늘 밤, 그 돼지를 훔칠 거죠?"

"그럼 어떻게 할까요?" 시아보라가 물었다.

리스타빌리토가 말했다.

"돼지가 마지막으로 본 장소에 남아있다면 수가 있죠."

시아보라가 말했다.

"그래요, 한 번 해봐요! 그런데 그다음엔?"

리스타빌리토가 다시 멈췄다. 그의 작은 눈은 두 개의 뾰루지처럼 빛났고, 그의 상기된 얼굴은 새끼 사슴처럼 귀 사이로 주름이 잡히면서 기쁨으로 찡그려졌다.

"그건 제게 맡겨 주세요..." 그가 짧게 말했다.

멀리서 돈 베르가미노 캄플로네가 은빛 포플러 나목들 사이에서 시커멓게 나타나 두 사람에게 다가왔다. 그들은 그를 보자마자 서둘러 그에게로 다가갔다. 그들의 즐거운 표정을 보더니, 신부는 미소를 지으며 그들에게 물었다.

"자, 뭐가 그리 좋은가요?"

그들은 간단하게 자신들의 목적을 그에게 전하자, 그도 그것에 기쁘게 동의했다. 리스타빌리토가 매끄럽게 결론을 내렸다.

"우리는 반드시 주도면밀해야 합니다. 아시다시피, 페페는, 그 못생긴 여자 도나 펠라지아와 결혼한 이후, 엄청난 구두쇠가 되었지만, 술을 아주 좋아합니다. 그래서 그를 아사우 주막으로 데려가도록 합시다. 당신, 돈 베루가미노는 우리에게 술을 사고 비용을 다 대세요. 페페는 술값을 낼 필요도 없으니까 마실 수 있을 때까지 마시다가 취하겠죠. 그럼 우린 방해받지 않고 우리 일을 할 수 있을 겁니다."

시아보라는 이 계획에 찬성했고 신부도 이 거래에서의 자신의 몫에 동의했다. 그런 다음, 모두 함께, 총 두 번 쏘면 닿을 거리로 떨어져 있는 페페의 집으로 돌아갔다. 가까이 가면서 시아보라가 목소리를 높였다.

"안녕하세요-! 라 브레베타! 아사우 주막에 안 가실래요? 신부님도 오셨구요, 술 한 두병은 사신다고 하네요-안녕하세요!" 라 브레베타는 지체하지 않고 길을 내려가서는, 네 사람은 함께 초승달의 부드러운 빛을 받으며 앞으로 나아갔다. 이따금 사랑에 빠진 고양이들이 내는 새된 소리만이 정적을 깰 뿐이었다. 리스타빌리토가 페페 쪽으로 돌아서서는 농담조로 물었다.

"아, 페페, 펠라지아가 당신 부르는 소리 들리시죠?"

강 왼편으로는 물에 비친 아사우 주막의 불빛이 빛나고 있었다. 강의 흐름이 그렇게 빠르지 않아서, 아사우는 손님을 실어 나르기 위해 작은 배를 두었다. 그들이 배를 부르자, 배는 사람들을 실으러 어둠 속에서도 빛나는 물을 헤치며 다가왔다. 그들이 앉아 스스럼없이 대화를 나누자, 긴 다리를 가진 시아보라가 배를 흔들기 시작했고, 나무의 삐걱거리는 소리로 놀란 라 브레베타는 강의 습기로 다시 발작적인 재채기를 시작했다.

여관에 도착하여 떡갈나무 테이블 주위에 앉자, 일행은 더 화기애애해지고 큰 소리로 웃으면서 농담을 주고받으며 자신들의 제물에게 술을 따르니, 그 제물은 꺼리낌 없이 맛도 색깔도 풍부한 포도나무의 훌륭한 붉은 즙을 자신의 목을 타고 내려가게 하였다.

"한 병 더," 돈 베르가미노가 테이블을 주먹으로 치며 주문했다

원래 시골뜨기이면서 다리가 활처럼 굽은 아사우는 루비색 병을 가지고 왔다. 시아보라는 술에 취한 채, 제멋대로 노래를 부르며 리듬에 맞춰 술잔을 두들겼다. 라 브레베타는, 이제 술로 혀는 꼬이고 눈은 촛점을 잃어, 자신의 그 대단한 돼지를 더듬거리면서 일관성 없이 칭찬하는 것을 들으라고 신부의 소매를 잡고 늘어지고 있었다. 그들의 머리 위에는 말린 퍼런 호박들이 여러 줄 천장에 매달려 있었고, 기름이 떨어져 가던 등에서는 연기가 나고 있었다.

밤이 늦어 달이 하늘 높이 떠 있을 때, 친구들은 다시 강을 건넜다. 배에서 내릴 때 마스트로 페페는 다리가 휘청거리고 눈앞이 뿌예서 진흙에 빠질 뻔했다.

리스타빌리토가 말했다.

"친절한 행동 한 번 합시다. 이 사람 집에 데려다 주자구요."

그들은 그의 팔 밑으로 팔을 집어넣어 그를 부축해서 포플러 숲

을 지나 집으로 데려가고 있었는데, 이 술 취한 남자는 한밤중 나무들의 하얀 둥치를 보고 착각해서 꼬인 혀로 더듬거리며 말했다.

"아, 도미니크회 수도사들이 참 많네요..."

시아보라가 말했다, "성 안토니오를 찾아 나선 거지요."

술 취한 사람은 시간이 조금 지나자 계속 지껄였다.

"레프루치오, 레프루치오, 소금 일곱 포대면 충분할 꺼야. 뭘해야 할까?"

세 명의 공모자들은 마스트로 페페를 그의 집 문으로 데려갔고 그를 그곳에 남겨두었다. 그는 레프루치오와 소금에 대해 중얼거리며 어렵게 계단을 올라갔다. 그리고는 문을 열어둔 것도 인식하지 못한 채 잠들어 버렸다.

시아보라와 리스타빌리토는, 돈 베르가미노 집에서 식사를 하고 나서, 구부러진 특별한 도구들을 들고 신중하게 작업을 개시하러 떠났다. 달은 저물고 하늘엔 별들이 빛나고 있었으며 쓸쓸한 북풍이 심하게 불고 있었다. 두 사람은 어떤 소리도 안 나게 신경을 곤두세우며 조용히 나아가다가, 이따금 마테오 푸리엘로가 그의 기술과 민첩성으로 뭔가를 해결해야 하는 경우에는 멈춰서기도 했다.

그들이 목적지에 도착했을 때, 리스타빌리토는 문이 열린 것을 발견하고는 기뻐서 소리지를 뻔한 것을 겨우 참았다. 잠자는 남자가 시끄럽게 코 고는 소리 말고는 집안은 깊은 침묵에 싸여 있었다. 시아보라가 먼저 계단을 올랐고, 리스타빌리토가 뒤를 따랐다. 희미한 빛 속에서 그들은 탁자 위에 놓여 있는 돼지의 희미한 윤곽을 보았다. 그들은 최대한 조심스럽게 무거운 돼지를 들어 올려서는 힘껏 끌어내렸다. 그들은 잠시 동안 서서 무슨 소리가 나는지 듣고 있었지만, 마당에서 수탉들의 울음소리가 차례로 들릴 뿐이었다.

그런 다음, 두 도둑은 자신들의 솜씨에 흐뭇해져 낄낄거리며 돼지를 어깨에 메고 길을 따라 올라갔다. 시아보라에게 그것은 밀렵한 사냥감을 숲에서 훔쳐 나가는 것과 비슷하게 여겨졌다. 돼지가 무거워서 숨을 헐떡이며 그들은 신부의 집에 도착했다.

III

다음 날 아침, 술이 깬 마스트로 페페는 침대에서 일어나 기지개를 켜고 샌안토니오 전야를 맞이하는 종소리를 들었다. 벌써 그의 마음속에서는, 바로 잠에서 깨어 혼미하긴 했지만, 레프루치오가 돼지를 여러 조각으로 잘라서 그 아름다운 살진 돼지고기를 소금으로 절이는 것이 눈에 보이는 듯했고, 이런 생각을 하자 마음이 흐뭇해졌다. 이런 기쁨을 기대하고 조바심을 내며, 서둘러 옷을 입고 계단으로 나가서 좀 더 명확하게 보기 위해 눈을 닦았다. 돼지를 두고 온 탁자 위에는 아침 햇살이 미소짓고 있는 듯 들어와 있었지만, 그곳에는 핏자국 외에는 아무것도 없었다!

"돼지는? 돼지 어디 있어?" 도둑맞은 남자가 쉰 목소리로 외쳤다.

그는 미친 것처럼 계단을 내려가서 문이 열려 있는 것을 보고, 이마를 치고 소리를 지르며 달려가서는, 주위에 있는 일꾼들을 불러 모두에게 돼지를 보았는지, 가져갔는지 물었다. 그의 질문은 점점 더 빨라졌고 그의 목소리는 점점 더 커져서 마침내 이런 소동이 강을 타고 올라와 시아보라와 리스타빌리토에게 까지 들리게 되었다.

그들은 평화롭게 이 광경을 바라보고 농담을 이어가면서 함께 다가오고 있었다. 그들이 보이자, 마스트로 페페는 그들을 돌아보며 슬픔에 겨워 눈물을 흘리며 외쳤다.

"이런 세상에! 돼지를 도둑맞았어요! 아이구! 이 일을 어떻게 해야 되죠? 어떻게 해야 될까요"

비아지오 쿠아그리아는 이렇게 재수 옴 붙은 사람이 나타나자, 눈을 반쯤 감고는 이렇게 행동하는 것의 효과를 판단하기라도 하는 듯, 고개를 옆으로 기울인 채 반쯤 비웃고 반쯤 감탄하는 표정으로 바라보며 잠시 서 있었다. 그러다가 다가오면서 그가 말했다.

"그래요, 확실히!... 누구도 부정할 수 없을 거예요... 당신은 당신의 역할을 잘하셨어요!"

페페는 이해하지 못하고 얼굴을 들었는데, 눈물 흘러내린 자국이 선명했다.

"그럼요, 그럼요, 정말! 당신은 진짜 교활해지고 있네요!" 진짜 친구인 척하며 리스타빌리토가 말을 이어갔다.

페페는 아직 이해하지 못한 채 멍청하게 리스타빌리토를 쳐다보

앉고 이젠 눈물도 흐르지 않았다.

"근데 정말, 난 당신이 그렇게 악랄하다고 생각하진 않았어요!" 리스타빌리토는 계속했다. "좋은 분이시군요! 진심입니다!

"그런데, 무슨 뜻이죠?" 흐느끼면서 라 브레베타가 물었다. "무슨 말인가요?... 아, 어쩌죠? 집에 어떻게 가죠?"

"좋아요! 좋아요! 아주 잘하셨어요!" 리스타빌리토가 외쳤다. "그런 식으로 하세요! 암요, 그렇게 하셔야죠! 더 크게 우세요! 머리도 쥐어뜯고요! 모든 사람들이 들을 수 있게! 예, 그렇게요! 모든 사람들이 믿을 수 있게요!"

페페는 계속 울면서 말했다. "그런데 난 당신에게 진실을 말하고 있는 겁니다! 내 돼지를 누가 훔쳐 갔어요! 오, 주여! 어쩌죠?

"계속하세요! 계속! 멈추면 안되요! 당신이 소리치면 칠수록 나는 당신을 더 믿지 못하겠어요. 계속하세요! 계속! 더 크게!"

페페는 분노와 슬픔으로 거의 정신이 나가서 계속 맹세하듯 말했다.

"사실이라구요! 누가 내 돼지를 훔쳐 가지 않았다면 차라리 이 자리에서 죽겠어요!"

"아, 너무 순진하시네요!" 시아볼라가 장난스럽게 꽥 소리를 질렀다. "말도 안 되는 얘기 그만하시구요! 어젯밤 우리도 돼지를 봤잖아요, 당신 말을 믿으라구요? 성 안토니오가 돼지에게 날개라고 줬나요?"

"성 안토니오는 자상도 하셔라! 제가 한 말이 틀리지 않죠!"

"말이 안 되잖아요!"

"진짜 그랬다니까요!"

"그럴 리가 없어요!"

"진짜라니까요!"

"아니잖아요!"

"맞다구요, 맞아요! 진짜예요! 진짜구요, 난 이제 죽었어요! 이제 집에 어떻게 가죠? 펠라지아는 나를 안 믿을 거예요. 믿는다고 해도, 들들 볶겠죠... 난 이제 죽었어요!"

"그래요, 우린 당신을 믿으려고 해볼게요," 리스타빌리토가 말했다. 그런데, 보세요, 페페. 시아보라가 어제 제안 하나 했죠. 말한 대로 안 하니까 펠라지아나 다른 사람들을 속여야 되잖아요? 그렇게 했어야 했는데."

그러자 라 브레베타는 어리석을 정도로 비통함에 잠겨 흐느끼다가, 소리치다가, 절망하기 시작했다. 리스타빌리토가 말했다.

"그래, 좋아요, 조용히 하시구요! 우리는 당신을 믿어요. 그런데 그 말이 사실이라면 피해를 복구할 방법을 찾아야 하겠죠."

"어떻게요?" 한 줄기 희망의 빛이 그의 영혼에 들어오는 것처럼 라 브레베타가 간절히 물었다.

"말씀드릴게요," 비아지오 쿠아그리아가 말했다. "분명히 이 근처에 사는 누군가가 훔쳤을 거예요. 인도에서부터 돼지를 훔치러 오진 않을 테니까요. 그렇지 않나요, 페페?"

"맞아요, 맞아요!" 남자는 동의했지만, 그의 목소리는 여전히 눈물이 가득 차 있었다.

"그렇다면 말이죠, 잘 들으세요" 페페가 그의 말을 쉽게 잘 믿는 것에 기뻐하며 리스타빌리토는 계속했다. "그래요, 인도로부터 도둑질하기 위해 온 것이 아니라면, 분명히 이 근처에 사는 사람이 도둑일 거예요. 그렇지 않나요, 페페?"

"그렇죠. 그렇죠."

"그럼, 뭘 해야 하겠습니까? 일꾼들을 모두 모아놓고 도둑을 찾기 위해 술법을 써야겠죠? 도둑을 찾으면, 돼지도 찾을 수 있는 겁니다."

페페의 눈은 탐욕으로 빛나고 있었다. 그는 술법에 마음이 끌렸으며 그 안의 모든 미신이 깨어났다.

"마법사는 세 종류가 있다는 것 아실 거예요. 백 마술사, 적 마술사, 흑 마술사 말이죠. 그리고 우리 마을에도 마법을 부릴 줄 아는 여자가 세 명 있다는 것도 아실 테죠. 로사 스키아보나, 루사리아 파요라, 라 치니시아 말이예요. 당신이 고르세요."

페페는 잠시 동안 깊은 생각에 빠져 서 있었다. 그러다가 그는 루사리아 파요라를 선택했다. 그녀는 여자 마법사로 유명했고 항상 한 건씩 했기 때문이었다.

"그렇다면," 리스타빌리토가 마무리를 지었다. "꾸물댈 시간이 없어요. 당신을 대신해서 내가 다 해드릴게요. 마을에 가서 필요한 것들 다 가져오고, 루사리아에게 이야기하고, 필요한 모든 물품들 다 달라고 해서 아침에 올게요. 돈 주세요."

페페는 조끼에서 3프랑을 꺼내, 망설이며, 건네주었다.

"3프랑요!" 옆에 있던 사람이 소리치며 받지 않았다. "3프랑이라구요? 10프랑 이상이 필요해요." 펠라지아의 남편은 이 말을 듣자 거의 졸도하는 줄 알았다.

"뭐라구요? 마법사를 쓰는데 10프랑요?" 그는 떨리는 손으로 주머니를 뒤지며 말을 더듬었다. "여기, 내가 이 중에서 8프랑을 주리다. 더는 안돼요."

리스타빌리토는 그것을 받아 들고는 건조한 목소리로 말했다.

"그래 좋아요! 할 수 있는 데까지 해보죠. 같이 가시죠, 시아볼라?"

두 사람은 나무들 사이로 난 오솔길을 따라 페스카라를 향해 출발했고 한 줄로 빠르게 걸었다. 시아보라는 리스타빌리토의 등을 주먹으로 두드리면서 신이 나서 걸어갔다. 마을에 도착한 두 사람은 아주 친하게 지냈던 약사 돈 다니엘레 파첸트로의 약국에 들러 향이 나는 약을 사서, 설탕과 사과 주스로 표면을 꼼꼼히 바르고 호두만한 크기로 만들어 달라고 부탁했다. 약사가 알약 조제를 마치자, 그동안 자리에 없었던 비아지오 쿠아글리아가 말린 개똥으로 채운 종이 한 장을 들고 들어와서, 약사에게 이것으로 이전 것들과 크기나 모양이 같은 두 개의 그럴듯한 알약을 만들되, 알로에에 반드시 담가야 하는데 설탕은 입히지 않아도 된다고 말했다. 약사는 그가 부탁한 대로 했고, 이것들을 다른 것들과 구별할 수 있도록 리스타빌리토가 말한 대로 각각 작은 표시를 했다.

두 명의 사기꾼들이 다시 마스트로 페페의 집으로 금방 돌아왔을 때는 정오무렵이었고, 마스트로 페페가 그들을 초조하게 기다리고 있는 것을 보았다. 나무들 사이로 다가오는 시아보라의 모습이 보이자, 그가 소리쳤다.

"잘 됐나요?"

"모든 것이 잘됐습니다." 리스타빌리토가 의기양양하게 대답하면서 마법의 과자가 들어 있는 상자를 보여주었다. "자, 오늘이 성 안토니오 전날이고 일꾼들이 잔치를 벌이고 있잖아요, 사람들을 모두 불러 그들에게 술을 푸세요. 나는 당신이 몬테풀치아노 와인 한 통 가지고 있다는 것을 알고 있어요. 그걸 오늘 푸세요! 모든 사람이 오면, 그때 내가 무슨 말을 해야 할지, 무엇을 해야 할지 알려 드릴게요."

IV

2시간 후, 따뜻하고 맑은 오후, 라 브레베타가 수확을 도왔던 이웃의 모든 일꾼들과 농장 일꾼들을 부르자, 이들은 초대에 응하여 한자리에 모였다. 마당의 수많은 커다란 짚더미가 햇빛에 황금빛으로 밝게 빛나고 있었다. 주황색 부리가 달린 눈처럼 하얀 거위의 무리는 꽥꽥대며 뒤뚱뒤뚱 천천히 주의를 돌아다니고 물에 들어갈 곳을 찾고 있었으며, 헛간에서부터 올라오는 거름 냄새는 이따금 진동하는 듯했다. 이 모든 시골 사람들은 술 마시기를 기다리면서, 노동으로 인해 기형이 된 구부러진 다리를 하고 앉아 한가로이 농담을 하고 있었다. 그 사람들 중 일부는 시든 사과처럼 둥글고 주름진 얼굴을 하고 있었고, 일부는 표정이 온화하고 참을성이 있어 보였으며, 일부는 악랄해 보였다. 사람들의 수염은 모두 사춘기 때 처음 난 수염 같아 보였고, 이성의 주목을 끌려는 의도가 분명한 새 옷을 입은 젊은이들은 편한 태도로 빈둥대고 있었다.

시아보라와 리스타빌리토는 그들을 오래 기다리게 하지 않았다. 손에 사탕 상자를 들고 리스타빌리토는 남자들에게 원을 그리라고 말하고 나서는, 원의 중앙에 서서 근엄한 목소리로 몸짓을 하면서 짧은 열변을 토했다.

"여러분! 여러분들은 왜 마스트로 페페 데 시에리가 여러분들을 왜 이곳에 불렀는지 모르시죠..."

이런 예상치 못한 서두에 사람들의 입은 바보처럼 놀라 벌어졌고, 이야기를 들으면서 술을 풀겠다는 약속 때문에 즐겁게 기대했다가, 자신들은 알지 못하는 뭔가 불편한 사건이 벌어지는 것이 아닌가라고 생각하게 되었다. 열변이 계속되었다.

"그러나, 여러분들이 저를 책망할 불쾌한 일이 일어날 수 있으니까 진행 하기 전에 무엇이 문제인지 말씀드리겠습니다."

사람들은 바보같은 표정으로 서로 왜 그러냐는 듯이 쳐다보더니, 연설자가 손에 들고 있던 특이하고 신비한 상자를 바라보았다. 사람들 중 한 명이, 리스타빌리토가 자신이 한 말의 효과를 보기 위해 잠시 멈췄을 때, 짜증난다는 듯이 외쳤다.

"그래, 그게 뭐요?"

"바로 말씀드리겠습니다, 여러분. 어젯밤 마스트로 페페가 소금에 절이려고 했던 큰 돼지를 누가 훔쳐갔습니다. 도둑이 누군지는 모르겠지만, 분명히 여러분들 중에서 나올 겁니다. 인도 사람이 마스트로 페페 돼지를 훔치러 오진 않겠죠!"

특별히 인도를 장난스럽게 말해서 인지, 아니면 한 낮의 뜨거운 태양 때문인지 알 수 없었지만, 어쨌든 라 브레베타가 재채기를 시작했다. 농부들은 놀라 뒤로 물러섰고, 거위 떼는 겁에 질려 사방으로 도망갔으며, 일곱 번의 연속적인 재채기 소리는 공중에 크게 울려 퍼져 시골의 한적함을 깼다. 사람들은 그렇게 큰 재치기 소리에 놀라 왁자지껄해졌다. 사람들이 다시 평정을 되찾은 후, 리스타빌리토는 이전과 같이 근엄하게 계속 열변을 토했다.

"도둑을 찾기 위해 마스트로 페페는 여러분들에게 맛좋은 사탕과 오래 숙성된 몬테풀치아노 와인을 준비해서 오늘 여러분들께 따라줄 것입니다. 그런데 제가 여러분께 말씀드릴 것이 있습니다. 도둑이 사탕을 깨물면 입안에 사탕이 너무 써서 뱉어야만 할 것입니다. 자, 그럼 한 번 해볼까요? 그런 식으로 발각되지 않지 않으려면 도둑이 지금 실토를 해야 되겠죠? 어떻게 할까요? 말해보세요."

"사탕도 주고 술도 주세요!" 사람들은 한 목소리로 대답했다. 사람들은 들떠서 모두들 곧 있을 이 기분 나쁜 실험에 호기심어린 신난 표정을 지어 보였다.

시아보라가 말했다.

"실험을 하려면 일렬로 서세요. 자, 한 명씩 제외될 거예요."

사람들이 모두 일렬로 늘어섰을 때, 그는 포도주가 담긴 병과 잔

하나를 들고 그것을 따를 준비를 했다. 리스타빌리토는 줄 끝에 서서 천천히 사탕을 나눠주기 시작했는데, 사탕은 농민들이 튼튼한 이빨로 깨물자 금방 사라졌다. 마스트로 페페 차례가 되었을 때, 미리 표시한 개똥 사탕 하나를 꺼내 그에게 주었다. 그의 행동에서 의심스러운 구석을 발견할 수는 없었다.

도둑을 찾고자 두 눈을 크게 뜨고 있던 마스트로 페페는 거의 탐욕에 가까운 열정으로 사탕을 재빨리 입에 밀어 넣고 씹기 시작했다. 갑자기 그의 턱뼈가 뺨을 거쳐 눈까지 치켜져 올라간 듯했고, 입가가 위쪽으로 비틀어 졌으며, 관자놀이에 주름이 생겼고, 코는 누가 위로 잡아 당긴 듯했으며, 턱이 일그러져서 그의 이목구비에는 코믹하고 무의식적인 혐오의 표정이 드러나고 있었다. 부르르 떠는 것이 등을 타고 내려가는 것이 보였고, 혀에 묻은 알로에의 쓴맛은 견딜 수 없을 정도였으며, 배가 뒤틀려 한 입도 삼킬 수가 없는 불운한 이 사람은 억지로 입에서 그것을 뱉어낼 수 밖에 없었다.

"아니, 마스트로 페페! 맙소사, 뭐하시는 거예요?" 푸르딩딩하고, 털많고, 늙은 염소치기 툴레스프레 데이 팟세리가 외쳤다 - 그는 늪에 사는 거북이처럼 푸르딩딩한 사람이었다. 이 소리를 들은 리스타빌리토는 사탕을 나눠주다가 뒤로 돌아섰다. 라 브레베타가 얼굴을 찡그리고 있는 모습을 보자, 그는 자비로운 목소리로 말했다.

"아! 제가 준 사탕이 너무 달죠? 여기 사탕 하나 또 있어요. 이거 드셔 보세요, 페페." 하더니 두 손가락으로 페페의 열린 입에 다른 개똥 사탕을 던져 넣었다.

이 불쌍한 사람은 그것을 받아 먹고는, 염소치기가 날카롭고 심술맞은 시선으로 그를 계속 쳐다보고 있는 것을 느끼며, 쓴 맛을 참기 위해 엄청 노력했다. 그는 그것을 물지도 삼키지도 않고, 혀를 이빨에 대고 움직이지 않게 누른 채, 입안에 물고 있었다. 그러나 입안의 열기와 습기로 알로에가 녹기 시작하자, 그는 그 맛을 오래 견딜 수 없었다. 입이 이전처럼 뒤틀리기 시작했고, 코로 눈물이 흘러들어 가득찼으며, 커다란 눈물 방울들은 가공되지 않는 진주처럼 솟구쳐 뺨을 타고 흘러내려, 마침내 그는 입 안에 있던 모든 것들을 뱉어내야만 했다.

"아니, 아니, 마스트로 페페! 대체 지금 뭐하는 거예요?" 염소치기는 이가 없는 하얀 잇몸을 드러내며 다시 소리쳤다. "아니, 아니! 이게 뭐죠?"

소작농들은 줄을 깨고나와 라 브레베타 주위에 모여 들면서, 어떤 사람은 조롱하면서 웃고, 또 어떤 사람들은 분노에 차서 떠벌였다. 자존심에 상처를 입은 시골 사람들의 준비된 듯한 잔인함으로, 미신을 신봉하는 그들의 마음은 인정사정 없이 단호해져서 갑작스럽게 모욕과 비난을 퍼부웠다.

"왜 사람들을 오게해서 우리들 중 한 사람에게 책임을 뒤집어 씌우려고 한거죠? 당신이 마법을 부리려고 했단 말이죠? 우리를 속이겠다구요? 도대체 왜 그랬냐구요? 계산 잘못했네요, 이 바보같은 사람아! 거짓말쟁이! 막되먹은 바보같은 놈! 나쁜 놈아! 우리를 속이고 싶었냐? 이 바보야! 도둑놈아! 거짓말쟁이야! 뼈도 못 추리게 해야 돼, 나쁜 놈! 사기꾼!"

술병과 잔들을 모두 깨버리고 사람들은 흩어져 포플러 숲을 지나면서도 마지막 욕을 외쳤다.

시아보라, 리스타빌리토, 거위, 라 브레베타만이 마당에 남겨졌다. 부끄러움과 분노와 혼란으로 가득 차서 라 브레베타는 아직도 알로에의 신맛에 혀를 깨물고 있어서 아무 말도 할 수 없었다. 리스타빌리토는 그를 무자비하게 바라보고 발뒤꿈치로 서서 발끝으로 땅을 톡톡 치면서, 비아냥거리는 듯이 고개를 흔들더니, 뭔가 암시하듯이 냉소를 터트렸다.

"하! 하! 하! 좋아요, 좋아, 라 브레베타! 자, 돼지 얼마 받았는지 말해 보세요. 10더컷 받았나요?"

이야기 일곱
우상 숭배자들

I

부석을 뿌린 듯, 거대한 모래 광장이 반짝였다. 회반죽으로 하얗게 칠해진 주변의 모든 집은 불이 곧 꺼질 것 같은 거대한 용광로의 벽처럼, 시뻘겋게 달아올랐다. 멀리서 교회의 붙임 기둥들은 구름의 복사열을 반사하여 화강암처럼 붉게 변했고, 창문은 내부에 불이 붙은 것처럼 번쩍였다. 신성한 그림들은 색채감이 드러나 살아 있는 듯 보였고, 이렇게 눈부신 갑작스러운 황혼의 화려함으로 교회는 라두사니 마을에 대해 보다 더 고상한 지배력을 갖는 듯했다.

여러 무리의 사람들이 소리를 지르고 손짓발짓을 하며 거리에서 광장으로 나타났으며, 모든 사람의 영혼 속에는 미신적인 공포가 빠르게 강렬해 지고 있었다. 교양 없는 사람들의 모든 상상 속에서는 하느님의 응징에 대한 수천 개의 끔찍한 모습들이 떠올랐다. 이런저런 의견들, 격렬한 논쟁, 통탄할 만한 요술, 연결이 안 되는 이야기들, 기도, 임박한 태풍의 불길하게 우르릉거리는 소리와 뒤섞인 외침들이 계속되었다.

이미 여러 날 동안 피처럼 붉은 기운은 해가 진 후에도 한동안 하늘에 계속되었고, 밤의 고요함을 침범했으며, 잠들어 있는 들판을 비극적인 빛으로 환히 밝혔고, 개들을 짖어대게 했다.

"자코베! 자코베!" 전에는 교회 앞에서는 낮은 목소리로 말하던 사람들이, 이제는 교회 현관의 붙임 기둥 주변에 모여서 팔을 흔들며 여러 번 소리쳤다. "자코베!"

정문에, 키가 크고 호리호리한 남자가 나타났는데, 그는 결핵을 앓고 있는 듯했고, 정수리는 대머리였으며, 관자놀이와 목에는 붉은 머리가 길게 늘어져 있었는데, 소리치고 있는 사람들에게 다가갔다.

그는 눈은 작고 움푹 꺼져 있지만, 깊은 열정이 작열하는 듯 생기 있어 보였고, 약간 코 쪽으로 몰려 있으며, 눈 색깔은 뭐라 단정적으로 말하기 힘들었다. 윗턱의 앞니 두 개가 없어서, 말을 할 때 입 모양이나 머리카락을 흩날리며 뾰족한 턱을 움직이는 모습은 노쇠한 사티로스를 떠올리게 했다. 처량한 그의 골격은 옷으로 대충 가렸으며, 그의 손, 팔 아래쪽, 가슴에는 성소 방문과 자신이 받은 은혜와 자신이 행한 서약을 기념하는, 남색 가루와 핀 끝으로 파서 만든 하늘색 문신이 가득 차 있었다.

이 광신도가 벽기둥 주위에 있는 사람들에게 가까이 다가가자, 불안에 빠진 사람들은 계속 질문을 해댔다.

"그래서 어떻게 됐나요? 돈 콘솔로는 뭐라고 했나요? 은으로 된 팔만 드러내셨나요?"

"가슴 전체가 보이는 게 더 좋은 징조가 아닌가요? 팔루라는 언제 양초를 들고 돌아올까요?"

"밀랍 100파운드는 있나요? 겨우 100파운드라구요? 그리고 언제 종이 울릴까요? 그럼, 어떻게 되는 건가요? 어떻게 되는 거죠?"

자코베 주변으로 소음이 커졌다. 가장 멀리 있는 사람들도 교회 쪽으로 다가왔다. 모든 거리의 사람들이 광장으로 몰려들어 광장을 가득 채웠다.

자코베가 질문하는 사람들에게 대답했다. 그는, 마치 먼 곳에서 예언을 전하는 사람처럼, 무서운 비밀을 폭로하려는 듯 낮은 목소리로 말했다. 이미 그는, 하늘에서, 유혈이 낭자한 가운데, 위협하는 손, 검은 베일, 그리고 칼과 나팔을 본 듯한 모습이었다.

"말씀해 주세요! 말씀해 주세요!" 다른 사람들은, 신기한 이야기를 듣고자 하는 이상한 탐욕에 사로잡혀, 그의 얼굴을 바라보며 그가 이야기를 꺼내도록 종용했다. 이어 그 신기한 이야기는 입에서 입으로 모인 사람들 전체에게 빠르게 퍼져 나갔다.

II

커다란 주홍빛 구름이 지평선에서 하늘 끝까지 천천히 올라가다 가 마침내 하늘의 둥근 지붕 전체를 채웠다. 금속이 녹을 때 나올 듯한 증기가 집 지붕 위로 물결치는 것 같았고, 황혼 때 쏟아지는 햇살 속에서 지옥 불과 같은 맹렬한 광선이 흔들리는 무지개와 섞였다.

다른 깃발들보다 더 선명하던 기다란 깃발 하나가 강기슭으로 이어지는 도로 쪽으로 떨어져 나갔고, 멀리서는 불타오르는 듯한 물이 포플러들 사이의 길고 좁게 뻗은 공간 사이로 보였으며, 들쭉날쭉한 해안선이 이어졌는데, 그곳에는 오래된 사라센 탑들이 사람들에게 잊혀진 채로 돌로 된 섬처럼 혼란스럽게 솟아 있었다. 자른 건초에서 뿜어져 나오는, 숨이 막힐 듯한, 냄새가 대기를 가득 채웠는데, 그 냄새는 때론 나뭇잎 사이에서 썩어가는 벌레의 냄새 같기도 하였다. 제비 떼가 날카로운 소리를 내며 강둑에서 동굴로 하늘을 가로질러 날아갔다. 사람들의 웅성거리는 소리는 기대감으로 잠시 조용해졌다. 팔루라가 모든 사람의 입에 올랐으며 여기저기서 분노 섞인 짜증이 터져 나왔다. 아직 수레가 강 옆에 난 길을 따라 다가오는 것이 보이지는 않았다. 양초가 없어서 돈 콘솔로는 유물을 꺼내서 푸닥거리하는 것을 미뤘다. 게다가 어떤 위협적인 위험이 금방이라도 닥칠 듯했기 때문이었다. 모든 사람은 공황에 빠져 짐승 떼처럼 한곳에 모여서는, 더 이상 감히 하늘을 올려다보지도 못했다. 여자들의 가슴에서는 흐느끼는 소리가 새어 나오기 시작했고, 그 비통한 소리에 모든 사람은 압도되고 망연자실해졌다.

마침내 종이 울렸다. 청동 상들이 낮은 곳에서 흔들리면서, 불길한 종소리가 모든 사람의 얼굴을 하얗게 만들었고, 종소리 사이에 울부짖는 소리가 계속 허공을 채웠다.

"성 판탈레오네! 성 판탈레오네!"

이 절망적인 사람들은 도움을 바라며 모두 같이 엄청나게 큰 소리로 외쳤다. 모두 무릎을 꿇고 손을 뻗은 채 겁에 질린 얼굴을 하고는 간청했다, "성 판탈레오네!"

두 개의 향로에서 연기가 피어오르는 가운데, 교회 문에서 금으로 수놓은 빛나는 보라색 망토를 입은 돈 콘솔로가 나타났다. 그는 은으로 된 신성한 팔을 높이 들고 다음 문장을 라틴어로 외치면서 푸닥거리를 시작했다. "주여, 주를 의지하는 저희에게 납시시어 하늘의 평온을 내려 주소서 (Ut fidelibus tuis aeris serenitatem concedere digneris). 주여, 우리의 말을 들어 주소서 (Te rogamus, audi nos)."

유물이 등장하자 심약한 사람들의 망상을 자극했다. 모든 사람들의 눈에서는 눈물이 흘렀고, 자신들이 흘리는 맑은 눈물 너머로 그들의 눈으로는 사람들을 축복하기 위해 치켜든 세 손가락에서 나오는 기적적인 천상의 영광을 바라보고 있었다. 타오르는 듯한 분위기 속에서 팔은 좀 더 커 보였고, 황혼의 광선이 보석에 비춰 눈부신 효과를 냈으며, 발삼향은 신자들 사이로 빠르게 퍼져 나갔다.

"주여, 우리의 말을 들어 주소서 (Te rogamus audi nos)!"

그러나 팔이 다시 등장하고 종소리가 그쳤을 때, 잠시 침묵 속에서 사람들은 근처 강 옆길에서 종소리가 딸랑대는 것을 들었다. 그러자 사람들은 갑자기 그 방향으로 몰려갔다. 사람들이 외쳤다. "양초를 가져올 팔루라예요! 팔루라가 왔어요! 보세요, 팔루라예요!"

커다란 회색 암말이 자갈길 위로 덜컹거리며 수레를 끌고 도착했다. 말 등에는 커다란 놋쇠 뿔이 아름다운 반달처럼 빛나고 있었다. 자코베와 다른 사람들이 마차를 맞이하러 달려 나가자, 그 순한 암말은 세게 콧바람을 세게 내더니 멈추었다. 제일 먼저 도착한 자코베는, 수레 바닥에 늘어져 있는 피가 낭자한 팔루라의 몸을 보고, 울부짖고 사람들에게 팔을 흔들면서 소리쳤다. "팔루라가 죽었어요! 죽었어요!"

III

이 안타까운 소식은 순식간에 입에서 입으로 전해졌다. 수레 주위로 사람들이 밀려들어, 하늘이 내리는 경고에는 아랑곳하지 않고, 이렇게 새롭고 예상치 못한 사건에 정신이 팔려, 피를 보자 천

생적으로 가지고 있던 강렬한 호기심으로 그를 보기 위해 목을 쭉 뻗었다.

"죽었나요? 어떻게 죽었죠?"

팔루라는 판자 위에 반듯이 누워 있었다. 이마 중앙에 큰 상처가 있었고, 귀가 찢어지고, 팔, 옆구리, 한쪽 허벅지에 상처가 나 있었다. 그의 눈두덩이에서 턱과 목까지 미지근한 피가 뚝뚝 떨어지고, 그의 셔츠는 얼룩이 져 있었으며, 그의 가슴과 가죽 벨트, 심지어는 바지까지 시커먼 피가 응고되어 번쩍이고 있었다.

자코베가 시체를 내려다보는 동안 주위에 있던 사람들은 모두 기다리고 있었고, 아침햇살은 그들의 당혹스러워하는 얼굴을 비췄다. 그 침묵의 순간에 강둑에서는 개구리 울음소리가 들렸고, 박쥐들은 사람들의 머리에 거의 닿을 듯이 왔다 갔다 했다.

갑자기 자코베가 뺨에 피가 묻힌 채 일어서더니 외쳤다. "죽지 않았어요. 아직 숨 쉬고 있어요."

그러자 사람들은 무슨 소리인지 모르게 쑤군거리기 시작했고, 가장 가까이 있던 사람들은 몸을 뻗어 그 광경을 보려고 하였다. 가장 멀리 떨어져 있는 사람들은 안절부절못하다가 고함을 질렀다. 두 여자가 물병을 가져왔고, 다른 여자는 아마포 몇 조각을, 한 젊은이는 포도주가 가득한 호리병을 건넸다. 부상당한 사람의 얼굴이 씻겨지고, 이마에서 흘러내리는 피가 그치자 그의 머리가 들어 올려졌다.

그러자 사람들은 커다란 목소리로 이 모든 일의 원인을 밝혀야 한다고 외쳤다. 100파운드의 밀랍이 사라졌다. 수레 바닥의 판자들 틈 사이에 겨우 몇 개의 양초 조각만이 남아 있을 뿐이었다.

이런 소동 속에서 사람들의 감정은 점점 더 불타올랐고 더욱 화가 나고 호전적으로 바뀌었다. 강 건너편의 마스칼리코라 지역에 대한 증오가 아주 옛날부터 늘 끓어 오르고 있었기 때문에, 자코베는 쉰 목소리로 표독스럽게 외쳤다. "양초들이 지금 성 곤셀보를 위해 사용되고 있는 것은 아닐까요?"

이 말은 불똥 같았다. 이런 와중에, 오랜 세월 동안 한 우상을 맹목적이고 맹렬하게 숭배하면서 야만적으로 성장한 교회에 대한 의식이 사람들 속에서 갑자기 일깨워졌다. 자코베의 말은 입에서 입으로 빠르게 퍼졌다. 황혼이 비극적으로 빛나고 있는 동안 이렇게 혼란스러운 사람들은 마치 흑인 폭도들처럼 보였다.

성자의 이름이 전쟁의 함성처럼 모든 사람의 목구멍에서 터져 나왔다. 가장 열렬한 사람들은 팔을 흔들고 주먹을 움켜쥐면서 강 건너편으로 저주의 말들을 던졌다. 그러자 그 모든 둥그스름하고 결의에 찬 얼굴들은 분노로 혹은 분노로 가득한 생각으로 불타올랐고, 귀에 찬 황금 귀걸이와 이마에 두툼하게 뭉친 머리들은 그들을 이상한 야만인처럼 보이게 했는데, 이런 그들의 얼굴이 몸을 비스듬히 기대고 누워있는 사람을 바라볼 때는 연민으로 부드러워졌다. 고통받는 남자를 살리려는 여자들이 수레 주변에 모여 경건하게 보살피고 있었다. 많은 사람이 사랑의 손길로 상처에 덧댄 아마포를 갈아주고 얼굴에 물을 뿌리고 호리병에 든 포도주를 창백한 입술에 넣어주고 머릿 밑에는 베게 같은 것을 만들어 주었다.

"팔루라, 불쌍한 팔루라, 대답 좀 해봐요?"

그는 손을 꼭 잡고 입을 반쯤 벌린 채 움직이지 않고 있었으며, 목과 턱에는 갈색 머리가 드리워져 있었고, 통증의 경련으로 인해 부자연스럽기는 했지만, 그의 모습에는 확연히 젊음의 아름다움이 남아 있었다. 그의 이마를 묶은 붕대 밑의 관자놀이에서는 피가 줄줄 흘러내렸고, 입가에는 작고 붉은 거품이 나타났으며, 목구멍에서는 탁한 쉭쉭 거리는 소리가 단속적으로 이어졌다. 그의 주변에서 사람들은 더욱더 그를 보살피고, 질문을 해대고, 흥분해서 바라보고 있었다. 암말은 자주 고개를 흔들면서 마구간 쪽을 보며 울었다. 태풍이 곧 닥칠 것 같은 그곳의 분위기는 무거웠다.

광장 쪽에서 한 여자가 우는 소리가 들렸다. 팔루라의 어머니였다. 그녀의 울음소리는 다른 사람들이 갑자기 조용해지자 더욱 크게 들렸다. 살때문에 숨도 제대로 못 쉴 것 같은 덩치 큰 여자가 사람들 사이를 울면서 통과해 수레에 도착했다. 그녀는 너무 체중이 많이 나가서 수레에 오르지 못했기 때문에, 아들의 발을 붙잡고 눈물을 흘리며 사랑한다는 말들을 간간히 했는데, 그 찢어진 목소리는 아주 날카로웠으며, 끔찍한 슬픔의 표정은 마치 짐승 같아서 지켜보던 사람들은 모두 전율을 느끼며 얼굴을 돌릴 정도였다.

"자케오! 자케오! 나의 심장! 나의 기쁨!" 그 과부는 상처 입은 사람의 발에 입 맞추고 그를 자신이 있는 땅 쪽으로 끌어당기며 계속해서 울었다. 부상당한 남자는 경련 속에서도 약간씩 움직이며 입을 비틀고 눈을 크게 뜨고 있었지만, 사실 잔뜩 낀 습기가 시야를 가리고 있어서 볼 수는 없었다. 눈꺼풀 끝에서 커다란 눈물방울들이 흘러 뺨과 목을 타고 흘러내리기 시작했고, 여전히 입은 비틀려 있었으며, 목구멍에서 탁하게 쉭쉭 거리는 소리로 뭔가 말하려고 하는 것이 느껴졌다. 사람들이 그의 주위에 몰려들었다. "말해봐요, 팔루라! 누가 이렇게 만들었어요? 누가 이렇게 만들었냐구요? 말해봐요! 말해 보세요!"

그런 질문 안에는 사람들의 분노가 불타고 있었다. 사람들의 폭력적인 욕구가 강해지고, 막연하게 복수를 하겠다는 갈망이 사람들을 뒤흔들었으며 대대로 이어져 내려오는 증오가 모든 사람들에게 다시 끓어 올랐다.

"말하세요! 누가 이렇게 만들었냐구요? 말해봐요! 말해보세요!"

죽어가던 사람이 다시 한번 눈을 떴다. 사람들이 그의 두 손을 움켜쥐었을 때, 살아있는 사람의 온기로 그의 영혼은 다시 살아나고 그의 얼굴은 밝아졌다. 그의 입은 뭔가 중얼거렸는데 입 주변에는 피가 섞인 거품이 갑자기 더 많아졌다. 아직 그가 뭐라고 하는지 알아 들을 수가 없었다. 너무 조용해서 사람들은 숨을 참으며 바라보는 사람들의 숨소리를 들을 수가 있을 정도였고, 사람들은 단 한 마디를 기다리며 모두 눈에 불을 켜고 있었다.

"마-마-마-마스칼리코!"

"마스칼리코! 마스칼리코!" 몸을 구부리고 귀를 곤두세우며 그 죽어가는 사람의 입에서 잘 들리지 않는 소리를 들으려고 하던 자코베가 소리를 질렀다. 자코베가 외치자 사람들은 모두 크게 탄성을 질렀다. 처음에 사람들은 오락가락하는 폭풍우처럼 혼란스러워했다. 그러다가 한 사람이 이런 소란을 뚫고 어떤 신호를 보내자, 사람들은 미친 듯이 서둘러 흩어졌다.

한 가지 생각만이 사람들에게 떠올랐고, 동시에 모든 사람의 마음속에 반짝했던 한 가지 생각은, 상처를 되갚아 주기 위해서는 무엇인가로 무장해야 한다는 것이었다. 모든 사람들은, 복수로 숨을 새근거리는 이곳의 짜릿한 냄새에 취하고 황혼의 황량한 햇살을 받으며, 피를 볼 수밖에 없다는 생각을 굳혔다.

IV

이어, 큰 낫, 낫, 도끼, 괭이, 소총으로 무장한 무리들이 교회 앞 광장에 다시 모였다.

우상 숭배자들이 외쳤다! "성 판탈레오네"

이런 소란으로 겁에 질린 돈 콘솔로는 제단 뒤에 있는 좌석 깊숙이 도망쳤다. 자코베를 따르는 소수의 광신도들이 큰 예배당에 들어가 청동 창살을 힘으로 밀어내고는, 마침내 성인의 흉상이 보관되어 있는 지하 통로에 도착했다. 올리브 기름으로 채워진 세 개의 램프가 수정 뒤에 있는 성구(聖具) 보관실에서 부드럽게 타고 있었다. 그 기독교 우상은 커다란 태양 원반으로 둘러싸여 하얀색으로 머리가 빛나고 있었으며 벽들은 수많은 공물들로 가려져 있었다.

그 우상은 네 명의 헤라클레스처럼 힘센 사람들의 어깨에 실려 현관의 벽기둥 사이에 나타나 광환에서 빛이 발산될 때, 기다리던 사람들 위로 길고도 숨 막히는 열정과 사람들의 이마를 두드리는 반가운 바람 같은 소음이 흘렀다. 흉상이 움직였다. 성자의 거대한 두상은 높은 곳에서 흔들렸고, 텅 빈 두 눈으로 앞쪽을 바라보고 있었다.

이제 하늘에는 살아 있는 듯한 유성들이 간간히 지나갔고, 가느다란 구름 떼는 하늘에서 떨어져 나가 녹듯이 천천히 흘러갔다. 라두사 마을 전체를 배경으로 멀리서 보면 불꽃을 감추고 있는 잿더미처럼 보였지만, 앞쪽에서 보면 희미한 섬광 때문에 마을의 윤곽을 찾을 수가 없었다. 개구리들이 모두 함께 시끄럽게 울어대서 평화로운 고요함이 깨졌다.

강변의 도로에서는 팔루라의 수레가 행진을 가로막았다. 지금은 비어 있었지만, 여기저기에 핏자국들이 남아있었다. 고요함 속에서 분노의 저주가 갑자기 폭발했다.

자코베가 외쳤다, "성상을 수레 안에 넣읍시다!"

성상은 판자 위로 올려져 사람들이 끌어서 여울로 가져갔다. 전투 준비를 마친 그들의 형렬은 그렇게 경계를 넘었다. 행렬을 따라 금속 램프를 들고 물보라를 일으키며 강을 건너자, 멀리 어린 포플러 나무들로부터 사각형 탑들이 있는 쪽으로 사방이 등불의 빨간 빛들로 타는 것처럼 번쩍였다. 마스칼리코 마을은 올리브 과수원 중앙의 작은 언덕 위에서 잠든 듯했다.

개들은 맹렬하게 쉬지 않고 여기저기서 짖었다. 여울에서 나온 행렬은 일반도로를 포기하고 들판을 가로지르며 직선으로 난 길로 빠른 발걸음으로 앞으로 나아갔다. 다부진 어깨들 위로 다시 들어 올려진 은색 흉상은, 높이 달린 이삭들 사이사이, 사람들 머리 위로 탑처럼 솟아 있었고 향기가 났으며 반딧불들이 모여들었다.

갑자기 밀짚 헛간에서 이삭들을 지키던 목동이 수많은 무장한 사람들의 모습을 보고, 미친 듯 두려워서 강 쪽으로 도망치면서 최대한 크게 소리를 질렀다. "도와주세요! 도와주세요!"

그의 외침은 올리브 과수원 전체에 울려 퍼졌다.

라두사 마을 사람들이 먼저 선수를 쳤다. 나무줄기들 사이, 마른 갈대들 사이에서, 은빛의 성상은 흔들렸다. 나무들이 부딪치면서 요란하게 쨍그랑거리는 소리가 났으며, 넘어지려고 할 때마다 강렬한 후레쉬로 빛을 밝혔다. 10, 12, 20발의 총알들이 진동하는 섬광과 함께 집들이 모여 있는 곳으로 잇따라서 쏟아졌다. 삐걱거리는 소리가 들리더니, 요란한 소란이 이어졌다. 문이 닫혀 있는 집들고 있었지만, 몇몇 집들은 문이 열려 있었다. 창문은 산산조각이 났고, 바질 꽃병은 떨어져 산산조각이 났다. 괴한들이 들이닥친 후에도 아무 일 없었다는 듯 하얀 연기가 하늘 끝까지 피어올랐다. 적대적인 분노에 눈이 먼 사람들이 소리쳤다. "죽여라! 죽여라!"

한 무리의 우상 숭배자들은 성 판탈레오네 주변을 지켰다. 낫이 마구 휘둘러지고 성 곤셀보에 대한 끔찍한 욕설들이 터져 나왔다.

"도둑놈! 도둑놈! 거지 새끼! 양초...! 양초!"

다른 무리는 집 문을 포위하고는 도끼질을 하고 있었다. 그리고 경첩을 떼낸 문이 산산조각이 나서 떨어지자, 성 판탈레오네 추종

자들은 그 안의 사람들을 죽이려고 소리를 지르며 안으로 뛰어 들어갔다. 반라의 여자들은 자비를 바라며 구석으로 도망쳤고, 타격으로부터 자신을 보호하려고 하면서 무기를 움켜쥐기도 하고 손가락들을 베이기도 하였으며, 야채만 먹어 축 처진 살들이 삐져나온 담요와 이불 더미 사이로 여자들이 바닥에 몸을 뻗은 채 구르고 있었다.

큰 키에 호리호리하며, 붉은 안색, 열정으로 바짝 마른 뼈밖에 남지 않은 무시무시한 모습의 자코베는 큰 낫을 들고, 모든 사람들에게 크고 위엄 있는 몸짓으로 여기저기에서 멈춰 서서 살육을 지휘하였다. 그는 성 판탈레오네의 가호 아래 모자도 쓰지 않고 두려움 없이 최전방에 나섰다. 30명이 넘는 사람들이 그를 따랐다. 그들 모두는 땅이 흔들리고 곧 무너질 듯한 불타는 천장 아래 불 속을 걷고 있는 듯한 혼란스럽고도 이상한 느낌이 들었다.

그러나 곳곳에서 방어하는 사람들이 모이기 시작했다. 마스칼리코 사람들이었다. 그들은 피에 굶주린 혼혈인들처럼 강하고 시커먼 사람들로서 길고 날카로운 칼로 때리고, 배와 목에 구멍을 냈으며, 칼을 휘두를 때마다 우르릉거리듯 낮은 소리를 냈다. 살육전은 점점 교회 쪽으로 향하고 있었다. 두세 채의 집 지붕에서는 불이 일었고, 여자들과 아이들은 공포에 사로잡혀 눈에 빛을 잃은 채 올리브 나무들 사이로 황급히 도망쳤다.

울고 애통해하는 여자들이 없어지자, 남자들의 백병전은 더욱 격렬해졌다. 적갈색 하늘 아래, 땅에는 시체가 가득했다. 부상 당한 자들이 입속으로 새된 소리로 저주하는 것이 들렸는데, 이런 소란 속에서도 라두사 사람들의 외침은 계속되었다. "양초! 양초!"

그러나 교회의 입구는 못이 박힌 거대한 참나무 문으로 막혀 있었다. 마스칼리코 사람들은 타격과 도끼로부터 문을 지켰다. 은빛 성상은 무표정하고 하얀 모습을 유지한 채 격렬한 살육전 속에서도 흔들리며 머리끝에서 발끝까지 피를 흘리면서도 포기할 줄 모르는 네 명의 남자들의 어깨에 여전히 얹혀 있었다. 이들은 반드시 자신들의 우상을 적의 제단 위에 두고자 하였다.

마스칼리코 사람들이 돌계단에서 사자들처럼 장렬히 싸우는 동안, 자코베는 갑자기 사라져서는 성구 보관실로 저항 없이 들어갈 수 있는 곳을 찾기 위해 건물 뒤쪽으로 돌아갔다. 마침내 그는 바닥에서 약간 떨어진 곳에 벌어진 틈을 발견하고, 기어 올라가, 움직이지 않고 붙어 있다가, 틈이 좁아서 엉덩이 부분이 끼어가며, 몸을 비틀고 돌려서, 마침내 자신의 기다란 몸을 구멍으로 밀어 넣는 데 성공했다.

밤이 내린 서늘한 하나님의 거처 안으로 들어 갔을 때 나던 향냄새가 차츰 사라져 가고 있었다. 외부에서 때리는 진동을 따라 어둠 속을 더듬거리며 남자는 문을 향해 걸어가다가 사슬에 걸려 넘어져 손을 짚으며 얼굴로 쓰러졌다.

라두사 마을 사람들의 도끼 소리가 딱딱한 떡갈나무 문에 부딪혀 계속 울려왔다. 그는, 자신을 나약하게 만드는 불안의 격렬한 두근거림 때문에 질식할 듯이 숨을 몰아 쉬면서, 쇠몽둥이로 자물쇠에 힘을 가하기 시작했다. 희미한 섬광으로 눈이 흐려지고, 상처가 쑤셔오고 그의 피부 위로는 미지근한 피가 흘러내렸다.

"성 판탈레오네! 성 판탈레오네!" 문이 천천히 열리고 있다고 느낀 라두사 사람들은 목이 쉬도록 외치며 두 배로 도끼질을 하며 두 배로 소리를 질렀다. 문 건너편에서는 살해당한 사람들의 시신이 무겁게 쓰러지는 소리와 누군가를 칼로 찔러 문에 꽂으며 등에 못질하는 소리가 들렸다. 자코베에게는 본당 전체가 그의 거친 심장 박동에 맞춰 고동치는 것 같았다.

마침내 문이 열렸다. 라두사 마을 사람들은 거대한 승리의 함성과 함께 앞뒤 살피지 않고 달려 나가 죽은 자들의 시체를 넘어 은으로 된 성상을 제단으로 끌고 갔다.

빛이 살아있는 듯 반사되어 흔들리더니, 어둡던 본당을 밝히고 촛대의 금을 반짝이게 했다. 이런 번쩍임은 인접한 집들이 이집 저집 불에 타면서 더욱 강렬해졌다. 두 번째 전투가 벌어졌던 것이다. 죽었든 살아있든 사람들의 몸뚱이들은 서로 얽혀 죽은 채로 벽돌 위에 구르고 있거나, 여기저기 분노에 차서 꿈틀거리며 균형을 잡으려고 하면서, 벤치 아래, 예배당 계단과 고해소의 모퉁이에 기대어 울부짖거나 뒹굴고 있었다. 이 신의 거처의 대칭적인 요면에서,

살을 꿰뚫거나 뼈를 갈아내는 무기의 얼음같은 소름 끼치는 소리,
급소에 부상을 입은 사람이 갈라진 목소리로 내는 단말마, 뭔가에
맞아 으깨진 두 개골에서 나는 덜거덕거리는 소리, 죽음을 두려워
하는 사람이 지르는 고함소리, 사람 죽인 것을 의기양양하게 말하
는 잔학한 악당이 웃고 떠드는 소리, 이 모든 소리가 신의 거처에서
메아리쳤다. 이런 참상위로 마음을 달래는 향냄새가 퍼졌다.

은 우상은 아직 영광스러운 제단에 이르지 못했다, 마스칼리코
사람들이 제단을 둘러싸서 막고 있었기 때문이었다. 여러 곳에서
부상을 입고, 낫을 맞기도 한 자코베는 그가 선점했던 계단 진입을
한 치도 양보하지 않고 있었다. 이제, 흉상을 지고 가는 라두사니
사람들은 단지 두 명만이 남았을 뿐이었다. 거대한 흰 두상이 분노
로 가득 찬 피의 웅덩이위에 취한 듯이 내 뒹굴었다. 마스칼리코 마
을 사람들이 맹위를 떨치고 있었다.

성 판탈레오네 상이 날카로운 소리를 내면서 바닥에 떨어지자 자
코베의 심장은 그 어떤 칼에 찔린 것보다 깊이 찔린 듯했다. 붉은
얼굴을 한 농부가 쏜살같이 달려 나가 들어 올리려 하자, 엄청나게
크고 악마 같은 남자가 낫으로 일격을 가해 농부는 바닥에 쭉 뻗어
버렸다.

농부가 일어서자 이번에는 낫으로 두 번 맞고 다시 쓰러졌다. 얼
굴 전체와, 가슴, 손에 피가 넘쳐흘렀고 어깨와 팔에는 깊은 상처로
노출된 뼈가 빛나고 있었지만, 그는 죽지 않고 있었다. 끈질기게 살
아 있는 것을 보고, 분노한 서너 명의 쟁기꾼들이 그의 배를 미친
듯이 찔러서 농부의 내장이 쏟아졌다. 농부는 뒤로 넘어져 성자 흉
상에 목을 부딪치고는, 얼굴로 흉상을 누르고 팔을 앞으로 뻗고 다
리가 움츠러들더니, 갑자기 몸 앞쪽으로 흉상을 덮쳤다.

그렇게 해서 성 판탈레오네 상은 사라지고 말았다.

이야기 여덟
문지아

　페스카라 전 지역과, 산 실베스트로, 폰타넬라, 산 로코, 멀리는 스폴토레까지, 그리고 알렌토 너머 발레롱가의 모든 농장까지, 또한 특별히 선원들이 모임을 갖는 강어귀 근처, 모든 집들이 진흙과 갈대로 지어지고 화목은 바다에서 떠다니는 나무로 조달하는 이 자그마한 자치구 지역에서, 여러 해 동안, 야만인 같기도 하고 해적 이름 같기도 한 고대의 호머처럼 눈이 먼 한 카톨릭 음유시인이 유명했다.

　문지아는 봄이 시작될 때 여정을 시작해서 10월 첫 번째 서리가 내릴 때 여정을 마치는데, 한 여자와 한 아이의 인도에 따라 그는 그 지역들을 돌아다닌다. 평화로운 정원과 고요한 들판에서, 그는 장송곡, 응답 송가, 장례식 때 전주곡과 응창을 하는 사람이었다. 그의 모습은 누구에게나 익숙해서, 뒷마당의 개들도 그가 다가오면 짖지 않았다. 그는 지니고 다니던 클라리넷으로 높고 짧게 떨리는 음을 내서 자신의 출현을 알리고, 이렇게 익숙한 신호에 노부인들은 문턱까지 나와서 그를 환영하고, 마당의 나무 그늘에 그가 앉을 의자를 내놓고 건강을 물었다. 모든 농부들은 일을 마치고 돌아와서는 그를 원처럼 둘러싸 조심스러운 경외심을 보여 주었으며, 딱딱한 손으로 고된 노동으로 흐르는 이마에 흐르는 땀을 닦고, 여전히 농기구를 든 채로 경건한 태도를 취했다. 그들의 드러난 팔과 다리는 들에서의 가혹한 노동으로 인해 울퉁불퉁했고 구부러져 있었으며, 그들의 뒤틀린 몸은 땅의 빛깔을 띠었고 새벽부터 땅에서 일해서 뭔가 나무나 뿌리와 비슷해 보이기도 했다.

이 맹인이 행하는 모든 것들에게는 일종의 종교적 근엄함이 부여되었다. 모든 사람에게 감탄과 헌신, 무엇보다 종교적인 슬픈 감정을 주는 것은, 태양도, 대지의 충만함도, 봄철 초목의 기쁨도, 멀리서 들려오는 합창 소리도 아니었다. 노부인 중 한 명이 그녀가 노래와 봉납물을 바치고 싶은 죽은 친척의 이름을 알려주면, 문지아는 모자를 벗었다.

그의 넓고 빛나는 두개골이 백발에 싸인 채 드러났고, 얼굴 전체에서 느껴지는 고요함과 침착함으로 얼굴은 왠지 가면처럼 느껴졌으며, 그가 클라리오넷을 입에 물면 주름이 졌다. 그의 관자놀이, 눈 아래, 귀 옆, 콧구멍 주위, 입가에는 수천 개의 주름이 져 있었으며, 어떤 것은 섬세하게, 어떤 것은 깊게, 자신을 고취했던 음악의 리듬에 따라 변화했다. 그의 신경은 긴장하고, 턱뼈 위로는 가을색으로 물드는 덩굴 잎처럼 자주색 정맥이 보이며, 아래 눈꺼풀에는 바깥쪽을 향해 불그스레한 선이 나타나고, 얼굴 전체에 거친 피부가 팽팽하게 당겨져서는 멋지게 양각된 것처럼 보였다. 짧고 뻣뻣하고 대충 깎인 수염이 난 얼굴과 기다랗고 눈에 띄게 드러나 있는 목의 근육들 사이 깊게 움푹 들어간 부분들에 빛이 비추면 울퉁불퉁하고 곰팡이가 잔뜩 낀 호박 위의 이슬처럼 번쩍였다. 그가 연주를 시작하면, 진동하는 수많은 단음표들이 공중을 떠도는 것처럼 느껴져, 그 보잘것없이 보이던 사람이 신비롭게 보였다. 그의 손가락들이 회양목 클라리오넷의 불안정한 키들을 누르자 여러 음이 쏟아져 나왔다. 악기 그 자체가 거의 인간처럼 보였으며, 오랫동안 인간과 밀접하게 관련되어 온 무생물이 흔히 그렇듯이 살아 숨 쉬는 것처럼 보였다. 나무 부분은 뺀질뺀질하게 빛나고 있었고, 겨울 몇 달 동안 작은 거미의 둥지가 되었던 구멍들에는 아직도 거미줄과 먼지가 가득 차 있었으며, 키들은 파랗게 녹으로 얼룩져 있었고, 여기저기 부러진 곳을 가리기 위해 밀랍이 사용되었으며, 이음새는 종이와 실로 연결되어 있었고, 가장자리에서는 그 악기가 멀쩡했을 때의 장식들을 여전히 볼 수가 있었다. 맹인은 약하고 불안하게 목소리를 높였으며 그의 손가락들은 전주곡이나 지난 날들의 간주곡의 음을 찾아 기계적으로 움직였다.

그의 손은 길고, 변형되어 있었다. 처음 세 손가락의 마디뼈에는 매듭들이 있었고, 엄지 손가락 손톱들은 뭔가에 눌린 듯 하고 하예서 늙어빠진 원숭이의 손을 연상시켰다. 그의 등은 썩은 과일의 상한 색이라고 할까? 분홍색과 노란색, 푸른색이 섞여 있었다. 손바닥에는 깊고 얕은 손금들이 그물처럼 나 있었으며, 손가락 사이의 피부들은 물집이 잡혀 있었다.

전주곡이 끝나자, 문지아는 "주여, 자유롭게 하소서(Libera Me Domine)"와 "말하지 마세요(Ne Recorderis)"를 다섯 개의 음조로만 변조하여 천천히 부르기 시작했다. 그 노래를 부를 때 그는 라틴어 가사에 그가 살던 지역 사투리의 관용구들을 곳곳에 배치하고 때때로 운율을 맞추기 위해 ente로 끝나는 부사를 삽입하면서 억음의 운율을 이어갔다. 그는 이런 부분에서는 목소리를 높이고, 힘들지 않는 부분에서는 목소리를 낮췄다. 예수의 이름이 랩소디 전반에 걸쳐 자주 등장해서 극적인 변화를 주지 않았던 것은 아니었으며, 예수 수난편은 5행연으로 구연되었다.

농부들은 맹인이 노래를 할 때는 그의 입을 바라보며 몰두하는 분위기로 경청하였다. 수확철이 되면, 들판에서 들리는 포도 수확자들의 합창이 경건한 노래들과 경쟁하듯이 들려온다. 청력이 약한 문지아가 죽음의 신비에 대해 노래를 하면, 그의 입술은 치아가 빠진 잇몸에 달라붙고 침이 턱에서부터 흘러내려서, 클라리넷을 다시 입술에 대고 간주곡을 시작한 다음, 다시 운율에 맞춰 끝까지 이어갔다. 그에게 주는 보상은 소량의 옥수수와 포도주 한 병 또는 양파한 다발, 때로는 암탉이었다.

그가 등을 구부리고 무릎을 약간 뒤로 돌려서 의자에서 일어났다. 큰 키에 수척한 모습이다. 머리에는 커다란 녹색 모자를 쓰고, 계절과 관계없이 목에서 무릎 아래로 떨어지는 농부의 망토를 걸치고 있었으며, 망토는 두 개의 놋쇠 버클로 고정되어 있었다. 그는 움직이는 것을 힘들어했으며, 가끔 멈춰서서는 기침을 했다.

10월이 와서 포도밭에서 포도를 수확하고 포도밭을 진흙과 자갈로 가득 채우면, 그는 중풍걸린 아내를 둔 재단사와, 연주창과 구루병으로 이곳저곳이 아픈 아홉 명의 아이들의 아버지인 거리의 거지와 함께 쓰는 다락방으로 들어간다. 날씨가 좋은 날이면, 그는 포르타노바 아치로 이끌려 가, 햇볕을 쬐며 바위 위에 앉아, 좋은 목 상태를 유지하기 위해 "이 질곡에서 벗어나(De Profundis)"를 천천히 부른다. 이런 경우에는 팔다리가 탈구된 사람들, 꼽추, 불구자, 중풍 병자, 나병 환자, 상처가 있거나 옴이 옮은 여자, 이빨이 없는 여자, 눈썹과 머리카락이 없는 사람들, 메뚜기처럼 퍼렇고 빼빼 마르고 맹금류처럼 날카롭고 사나운 눈을 갖고 있으며 말수가 적고 이미 입안이 말라 버린 아이들, 괴물 같은 빈곤 때문에 유전적으로 물려받은 혈액 질환을 앓고 있는 아이들, 모든 비참하고 타락한 어중이떠중이들, 쇠약해진 종족의 후손들이 그의 주변으로 몰려든다. 이렇게 누더기를 걸친 하나님의 자녀들은 노래하는 사람 주변에 모여서 그에게 자기들 중 한 사람인 듯 그에게 말을 걸곤 했다.

그러면 문지아는 기다리고 있는 사람들을 향해 은혜롭게 노래를 부르기 시작한다. 실비 토박이인 치아키우는, 손바닥에 가죽 덮개를 씌워, 아주 힘들게 온몸을 질질 끌면서, 문지아 주변의 사람들에게 도착하면, 뿌리처럼 비틀리고 뒤틀린 오른발을 손에 들고 멈춘다. 흐리멍텅하고 혐오스럽고, 남자인지 여자인지 모르겠으며, 목에는 붉은 부스럼이 가득하고 관자놀이에는 자랑스러워 하는 듯한 회색 머리가 늘어져 있고 머리 위쪽과 뒤쪽은 독수리처럼 양모 같은 털이 무성한 늙은 스트리지아가 다음으로 다가왔다. 이어, 사람과 염소의 결합에서 출생한 것처럼 보이는 맘마루키 집안의 바보 삼 형제가 등장했는데 얼굴은 정말 양처럼 보였다. 셋 중 맏형의 푸른빛이 돌며 물렁물렁하고 퇴화한 눈알은 이제 곧 썩을 것 같은 과육을 담은 타원형 봉지 같은 안구에서 튀어나와 있었다. 막내는 특히 귀가 아팠는데 귓불이 비정상적으로 부풀어 올라와 앉았으며 무화과처럼 보라색을 띠었다. 이 세 사람은 등에 끈으로 가방을 메고 함께 등장했다.

옷세이도 도착했다. 그는 올리브색 얼굴을 하고 있었고, 마르고, 뱀처럼 생겼으며, 납작한 코는 악랄하고 남을 잘 속일 것처럼 보였는데, 그가 집시 출신임을 드러냈다. 또한 그의 눈꺼풀은 폭풍우 치는 바다를 항해하는 수로 안내인의 그것처럼 위로 치켜 올라가 있었다. 뒤를 이어 나이를 정확하게 알 수 없는 카탈라나 디 지씨가 왔다. 피부는 붉고 긴 물집으로 덮여 있었고, 이마에는 구리 동전 같은 반점이 있었으며, 아이를 낳은 창녀처럼 엉덩이가 납작한 그녀는 거지들의 비너스라고 불렸다 - 그녀는 성관계를 원하는 사람들의 갈증을 풀어주는 사랑의 샘 역할을 하고 있었다.

다음은 기계공이 놋쇠로 만든 것처럼 푸른색이 도는 머리카락을 지닌 캄플리의 늙은 야코베가 왔고, 다음에는 부지런한 가르갈라가 부서진 배의 잔해로 만든 차를 타고 아직 타르도 지우지 못한 채 도착했으며, 다음으로 냉소적이며 아랫입술이 툭 튀어나와서 한 점의 생고기를 이빨로 물고 있는 듯한 콘스탄티노 디 코로폴리가 도착했다. 그리고 숲속에 사는 사람들도 언덕에서 바다까지 흐르는 강을 따라 도착해서, 모두 사람들이 햇볕을 쬐고 있는 음유시인 주위로 모여들었다.

이때 문지아는 계획된 동작과 범상치 않은 자세로 노래하였다. 그의 영혼은 기쁨으로 가득 차 영광스러운 후광이 그를 둘러싸고 있는 듯했으며, 노래에 흠뻑 빠져들어 막힘이 없었다. 노래를 마치자 거지 떼에서 터져 나오는 박수갈채를 그는 거의 듣지 못했다.

노래가 끝나고 따뜻한 태양이 사람들이 모여 있던 자리를 떠나 의사당 아치의 코린트식 기둥을 비추고 있을 때면, 거지들은 맹인에게 작별 인사를 하고 근처로 흩어졌다. 다른 사람들이 사라진 뒤에도, 기형의 발을 갖은 실비 출신의 치아키우와 난쟁이 형제들이 남아서 지나가는 사람들에게 자선을 언제나처럼 부탁할 때, 문지아는 조용히 앉아 아마도 루시코펠레, 골포 디 카졸리와 함께 했고, 콰토레체도 살아 있었던 화려했던 자신의 옛날을 회상하고 있었을지도 모른다.

오, 영광스러운 문지아 악단이여! 그 작은 오케스트라는 얇은 계곡에 위치한 페스카라 전체에서 높은 명성을 얻었다. 골포 디 카졸리는 비올라를 연주했다. 그는 바위 위의 도마뱀처럼 희끄무레한 키가 작은 사람이었고 얼굴과 목의 피부는 주름지고 물에 익힌 거북이처럼 막이 있었다. 그는 양쪽 귀를 덮는 프리지아 지역의 모자를 쓰고 있었다. 그는 뾰족한 턱으로 비올라를 누른 채 손가락을 구부려서 과시하듯이 키를 두드리고 빠르게 움직이면서 비올라를 연주했는데, 마치 떠돌이 야바위꾼의 원숭이 같았다.

그 다음으로 콰토레체가 베이스 비올을 당나귀 가죽끈으로 배에 걸고 나왔다. 그는 촛대처럼 키가 크고 말랐으며, 그를 보면 왠지 전체적으로 오렌지색이 떠올라서 카스텔리의 일부 시를 장식하는 단색으로 칠해진 뻣뻣한 자세의 인물 중 한 명처럼 보였다. 그의 눈은 양치기 개처럼 노랗게 투명하게 빛났고, 커다란 귀의 물렁뼈는 오렌지빛을 비춘 박쥐의 귀처럼 열려 있었으며, 그의 옷은 흔히 볼 수 있는 사냥꾼들처럼 담배색 천으로 되어 있었다. 그의 낡은 비올은 깃털과 은, 활, 그림, 메달로 장식되어서 이상한 소리가 날 것 같은 야만인의 악기처럼 보였다. 다이아페이슨으로 조율을 마친 함부로 다룬 듯한 2현 기타를 가슴에 둘러 매고 루시코펠레가 시골풍 피가로의 대담한 춤을 추면서 마지막으로 등장했다. 그는, 나이도 제일 어리고, 힘도 제일 세고, 가장 활기차고 가장 밝아서, 오케스트라를 즐겁게 하는 사람이었다. 진홍색 모자 아래 이마 위에는 푸석푸석하고 풍성한 머리카락 한 다발이 드리워져 있었고, 귀에는 두 개의 은 귀걸이가 여자들의 것인양 빛났다. 그는 연주할 때 환호만큼이나 와인을 좋아했다. 아름다운 여인을 위한 세레나데, 야외 무도회, 화려하고 떠들썩한 잔치, 결혼식, 세례식, 봉헌 잔치 및 장례식이 생기면 문지아와 그의 동료들은 서둘러 그곳으로 달려갔으며, 늘 참석해서 늘 환영 받곤 했다. 결혼식 행렬은 부들의 꽃들과 달콤한 향기가 나는 약초들로 뒤덮인 거리를 사람들의 즐거운 함성과 인사로 환영을 받으며 통과하곤 하였다. 화환으로 장식된 다섯 마리의 노새가 결혼 선물을 나르고 있었다. 마구에는 리본이 감겨 있었고 등을 장식천으로 덮인 두 마리의 소가 끄는 수레에는 신랑 신부가 앉아 있었고, 수레에 매달린 보일러, 질그릇, 구리 솥이 수레가 덜컹거릴 때마다 흔들리고 덜거덕거렸다. 의자, 테이블, 소파, 온갖 종류의 골동품 모양의 가구들이 흔들렸고, 그 주변에서는 삐걱거리는 소리가 났으며, 화려한 꽃무늬가 그려진 다마스크직 치마, 수놓은 조끼, 비단 앞치마, 여러 종류의 여자 옷들이 햇살 아래 밝게 빛났다. 또한 가정의 덕을 상징하는 실패가 올려져 있었는데, 그 위를 아마포로 덮어서 푸른 하늘로 뻗은 황금 막대기 같은 윤곽이 드러나 있었다.

여자 친척들은 머리위에 곡식 바구니, 그 위에 빵, 빵 위에 꽃을 이고, 가족 서열 순서로 뒤를 따라오면서 노래를 불렀다. 이 단순하고 우아한 사람들의 행렬은 그리스의 얕은 돋을새김에 등장하는 카네포라를 연상시켰다. 집에 도착한 여자들은 머리에서 바구니를 내린 다음 신부에게 한 줌의 밀을 던지며 다산과 풍요를 기원하는 의례적인 말을 건넸다. 어머니는, 예전에 그랬듯이, 곡식을 던지는 예식을 지켜보며, 딸의 가슴과 어깨와 이마를 솔로 쓰다듬으며, 절절히 흐느끼면서, 애절한 사랑의 말을 전하기도 했다.

이후 정원에 있는 나뭇가지 지붕 아래에서 잔치가 시작되었다. 아직 시력을 잃지도 않고, 노쇠하지도 않았던 문지아는 녹색 코트를 입고 장엄하게 일어서서 땀을 흘리며 희색이 만면하게 발로 박자를 맞춰가면서, 모든 힘을 다해 클라리넷을 불었다. 골포 디 카졸리가 열정적으로 바이올린을 켰고, 콰토레체는 무어 춤의 크레센도를 놓치지 않기 위해 진땀을 빼고 있었으며, 루시코펠레는 머리를 세우고 똑바로 서서, 왼손을 높이 들어 기타 키를 잡고 오른손으로는 두 줄을 뜯어 운율적인 화음을 만들어 내면서, 꽃들 속에서 환하게 웃고 있는 여자들을 내려다보았다.

그런 다음 "주인장"이 채색된 커다란 접시 위에 진수성찬을 내오면, 뜨거운 접시에서 올라오는 구름 같은 증기가 나무 잎사귀 사이로 사라지곤 했다. 손때가 묻은 손잡이가 달린 포도주 항아리가 이리저리 전달되었고, 남자들은 식탁을 가로질러 아니스 씨가 뿌려진 빵 덩어리와 보름달 모양의 치즈 케이크 사이로 팔을 뻗어 올리브나 오렌지, 아몬드를 마음껏 먹었다. 향신료 냄새가 야채들의 신선하고 증기처럼 은은하게 퍼지는 향과 섞이고, 이따금 손님들은 신부에게 작은 보석 조각이 들어 있는 포도주잔을 주거나 황금 과일을 묶은 것처럼 커다란 포도씨로 목걸이를 만들어 신부에게 건네주기도 하였다. 그러다가 취기가 느껴지면서 사람들의 기분이 좋아지면, 문지아는 모자도 쓰지 않고 앞으로 나와, 끝까지 채워진 잔을 양손에 들고, 아브루찌 전 지역에서 온 손님들이 늘 정다운 건배를 제안했던 아름다운 이신론적 의례에 대한 노래를 부르곤 했다.

"여기 모인 모든 나의 친구들이여, 건강하시길 바랍니다. 이 술은 너무도 깨끗하고 훌륭하군요."

이야기 아홉
칸디아의 몰락

I

전통에 따라 언제나 호화롭고 손님들로 북적이던 관례적인 부활절 연회가 라모니카 저택에서 있은 지 3일 후, 도나 크리스티나 라모니카는 식탁보와 은 식기의 수를 세면서 각 물품을 질서 정연하게 서랍장에 넣어 두어서, 앞으로 있을 이와 유사한 상황에 안전하게 대비하였다.

여느 때와 같이, 그녀에게는 이 일을 하는 데 도움을 주는 가정부 마리아 비사치아와, 사람들에게 칸디아로 알려진 세탁부 칸디아 마르칸다가 있었다. 가는 세마포들이 들어 있는 큰 바구니들이 가지런히 길가에 놓여 있었고, 은 화병과 다른 테이블 장식품들이 쟁반 위에서 반짝거렸다. 이것들은 시골의 은세공인들이 다소 촌스럽기는 하지만 거의 전례적인 형태로 견고하게 만들었으며, 그 지방의 부유한 가족들은 이 모든 화병들을 대대로 물려주었다. 표백된 린넨의 상쾌한 향기가 온 방 안에 퍼졌다.

칸디아는 바구니에서 접시 깔개, 식탁보, 냅킨을 가져와서 "마님"이 아마포가 온전한지 검사를 하고, 마리아에게 하나씩 하나씩 건네주면, 마리아는 서랍 속을 채워 나갔다. 그동안 "마님"은 여기저기 향수를 뿌리기도 하고 책에 메모도 하였다. 칸디아는 키가 크고 뼈대가 굵고 바짝 마른 50세의 여자였다. 그녀의 등은 그녀의 일

때문에 습관적으로 구부리고 있었기 때문에 약간 구부정했다. 그녀의 팔은 매우 길었고 맹금류 같은 머리가 거북이 같은 목에 올려져 있었다. 마리아 비사치아는 약간 살집이 있는 오르토나 사람으로, 우유같은 하얀 피부에 매우 맑은 눈을 가지고 있었으며, 말투는 부드러웠으며 동작은 달콤한 패스트리, 시럽, 보존 식품이나 과자류를 다루는 사람들이 습관적으로 익숙하게 손을 움직이는 사람처럼 느리고 섬세했다. 도나 크리스티나 또한 오르토나 태생으로 베네딕토회 수도원에서 교육을 받았는데, 작은 키에, 옷차림에는 별로 신경 쓰지 않으며, 붉은 듯한 머리와 주근깨가 많은 얼굴에 크고 펑퍼짐한 코, 부실한 치아, 여자로 분장한 사제의 눈처럼 매우 아름답고 순수한 눈을 가지고 있었다.

이 세 명의 여자들은 아주 부지런히 일하면서 오후의 대부분의 시간을 보냈다.

그러다가 한 번은, 칸디아가 빈 바구니를 들고 밖으로 나가자, 도나 크리스티나는 은 식기들의 수를 세다가 숟가락 하나가 없어진 것을 발견했다.

"마리아! 마리아!" 그녀가 갑자기 공황 상태에 빠져 소리를 질렀다. "숟가락 하나가 부족해요... 세보세요! 빨리요!"

"그런데 어떻게 된 거죠? 그럴리가 없어요, 마님," 마리아가 대답했다. "제가 한번 볼게요." 그녀는 식기류를 다시 정렬하고는 큰 소리로 숫자를 셌다. 도나 크리스티나는 지켜보면서 고개를 가로저었다. 식기들이 음악처럼 쨍그랑거렸다.

"그렇네요" 마침내 마리아가 절망적인 표정을 지으며 외쳤다. "그럼 우리 어떻게 해야 하죠?"

그녀를 의심할 수는 없었다. 그녀는 그 가문을 위해 15년 동안 증명이라도 하듯이 충실하고 정직하게 일을 해왔다. 그녀는 도나 크리스티나가 결혼할 때 도나 크리스티나와 함께 오르토나에서 왔고, 거의 결혼생활의 일부라 해도 과언이 아니었으며, 항상 "마님"의 보호 아래 집안에서 일정한 권위를 행사해 왔다. 그녀는 종교적 미신으로 가득 차서 자신이 특별히 모시는 성인과 자신의 교회에 유별나게 헌신했으며, 결정적으로, 그녀는 정말 빈틈이 없었다. "마님"과 그녀는 페스카라에 관한 모든 것, 특히 이 페스카라 사람들에게 인기 있는 성인에게 일종의 적대적인 동맹을 맺었다. 그녀는 언제나 자신이 태어난 지역의 아름다움과 부유함, 대성당의 화려함, 산 토마소의 보물들, 은으로 만들어진 한쪽 팔뿐인 산 체테오의 천박함과 대조되는 교회 의식의 장엄함을 들먹였다.

한참 있다가 도나 크리스티나가 말했다, "여기저기 잘 찾아보세요."

마리아는 수저를 찾기 위해 방을 나갔다. 그녀는 부엌과 로지아의 모든 구석을 찾아보았지만 아무런 성과 없이 빈손으로 돌아왔다.

"아무 곳에도 그런 건 없어요! "여기도 없고 저기도 없어요!" 그녀가 소리쳤다. 두 사람은 생각도 하고, 여러가지로 추측을 하기도 하고, 기억을 더듬기 시작했다.

그들은 마지막으로 수저를 찾기 위해 안뜰과 접해 있고 세탁실 안에 있는 로지아로 나갔다. 말소리가 커지자 이웃집 사람들이 창문에 나타났다.

"무슨 일인가요? 도나 크리스티나, 말해 보세요! 말해 봐요!" 사람들이 외쳤다. 도나 크리스티나와 마리아는 상세하게, 몸짓도 많이 섞어가며 이야기를 했다.

"저런! 저런! 그렇다면 우리 안에 도둑이 분명히 있겠네요!" 시간이 얼마 지나지 않아서 이 도난 소식이 인근 지역에, 사실대로 말하자면 페스카라 전체로 퍼졌다. 사람들은 누가 도둑인지 논쟁하기 시작하고, 누구일지 추측하기 시작했다. 산타고스티나의 가장 외딴 집에까지 이 이야기는 급속히 확산되었다. 많은 사람들은 그 이야기에 대해 더 이상 숟가락 하나가 아니라 라모니카 가문이 가지고 있는 은 식기류 전체에 대해 떠들어대기 시작했다.

이제 날씨가 화창하고 로지아에서는 장미가 피기 시작했으며 두 마리의 카나리아가 새장에서 노래를 부르자, 이웃 사람들은 부드럽고 따뜻한 계절에 대해 수다를 떠는 순수한 즐거움으로, 서로를 창가에서 떠나지 못하게 했다. 바질 화병들 사이로 여자들의 머리들이 보였으며, 그들이 떠드는 소리는 특별히 처마에 앉아 있는 고양이들을 즐겁게 하는 듯했다.

　도나 크리스티나가 손을 꼭 쥔 채 외쳤다, "누구일까요?"

　고양이라는 별명을 가진 도나 이사벨라 세르탈레의 행동은 맹수처럼 살금거리며 은밀했었는데, 코맹맹이 소리로 말했다. "도나 크리스티나, 요즘 누가 오랫동안 당신과 같이 있었나요?" 난 칸디아가 왔다 갔다 하는 걸 본 것 같기도 한데요."

　"아-아-아!" 끝없는 수다로 "마그파이프"로 불리는 도나 펠리세타 마르가산타가 외쳤다.

　"아!", 옆에 있던 사람들이 차례로 소리를 질렀다.

　"그녀라고 생각하지는 않았나요?"

　"그녀를 잘 살펴보지 않았죠?"

　"칸디아가 얼마나 철면피인지 모르시죠?"

　"우리가 그녀에 대해 말씀드릴게요!"

　"말씀드릴게요!"

　"말씀드리게 좋을 것 같아요!"

　"그녀가 세탁은 잘해요, 그건 누구도 뭐라고 할 수 없을 거예요. 그녀는 페스카라에서 세탁을 제일 잘하죠, 누구든 그렇게 말하죠. 하지만 그녀는 도벽이 있어요. 모르셨죠? "

　"옛날에 내 접시 깔개 두 개가 사라졌죠."

　"난 식탁보를 잃어버렸어요."

　"난 셔츠요."

　"난 스타킹 세 켤레요"

　"난 베갯잇 두 개"

　"난 새로 산 치마요."

　"난 도로 찾지 못했어요."

　"나도 잃어버렸어요__"

　"나도요."

　"그녀를 내쫓지 못하고 있어요, 그녀 자리를 채울 사람이 문제니까요."

　"실베스트라?"

　"안 돼요! 안 돼요!"

"안젤란토니아? 발라세타?"

"둘 다 형편없어요!"

"어쩔 수 없잖아요."

"그런데 숟가락 말이에요, 그걸 생각하세요!"

"힘드네요!, 힘들어요!"

"도나 크리스티나, 가만히 있으면 안 돼요. 가만히 있지 말라구요!"

"가만히 있든 말든 상관없잖아요!" 온화하고 자비로운 표정을 하고 있던 마리아 비사치아가 갑자기 소리를 질렀다. 그녀는 집안의 다른 하인들을 옥죄거나 나쁘게 말 할 수 있는 기회를 놓치는 법이 없었다, "우리가 알아서 할게요!"

이런 식으로 로지아 창문에서의 수다는 계속되었고, 혐의 제기가 지역 전체에 걸쳐 입에서 입으로 퍼져 나갔다.

II

다음 날 아침, 칸디아 마르칸다가 비누 거품 속에 손을 넣고 있었을 때, 사람들에게 "경장"이라고 알려진 경비대원 비아지오 페세가 그녀의 문 앞에 나타났다. 그가 그녀에게 말했다, "지금 시청의 신다코 나리가 당신을 찾고 있어요."

"뭐라고요?" 칸디아가 하던 일을 계속하면서 인상을 쓰며 물었다.

"지금 시청의 신다코 나리가 당신을 찾고 있다구요."

"나를요? 왜요?" 칸디아가 퉁명스럽게 물었다. 그녀는 왜 이런 예상치 못한 소환을 당하게 되었는지 이유를 몰랐고, 그래서 고집 센 짐승이 그림자 앞에 뒷발로 버티는 것처럼 버티고 있었다.

"나야 이유를 모르죠," 경장이 대답했다. "난 그저 명령만 받았을 뿐이에요."

"어떤 명령요?"

여자는 타고난 고집으로 질문을 멈출 수가 없었다. 그녀는 이해할 수가 없었다.

"신다코 나리가 날 찾는다구요? 도대체 왜요? 내가 뭘했다구요?

안 갈 거예요. 나는 부적절한 짓을 한 적이 없어요."

경장이 참지 못하고 외쳤다. "아, 안 가실 거라구요? 가시는게 좋을걸요!" 그러면서 그는 낡은 칼자루에 손을 올려놓고 뭔가 중얼거리더니 사라졌다.

그 사이에 이 대화를 엿들은 몇몇 사람들이 문밖으로 나와 이 세탁부를 노려보기 시작했다. 그들은 이전에 그녀의 세탁물들을 심하게 공격했던 여자들이었다. 그들은 은수저 사건을 알고 있어서, 서로 낄낄대면서 세탁부가 이해가 안 되는 말들을 했다. 그들의 조롱과 애매모호한 표정으로 그녀의 마음은 아주 불안해졌고, 경장이 다른 경비대원과 함께 나타나자 더욱 불안해졌다.

"자, 갑시다!" 그가 단호하게 말했다.

칸디아는 조용히 팔을 닦더니 그들을 따라갔다. 광장의 모든 사람이 멈춰 서서는 그들을 바라보았다. 그녀와 사이가 좋지 않았던 로사 파나라가 자신의 가게 문턱에서 웃음을 크게 터트리더니 소리쳤다. "물고 있던 뼈 내려놔!"

이렇게 괴롭힘을 당하는 것의 원인을 상상조차 할 수 없어서 당황한 세탁부는 뭐라 대꾸할 수 없었다.

시청 앞에는 호기심 많은 사람이 그녀가 지나가는 것을 보기 위해 기다리며 서 있었다. 갑자기 분노가 치민 칸디아는 빠르게 계단을 올라가서는 신다코 나리 앞으로 숨을 헐떡이며 다가가서 물었다, "저한테 왜 이러는 거예요?"

성격상 폭력적인 것을 싫어하는 돈 실라는 세탁부의 날카로운 목소리에 잠시 놀랐지만, 공동체의 위엄을 충실하게 지키는 수호자의 간청하는 눈빛으로 바라보았다. 그런 다음 그는 뿔로 만든 상자에서 담배를 꺼내면서 말했다, "앉으시오."

칸디아는 계속 서 있었다. 그녀의 구부러진 코는 화를 참지 못해 부풀어 올랐고, 쪼글쪼글한 그녀의 뺨은 턱을 꼭 다물고 있어서 떨리고 있었다.

"빨리 말하세요, 돈 실라!" 그녀가 외쳤다.

"그대가 어제 도나 크리스티나 라모니카에게 세탁한 아마포를 가져다주었는가?"

"그래요, 그게 어때서요? 뭐가 빠졌대요? 모든 걸 하나씩 하나씩 다 셌거든요... 없어진 건 없어요. 그런데, 이게 대체 뭐죠?"

"잠시 멈추시오! 방안에 은수저가 있었소...!"

이 말의 뜻을 알아챈 칸디아는 쏘려고 하는 독사처럼 그를 향해 몸을 돌렸다. 동시에 그녀의 얇은 입술은 떨렸다.

"방안에 은수저가 있었소," 그가 말을 이어갔다, "그런데 도나 크리스티나는 숟가락 하나가 부족하다는 것을 알게 되었소. 무슨 말인지 알겠소? 당신이 가져간 것 아니요... 실수로?"

칸디아는 이 부당한 혐의에 메뚜기처럼 펄쩍 뛰었다. 사실 그녀는 아무것도 훔치지 않았다. "아, 제가요? 제가요?" 그녀가 소리를 질렀다.. "누가 제가 가져갔다고 하나요? 본 사람이라도 있나요? 말씀을 들어보니 깜짝 놀라겠네요.... 진짜 놀라워요! 돈 실라! 제가 도둑입니까?? 제가요? 제가?...."

그녀의 분노는 끝이 없었다. 그녀는 이 부당한 비난에 더 큰 상처를 받았다. 왜냐하면 사람들이 그녀가 그런 행동을 할 수 있다고 생각하는 것이 분해서였다.

"그렇다면 그대가 가져가지 않았다는 건가요?" 돈 실라는 진중한 자세로 그의 커다란 의자 깊숙이 몸을 묻으며 말을 끊었다.

"진짜 너무 놀라워요!" 칸디아는 다시 책망하면서 기다란 손들을 두 개의 채찍인 것처럼 흔들었다.

"알겠습니다. 가셔도 됩니다. 곧 다시 볼 수도 있습니다." 작별인사도 하지 않은 채 칸디아는 들어올 때처럼 문설주에 부딪히면서 밖으로 나갔다. 그녀는 얼굴이 파랗게 질렸고 분노로 제정신이 아니었다. 길거리에 나와 군중이 모여 있는 것을 보았을 때, 그녀는 사람들은 그녀 편이 아니며 아무도 그녀의 결백을 믿지 않는다는 것을 깨달았다. 그럼에도 불구하고, 그녀는 사람들 앞에서 자신은 아니라고 해명하였다. 그러자, 사람들은 비웃으며 그녀에게서 멀어져 갔다. 격분한 상태로 집에 돌아온 그녀는 절망적인 상태에 빠져서 문간에서 울고 있었다.

옆집에 사는 돈 도나토 브란디마르테는 농담으로 그녀에게 말했다.

"소리를 크게 내서 울어요, 칸디아. 있는 힘껏 우시라구요, 지나
는 사람들이 들을 수 있게요."

깨끗이 삶아지기를 기다리고 있는 옷들이 무더기로 쌓여 있자,
그녀는 마침내 울음을 그치고 팔을 걷어붙이고는 일을 시작했다.
일을 하면서, 그녀는 어떻게 혐의를 벗고, 방어전략을 세워야 할지
에 대해 곰곰이 생각하고, 여우처럼 꾀를 내어 자신의 결백을 증명
할 수 있는 수단들을 찾아 내고자 하였다. 일단 생각을 잘 가다듬어
서, 조리없지만 말로 혐의를 벗고 결백을 증명해서 자신을 믿지 못
하는 사람들을 설득하고자 하였다.

일을 마치자 그녀는 먼저 도나 크리스티나에게로 갔다.

도나 크리스티나는 그녀를 만나려고 하지 않았다. 마리아 비사치
아는 칸디아가 계속 이야기를 하는 것을 듣고는, 대답 없이 고개를
가로저었다.

그러자, 칸디아는 자신의 모든 고객을 찾아다녔다. 그녀는 각각
의 사람들에게 자신의 이야기를 들려주고, 자신의 입장을 밝히고,
자신의 입장에 항상 새로운 주장을 추가하고, 말을 더 많이 하고,
점점 더 열을 내보았지만 결국에는 모든 것이 소용없었기 때문에
의심과 불신 앞에서 절망하게 되었다. 그녀는 마침내 더 설명이 불
가능하다는 것을 느꼈다. 그녀의 마음은 일종의 어두운 좌절감으로
채워지게 되었다. 그녀가 무엇을 더 할 수 있었을까! 그녀가 무슨
말을 더 할 수 있었을까!

III

한편, 도나 크리스티나 라모니카는 마술과 민간요법을 시행하는
무식한 여자인 라 시니쟈를 부르러 사람을 보냈다. 이전에 라 시니
쟈는 도난당한 물건을 여러 번 발견했는데, 어떤 사람들은 그녀가
도둑들과 비밀스러운 거래를 하기도 했다고 말하기도 하였다.

도나 크리스티나가 그녀에게 말했다. "숟가락을 찾아 주세요. 그
럼 당신에게 비싼 것을 선물로 드릴게요."

라 시니쟈가 대답했다. "알겠습니다. 24시간이면 충분합니다."
24시간 후 그녀는 다음과 같은 내용을 밝혔다, "숟가락은 마당 하

수구 옆에 있는 구멍에 있을 겁니다." 도나 크리스티나와 마리아가 마당으로 내려가서 봤더니 놀랍게도 잃어버린 수저가 거기 있었다.

이 소식은 페스카라 전역에 급속히 퍼졌다. 그러자 곧 의기양양해진 칸디아 마르칸다의 모습을 거리에서 자주 볼 수 있었다. 그녀는 키가 더 커 보였고, 머리를 더 꼿꼿이 세우고 모든 사람의 눈을 보며 미소를 짓는 모습이 마치 이렇게 말하는 듯했다, "이제 똑똑히들 보셨죠?"

가게에 있던 사람들은 그녀가 지나가자, 뭔가 중얼거리더니 이내 웃음을 터뜨렸다. 카페 단젤라데아에서 브랜디를 마시고 있던 필리포 셀비가 칸디아를 불렀다. "여기와서 한잔해요, 칸디아."

독한 술을 좋아하던 그녀가 탐욕스럽게 입술을 씰룩거렸다.

필리포 셀비가 말을 이었다, "당신은 한잔하셔도 돼요. 자격이 있죠. 의심의 여지가 없어요."

카페 앞에는 게으름뱅이들이 떼로 모여 있었다. 모두의 얼굴에는 놀리는 표정이 선연했다. 필리포 라 셀비는 그녀가 술을 마시고 있는 동안 그를 바라보는 사람들에게 몸을 돌리면서 말했다, "이 사람은 찾는 방법을 알고 있었던 거죠, 안 그래요? 늙은 여우 같으니라고...."

그는 전주곡처럼 세탁부의 뼈가 앙상한 어깨를 스스럼없이 툭툭 쳤다.

모두가 웃었다.

작은 꼽추인 데다 몸과 말에 결함이 있는 마그나파브가 음절사이를 잇지 못하며 외쳤다,

"카-카-카-칸디아-그-그리고-시니지아!" 그는 여러 가지 몸짓도 섞고 경계하는 듯한 눈초리로 더듬더듬 말을 이어갔는데, 그의 말은 칸디아와 라 시니지아가 서로 짠 것이 아니냐는 의미였던 것 같았다. 그러자 사람들은 포복절도하였다.

칸디아는 잔을 손에 든 채 잠시 멍하게 있었다. 그러다 갑자기 그녀는 깨달았다. 사람들은 여전히 그녀의 결백을 믿지 않고 있었던 것이다. 그들은 그녀가 망신당하는 것을 피하기 위해 숟가락을 갖다 놓을 장소를 점쟁이와 짜고 몰래 숟가락을 가져다 놨다고 비난

하고 있었다.

그들의 이런 비난에 그녀는 화가 나서 앞이 깜깜할 정도였다. 말문이 막혔다. 그녀는 자신을 괴롭히는 사람들 중에 가장 약한 작은 꼽추에게 몸을 날려 그를 때리고 손톱으로 할퀴었다. 사람들은 난투극을 지켜보는 잔혹한 즐거움으로, 마치 두 마리의 동물이 싸우는 것을 지켜보는 것처럼 원을 그리며 환호했고, 소리 지르고 몸을 써가며 싸우고 있는 두 명을 부추겼다.

그녀가 예상치 못하게 미친 듯이 달려들자, 겁을 먹은 마그나파브는 원숭이처럼 피하면서 도망치려 했다. 그러나 세탁부의 무지막지한 손에 잡혀, 그는 점점 더 빨리 돌다가 새총에서 튀어 나간 돌처럼 바닥에 얼굴을 심하게 박아 버렸다.

몇몇 사람들이 그를 일으켜 세우기 위해 앞으로 달려 나갔다. 칸디아는 식식 대며 뒤로 물러나서는, 집에 틀어박혀 눈물을 흘리고 손가락을 물어뜯으며, 침대에 몸을 던졌다. 사람들의 이번 비난은, 그녀가 빤히 그런 속임수도 쓸 수 있다는 의미였기에, 지난번보다 그녀에게 더 큰 상처를 주었다. 그럼 그녀는 어떻게 이 문제를 풀어야 할까? 진실을 어떻게 밝혀야 할까? 그녀는, 자신의 궁핍함이, 다른 사람들은 궁핍해지면 그렇게 속임수 쓰는 것을 숨길 수도 있겠지만, 자신의 주장에 도움이 되지 못할 거라고 생각하자, 절박해졌다. 사람들의 마당에 접근하기는 매우 쉬웠다. 커다란 계단의 첫 번째 층계참에는 언제나 문이 열려 있고 쓰레기 처리와 그 밖의 다른 많은 일을 처리하기 위해 많은 사람들이 그 출입구로 자유롭게 출입하고 있었다. 그래서 그녀는 "내가 어떻게 거기 가겠어요?, 난 못해요!"라고 몸을 사리면서 자신을 비난하는 사람들의 입을 막을 수는 없는 노릇이었다. 여러 가지 쉬운 방법으로 사람들의 마당으로 들어갈 수도 있고, 그 어떤 장애물도 없어서 그런 식으로 하다 보면, 사람들이 진실을 알게 될 거라고 생각했다.

그래서 칸디아는 다른 식으로 설득할 수 있는 방법을 찾았다. 그녀는 매우 주도면밀하게 그 구멍에서 숟가락이 발견된 것을 쉽게 설명 할 수 있는 세 가지, 네 가지, 다섯 가지 상황을 만들어 냈다. 그녀는 마음속으로 모든 종류의 변수와 왜곡을 떠올렸으며 독특한

독창성으로 이들을 가다듬어 갔다. 그 후, 그녀는 사람들의 불신을 극복하기 위해 모든 방법을 동원하여 이 가게 저 가게, 이 집 저 집을 돌아다니기 시작했다.

처음에 사람들은 기분 전환 겸 그녀의 그럴듯한 말에 귀를 기울였다. 그러다가, 마지막에는, 사람들이 말했다. "아, 그렇구나! 진짜 그렇네요!" 그러나 그 목소리의 억양은 왠지 칸디아를 위축시켰다. 그녀의 모든 노력은 쓸모가 없었다. 아무도 그녀를 믿지 않았다!

놀라운 끈기로 그녀는 다시 전면전을 개시했다. 그녀는 밤을 새워 새로운 이유, 새로운 설명 방법, 새로운 장애물을 극복하는 방법에 대해 곰곰이 생각하였다. 이런 것들이 계속되자 그녀의 마음은 점차 약해지고, 숟가락 말고 다른 생각은 할 수 없게 되었고, 일상생활을 영위해 나가기가 너무 힘들어졌다. 이후, 사람들의 잔혹함으로 이 가난한 여인의 마음속에 진짜 광기가 일었다.

그녀는 자신의 의무를 게을리하여 거의 돈 한 푼 없게 되었다. 그녀는 옷을 대충 빨고, 잃어버리고, 찢어 먹었다. 그녀가, 다른 세탁부들도 모여있는, 철교 아래, 강둑으로 내려가 빨래를 하면, 이따금 옷들이 그녀의 손에서 벗어나 물살을 타고 영원히 사라지기도 하였다. 그녀는 같은 얘기를 계속해서 중얼거렸다. 그녀의 소리를 듣지 않기 위해, 젊은 세탁부들은 노래를 부르기도 하고 그 자리에서 즉흥적으로 가사를 만들어 가며 서로 농담을 주고받았다. 그녀는 미친 여자처럼 소리를 지르며 손짓발짓을 해댔다.

아무도 그녀에게 다시 일을 주지 않았다. 그녀에 대한 동정심으로 그녀의 예전 고객들은 그녀에게 음식을 보냈다. 조금씩 구걸하는 습관이 그녀에게 자리를 잡았다. 그녀는 구부정한 자세와 헝클어진 머리로 다 떨어진 옷을 입고 거리를 걸어 다녔다. 버릇없는 동네 꼬마들이 그녀를 따라다니며 외쳤다. "자, 숟가락에 관해 이야기를 해봐요. 그래야 우리가 알죠. 어서요. 칸디아!"

그녀는 때때로 길을 가던 모르는 사람을 멈춰 세워 놓고, 자신의 이야기를 들려주고 자신을 옹호하며 횡설수설하였다. 마을 사람들은 그녀를 불러서 1센트에 그녀의 이야기를 서너 번 하게 했다. 그들은 그녀의 주장에 이의를 제기했고, 마지막에 그녀에게 한 마디로 상처를 주기 위해 이야기를 끝까지 주의를 기울이며 들었다. 그녀는 고개를 저으며 계속해서 다른 여자 거지들에게 매달려서는, 항상 지칠 줄 모르고, 누구에게도 지지 않으며 그들에게 계속 설명했다. 그녀는 피부에 일종의 붉은 나병이 있고 한쪽 다리를 저는 귀머거리 여자를 좋아했다.

1874년 겨울, 그녀는 악성 열병에 걸렸다. 도나 크리스티나 라 모니카는 그녀에게 음료와 손난로를 보냈다. 병든 여자는 짚으로 만든 깔판에 길게 누워 여전히 숟가락에 대해 횡설수설하였다. 그녀는 팔꿈치를 들고 손을 움직이면서 자신이 내린 결론을 정리하려고 하자, 나병에 걸린 여자가 손을 잡으며 부드럽게 그녀를 달랬다.

단말마의 고통 속에서, 그녀의 확대된 눈이 내부로부터 올라와 퍼진 습기로 베일처럼 이미 가려지고 있을 때, 칸디아가 중얼거렸다, "내가 아니에요, 나리... 아시잖아요... 왜냐하면... 수저는...."

이야기 열
오페나 공작의 죽음

I

반란의 혼란스러운 첫 아우성이 돈 필리포 카사우라에게 까지 들렸을 때, 그는 갑자기 자신의 눈을 무겁게 누르고 있던 눈꺼풀을 열었다. 위로 치켜뜬 눈꺼풀 주변에는 폭풍우 치는 바다를 항해하는 해적들처럼 염증이 생겨 있었다.

"들었는가?" 그가 근처에 서 있던 마짜그로냐에게 물었을 때, 떨리는 그의 목소리는 내면의 두려움을 드러내고 있었다.

집사가 웃으며 대답했다, "두려워하지 마십시오, 각하. 오늘은 성 베드로 대축일입니다. 잔디 깎는 사람들이 노래하고 있는 겁니다."

노인은 팔꿈치로 몸을 기대고 발코니 너머를 바라보며 계속 듣고 있었다. 뜨거운 남풍이 커튼을 펄럭이고 있었고, 제비는 떼를 지어 뜨거운 공기 속을 화살처럼 빠르게 앞뒤로 날아다녔다. 아래 집들의 모든 지붕은 불그스레 하거나 희끄무레하게 빛났다. 지붕 너머에는 밀이 익은 것처럼 황금색의 광활하고 풍성한 시골 풍경이 펼쳐져 있었다.

노인이 다시 물었다. "그런데 지오반니, 듣지 않았는가?"

그리고 실제로, 기쁜 소리가 아닌 듯한 아우성이 그들의 귀에도 들렸다. 바람을 타고 그 소리는 이따금 더 크게 들렸다가, 바람 소리와 섞이면서 한층 더 이상하게 들렸다.

"걱정하지 마십시오, 각하." 마자그로냐가 대답했다. "잘못 들으신 겁니다."

"조용히 해보게. " 이어, 그는 일어나서 발코니 중 한 곳으로 향했다.

그는, 떡 벌어진 몸집에, 다리가 활처럼 휘고, 거대한 손등에는 짐승처럼 털로 뒤덮인 사람이었다. 그의 눈꼬리는 치켜 올라가 있었고, 색소 결핍증에 걸린 사람의 눈처럼 하얀색이었으며, 얼굴은 주근깨로 덮여 있었다. 관자놀이에는 몇 가닥의 붉은 머리카락들이 제멋대로 흐트러져 있었으며, 머리 위쪽의 대머리는 밤처럼 생긴 검은 돌기들로 얼룩덜룩했다.

그는 돛처럼 부풀려진 두 개의 커튼 사이에, 잠시 서서, 아래 평야를 바라보았다. 거대한 양 떼가 지나간 후처럼, 파라 도로에서 올라오는 두꺼운 먼지구름이 바람에 휩쓸려 사이클론처럼 커져 있었다. 때론 이렇게 소용돌이치는 구름은 무장한 사람들을 에워싸듯 휘파람 소리를 냈다.

"괜찮은 거지?" 돈 필리포 불안한 듯 물었다.

"아무 일도 없습니다," 라고 마짜그로냐가 반복했지만, 그의 눈썹은 찌푸려져 있었다.

다시 격렬한 바람을 타고 멀리서 외치는 소리가 들렸다.

바람에 날리고 있는 커튼 하나가, 펼쳐진 깃발처럼, 펄럭이기 시작했다. 소음과 함께 문이 갑자기 세게 닫히자, 그 충격으로 유리창이 떨렸고, 탁자 위에 쌓여 있던 서류들이 방 여기저기에 흩어졌다.

"어서 문 닫아! 어서!" 노인은 두려워서 감정적으로 소리를 질렀다.

"우리 아들은 어디 있나?"

그는 살이 쪄서 숨을 헐떡거리며 침대에 누워 있었는데, 하반신이 중풍으로 마비되어 감각이 없어졌기 때문이었다. 그의 근육들은 계속 중풍으로 떨리고 있었다. 침대 시트위에 놓여 있는 그의 손은 오래된 올리브 나무의 뿌리처럼 뒤틀려져 있었다. 그의 이마와 대머리에서 땀이 방울방울 엄청나게 떨어졌고, 소의 쓸개처럼 분홍빛이 돌면서 뭔가 바랜듯한 그의 커다란 얼굴에서도 떨어졌다.

"이런!" 마짜그로냐가 겉문을 세게 닫고 입을 오므리며 중얼거렸다. "큰 일이 났습니다!"

첫 번째 집 근처의 파라 도로 위에는 많은 사람들이 개울이 범람하는 것처럼 흥분하고 갈팡질팡하는 것이 보였는데, 산 피오의 떡갈나무들과 지붕들 때문에 가려서 보이지 않는 훨씬 더 많은 사람들이 있다는 것을 짐작할 수 있었다. 지켜만 보던 많은 사람들이 반란군의 한 무리에게 합세했던 것이다. 그러나, 사람들의 수는 점차 조금씩 줄어들었다. 사람들이 여러 길로 들어가서 개미 언덕의 미로로 들어가는 개미들처럼 사라졌기 때문이었다.

이 집 저 집에서 나오는 숨 막히는 외침이 메아리치는 것처럼 들리기는 했지만, 그 소리는 웅성거리는 듯 불명확했다. 이따금 침묵이 흘렀다가, 이미 폐허가 된 듯한 궁전 앞의 물푸레나무들이 심하게 흔들리는 소리를 들을 수 있었다.

"내 아들! 그 애는 어디 있는가?" 떨리듯 높은 목소리로 노인이 다시 물었다. "그를 불러 오라! 내가 봐야겠다."

그는 침대에서 몸을 떨었다, 그 이유는 그가 중풍 병자였을 뿐만 아니라 두렵기도 했기 때문이었다.

전날 첫 폭동이 발생하여, 100명가량의 젊은이들이 발코니 아래까지 몰려와서 오페나 공작의 최근 착취에 대해 반대하며 외치는 소리로, 그는 바보 같은 공포에 사로잡혔다. 그는 어린 소녀처럼 울었고, 하늘에 계신 성인들에게 호소하느라 밤을 지새웠다. 죽음과 그가 처한 위험에 대한 생각으로, 그는 이미 반쯤 죽은 거나 다름없었고, 숨 쉬는 것도 너무 고통스러워하는 중풍 걸린 이 노인에게 이런 생각은 뭐라 말할 수 없는 공포를 불러일으켰다. 그는 죽고 싶지 않았다.

"루이지! 루이지!" 그는 비통하게 울기 시작했다.

바람이 거세게 불어 유리창이 날카롭게 덜컹거리는 소리가 사방을 가득 채웠다. 이따금, 문이 닫히는 소리, 가파른 계단에서 나는 소리, 날카로운 비명 소리들이 들렸다.

"루이지!"

II

공작이 달려왔다. 그는 자신을 진정시키려고 노력했지만, 그의 안색은 다소 창백했고 흥분해 있었다. 그는 키가 크고 건장했으며, 그의 살집이 두둑한 턱에 난 수염은 아직도 검은색이었다. 그의 부풀어 오른 거만하게 보이는 입에서는 폭발하듯 소리가 터져 나오고, 탐욕스러운 눈에는 근심이 가득했으며, 붉은 반점으로 덮이고 강하게 보이는 코는 떨리고 있었다.

"자, 그런데?" 돈 필리포가 숨이 막히는 듯 헐떡거리며 컥컥거리는 소리를 내며 물었다

"두려워하지 마세요, 아버지, 제가 여기 있잖아요," 공작은 침대로 다가가며 웃으려고 노력하면서 말했다.

마짜그로냐는 발코니 앞에 서서 주의 깊게 밖을 내다보고 있었다. 이제는 어떤 울음소리도 들리지 않았고 아무도 보이지 않았다.

맑은 하늘에서 서서히 지고 있는 태양은 장밋빛 불꽃 고리 같았고, 언덕들 위에서는 더 커지면서 눈부시게 빛나고 있었다. 사방이 온통 불타는 듯했고 남서풍은 불의 숨결 같았다. 리쉬 숲 위로 초승달이 떠 올랐다. 포쬬, 레벨리, 리치아노, 포르카 출신의 로카가 유리창 너머로 보였고, 번개가 멀리서 번쩍여서 그들을 알아볼 수 있었다. 그리고 때때로 종소리가 들렸다. 여기 저기에서 방화가 시작되었다. 더위로 숨이 막힐 것 같았다.

"이번 사건은" 오페나 공작이 쉰 목소리로 말했다, "시올리가 일으켰습니다, 그런데-"

그는 위협적인 몸짓하더니 마짜그로냐쪽으로 다가갔다.

칼레토 그루아가 아직 보이지 않았기 때문에 그는 뭔가 불안했다. 그는 무거운 발걸음으로 복도를 서성거렸다. 그러더니, 그는 두 개의 긴 구식 권총을 총 걸이에서 떼어내서 주의 깊게 살펴보았다. 아버지는 고통스러워하는 송아지처럼 가쁜 숨을 몰아쉬며 눈이 휘둥그레져 그의 일거수일투족을 지켜보면서, 이따금 일그러진 손으로 침대보를 흔들었다. 그는 마짜그로냐에게 두세 번 물었다, "무엇이 보이느냐?"

갑자기 마짜그로냐가 외쳤다. "칼레토와 젠나로가 달려오고 있습니다."

실제로 대문을 다급히 두드리는 소리를 들을 수 있었다. 곧 칼레토와 하인이 창백하게 겁에 질리고 피로 얼룩져서 먼지를 뒤집어쓴 채 ,방으로 들어왔다.

공작이 칼레토를 보고 외쳤다. 공작은 팔로 그를 안고 상처를 찾기 위해 온몸을 더듬기 시작했다.

"그놈들이 너에게 무슨 짓을 한 거야? 도대체 무슨 짓을 한 거야? 말해 보아라!"

청년은 소녀처럼 울었다.

"거기요," 흐느끼면서 그가 말했다. 그는 머리를 숙여서 머리끝을 가리켰다. 머리카락 몇 뭉치에 응고된 피가 엉겨 붙어 있었다.

공작은 상처를 찾기 위해 머리카락들 사이로 부드럽게 손가락을 집어넣었다. 그는 칼레토 그루아를 사랑했고 그를 연인처럼 대했다.

"여기가 아픈가?" 그가 물었다.

청년은 더욱 격렬하게 흐느꼈다. 그는 소녀처럼 호리호리했고, 여성스러운 얼굴에, 아직은 금발 수염이 처음 나기 시작해서인지 거뭇거뭇하지는 않았고, 머리는 다소 길었으며, 아름다운 입과 내시 같은 날카로운 목소리를 가지고 있었다. 그는 베네벤토의 과자 장사꾼 아들로 고아였으며, 공작의 개인 비서 역할을 하고 있었다.

"저기 사람들이 몰려오고 있어요," 그가 말했다, 그의 온몸은 떨렸다. 눈물이 가득한 눈으로 발코니 쪽을 바라봤더니, 그곳에서는 더 크고 더 끔찍한 소리가 들렸다.

어깨에 깊은 상처를 입고 팔은 팔꿈치까지 온통 피로 물든 하인이 미친 폭도들에게 두 사람이 어떻게 잡혀갔었는지를 더듬거리며 말을 하자, 지켜보고 있던 마짜그로냐가 외쳤다. "사람들이 여기까지 왔습니다! 궁으로 몰려오고 있어요. 무장하고 있습니다!"

돈 루이지는 칼레토를 내버려 두고 서둘러 밖을 내다보았다.

III

사실, 그렇게 한마음으로 격분하여 소리 지르며 무기와 연장을 휘두르며 넓은 언덕을 달려오는 수많은 사람들은, 단지 사람들을 모아놓은 것이 아니라, 어떤 저항할 수 없는 힘에 이끌리고 있는 통제 불능의 물질 덩어리들이 흘러넘치는 것과 비슷했다.

잠시 후, 폭도들은 궁전 아래까지 와, 무기를 들고, 문어처럼 궁주변에 길게 늘어서서는, 분노에 휩싸여 건물 전체를 원처럼 둘러싸고 있었다.

폭도 중 일부는 횃불처럼 불붙은 막대기 다발을 들고 다녀, 그들의 얼굴에 움직이는 붉은 빛을 비추기도 하고 불꽃이 흩어지기도 하고, 붙붙은 재가 날아다니며 요란하게 탁탁거리는 소리가 나기도 했다. 한 작은 무리 속의 어떤 사람들은 장대를 들고 있었는데, 그 꼭대기에는 한 남자의 시체가 걸려 있었다. 그들은 몸짓으로, 고함소리로, 죽이겠다고 위협하고 있었다. 그들은 분노에 싸여 이름을 외치고 있었다, "카사우라! 카사우라!"

오페나 공작은 장대 꼭대기에서, 군대에 도움을 요청하기 위해, 밤에 자신이 보낸 전령 빈센치오 무로의 훼손된 시신을 발견하고, 절망스럽게 손을 들어 올렸다. 오페나 공작이 매달려 있는 시체를 마짜그로냐에게 가리키자, 그가 목소리를 낮춰 말했다. "끝났구나!"

그렇지만 돈 필리포는 마짜그로냐가 하는 말을 듣고, 모두가 가슴이 답답해지고 용기가 떨어지는 것을 느낄 정도로, 죽을 듯이 탄식을 하였다.

안색이 창백해진 하인들이 문 쪽으로 달려갔지만 그들은 겁을 먹고 그 자리에서 얼어붙었다. 어떤 사람들은 울며 수호성인을 부르고 있었고, 또 어떤 사람들은 배반을 생각하고 있었다. "우리가 우리 주인을 사람들에게 넘겨준다면 사람들이 우리를 살려줄지도 몰라."

"발코니로 가자! 발코니로!" 사람들이 몰려가며 소리를 질렀다." 발코니!"

이 순간 공작은 조용한 목소리로 옆에 있는 마짜그로냐에게 뭔가를 말하더니,

돈 필리포를 돌아보며 말했다, "의자에 앉아 계세요, 아버지. 좋아질 거예요."

하인들이 조금씩 수군거렸다. 하인 두 명이 앞으로 나와 중풍 병자가 침대에서 나오는 것을 도왔다. 다른 두 명은 바퀴가 달린 의자 근처에 서 있었다. 고통스러운 일이었다.

뚱뚱한 노인은 숨을 헐떡이며 큰 소리로 한탄하고 있었고, 팔로 자기를 지탱하고 있는 하인의 목을 잡고 매달렸다. 그에게서 땀이 뚝뚝 떨어지고 있었고, 겹문을 닫은 방은 참을 수 없는 악취로 가득 찼다. 의자에 다다르자, 그의 발은 박자를 맞추듯이 바닥을 두드리기 시작했다. 그의 축 처진 배는, 반쯤 채워진 가죽 가방처럼, 무릎에 닿아 있었다.

그러자 공작이 마짜그로냐에게 말했다, "지오반니, 이제 당신 차례요!"

그러자 마짜그로냐는 단호한 몸짓으로 겹문을 열고 발코니로 나갔다.

IV

우렁차게 외치는 소리가 그를 맞이했다. 다섯, 열, 스무 다발의 불이 붙은 막대기들이 그가 서 있는 곳 아래에 같이 꽂혀 있었다. 그 불빛은 살육을 바라는 상기된 얼굴, 총의 철재, 철 도끼들을 환하게 비췄다. 횃불을 든 사람들의 얼굴은 불꽃으로부터 보호하기 위해 밀가루가 뿌려졌고, 그들의 하얘진 얼굴들 사이로 핏발 선 눈들이 기이하게 빛났다. 검은 연기가 공중에서 피어올랐다가, 빠르게 사라져갔다. 불길은 휘파람 소리를 내면서 타올랐고, 한쪽으로 쭉 뻗어 나가자, 지옥의 머리카락처럼 바람에 날렸다. 가장 가늘고 마른 갈대들은 금방 구부러지더니 시뻘겋게 부서지고 하늘에 쏘아 올린 로켓처럼 금이 갔다. 나름 흥겹게 보이기도 하였다.

"마짜그로냐! 마짜그로냐! 저 타락한 놈을 죽여라! 저 사기꾼을 죽여라!" 사람들이 모두 함께 그에게 모욕을 퍼부으며 소리를 질렀다.

마짜그로냐는 소란을 진정시키려는 듯 손을 내밀었다. 그는 목소리를 한껏 높여, 왕의 이름으로 사람들에게 존경심을 불어넣는 법을 선포라도 하는 듯이 말문을 열었다.

"페르디난도 2세 폐하의 이름으로, 그리고 예루살렘과 양시칠리아 왕국의 왕이신 하느님의 은총으로_"

"저 도둑놈을 죽여라!"

사람들의 함성 속에서 두세 발의 총성이 울려 퍼졌고, 마짜그로냐는 그의 가슴과 이마에 총을 맞아, 비틀거리며 두 손을 머리 위로 흔들더니 아래로 떨어졌다. 떨어지면서 그의 머리는 두 개의 철제 난간의 뾰족한 부분 사이에 끼어, 마치 호박처럼 가장자리에 매달려 있었다. 피가 아래쪽 땅으로 떨어지기 시작했다.

사람들은 환호하며 이 광경을 지켜보았다. 사람들이 외치는 소리가 하늘 끝까지 울려 퍼졌다. 그때 시체가 매달린 장대를 들고 있던 사람이 발코니 아래로 다가와서 빈센치오 무로의 시신을 집사의 시신 옆으로 갖다 댔다. 장대가 공중에서 흔들렸다. 사람들은 놀라서 벙어리가 된 듯 두 시체가 함께 흔들리는 것을 지켜보았다. 한 즉흥 시인이 색소 결핍증에 걸린 사람의 눈과 비슷한 마짜그로냐의 눈과 전령의 짓무른 눈을 암시하는 다음과 같은 구절을 외쳤다.

"창문 너머를 바라봐라, 이 튀긴 눈깔들아,
아마 그 눈깔들로 넓은 하늘도 봤겠지!"

시인의 익살에 큰 웃음이 터져 나왔고 그 웃음은 바위 계곡에서 떨어지는 물소리처럼 입에서 입으로 퍼졌다.

뒤질세라 또 다른 시인이 외쳤다.

"보아라, 눈먼 자가 무엇을 볼 수 있는지!
눈 감고 도망치려고 한다면."

웃음이 또 터져 나왔다.

세 번째 시인이 소리쳤다.

"오, 죽은 짐승의 얼굴이여!
네 미친 머리카락은 참 꼿꼿하게도 서 있구나!"

마짜그로냐에게 더 많은 저주가 쏟아졌다. 표독스러운 환희가 사람들의 마음에 스며들었다. 피를 보고, 피 냄새를 맡자, 가장 가까이 지내던 사람들마저도 술에 취한 듯 흥분하게 만들었다. 베피의 토마소와 로코 푸이치는, 아직도 살아있고 돌로 때릴 때마다 움직이며 피를 흘리는 죽은 자의 매달려 있는 머리를 돌로 맞추자고, 서로에게 내기를 걸었다. 로코 푸이치가 던진 돌이 드디어 머리 중앙 부분을 맞추자 "텅"하는 소리가 났다. 관중들은 손벽을 쳤지만, 마짜그로냐로는 성이 차지 않았다.

다시 함성 소리가 커졌다, "카사우라! 카사우라! 죽여라! 죽여라!"

파브리치오와 페르디난디노 시올리가 사람들 사이를 뚫고 들어가서 말썽꾼들을 선동하고 있었다. 빽빽한 우박처럼 수많은 돌들이 총성과 뒤섞여 궁전의 창문들을 향해 던져졌고, 창유리들은 공격하는 사람들 위에 떨어졌고 돌들은 튕겨 나갔다. 구경하는 사람 몇 명이 다쳤다.

돌이 다 떨어지고 총알을 다 써버리자, 페르디난디노 시올리가 소리쳤다, "문을 부숴라!"

그 외침이 사람들의 입에서 입으로 반복되어, 오페나 공작의 구조에 대한 모든 희망을 흔들었다.

V

마짜그로냐가 떨어진 발코니를 감히 닫으려고 하는 사람은 아무도 없었다. 그의 시체는 뒤틀린 자세로 누워 있었다. 이후 폭도들은, 장대를 들고 있는 것이 거추장스러웠는지, 피 흘리고 있는 전령의 시체를 매단 장대를 발코니에 기대어 세워 놓았다. 그의 팔다리의 일부는 도끼로 잘려 나갔고, 몸통은 바람에 부풀어 오른 커튼 너머로 볼 수 있었다. 저녁이 깊었다. 별들은 끝없이 반짝였다. 저 멀리 그루터기 밭 몇 군데가 불타고 있었다.

문을 부수려는 소리를 듣자, 오페나 공작은 다른 시도를 감행했다.

공포에 휩싸인 돈 필리포는 눈을 감은 채로 말이 없어졌다. 머리에 붕대를 감은 칼레토 그루아는, 모퉁이에 꼬꾸라져, 열이 나고 두려워서 이를 덜덜 떨고, 눈은 계속 이리저리 두리번거리며, 주인의 몸짓 하나하나, 움직임 하나하나를 지켜보고 있었다. 하인들은 대부분 다락방에 숨었지만, 몇 명은 아직 옆방에 남아 있었다.

돈 루이지는 그들을 모아서 그들에게 용기를 북돋우며 권총과 장총으로 재무장시킨 후, 창문 난간 아래와 발코니의 곁문들 사이에 각각 배치하였다. 각자 숨어서 조용하고 최대한 민첩하게 폭도들에게 사격을 하라는 지시였다.

"발사!"

사격이 시작되었다. 돈 루이지는 공황 상태에서도 희망을 놓지 않고 있었다. 그는 지치지도 않고 혼신의 힘을 다해 장거리 권총을 계속 발사하고 있었다. 사람들이 밀집되어 있었기 때문에 총알이 빗나가지 않았다. 총을 쏠 때마다 울려 퍼지는 울음소리는 하인들을 흥분시켰고 그들은 점점 열과 성을 더하게 되었다. 반란군들은 이미 무질서해졌다. 많은 사람들이 부상당한 사람들을 그대로 내버려 두고 도망치고 있었다.

그러자 하인들의 무리에서 승리의 함성이 터져 나왔다.

"오페나 공작 폐하 만세!" 이 비겁한 사람들은 적이 등을 보이자 점점 용감해졌다. 그들은 더 이상 숨어 있지도 않고, 더 이상 마구잡이로 총을 쏘지도 않고, 일어나서 사람들을 겨냥하고 있었다. 그들은 사람이 쓰러지는 것을 볼 때마다, "공작 폐하 만세!"를 외치곤 하였다.

곧, 궁전은 포위 공격에서 벗어났다. 사방에 부상당한 사람들이 땅에 누워 신음하고 있었다. 여전히 땅 위에서는 불이 붙어 있는 횃불들의 잔재들이 꺼져가면서 탁탁 소리를 내며, 피 웅덩이에 반사된 불확실한 빛의 섬광들을 시체들에게 던지고 있었다. 거센 바람이 오래된 떡갈나무에 부딪혀서 소름끼치는 소리가 났고, 개들의 서로 맞짖는 소리는 계곡 전체에 울려 퍼졌다.

승리에 도취되고 피로에 지친 하인들은 아래층으로 내려가서 함께 간단하게 식사를 하였다. 다친 사람은 없었다. 그들은 거리낌 없이 마음껏 마셨다. 그들 중 몇 명은 자신들이 쓰러뜨린 사람들의 이름을 말하기도 하고 그들이 어떻게 쓰러졌는지를 묘사하기도 하였다. 요리사는 그 무시무시한 로코 푸르치를 죽인 것을 자랑스러워했다. 포도주를 마시자 그들의 자랑질은 더해만 갔다.

VI

이제, 적어도 그 날밤만은 어떤 위험으로부터도 안전하다고 느낀 오페나 공작이 훌쩍거리고 있는 칼레토를 돌보고 있는 동안, 남쪽에서 뭔가 눈부신 것이 거울에 반사되었고, 궁 아래에서는, 세찬 남풍이 불어오는 가운데, 새로운 소요가 발생하였다. 네다섯 명의 하인이 동시에 모습을 드러냈다. 그들은 아래층 방에서 술에 취해 잠이 들었는데 연기로 거의 질식할 뻔했던 사람들이었다. 그들은 아직 정신을 못 차리고 비틀거리며 혀가 꼬여 말을 할 수가 없었다. 다른 사람들이 달려와 소리쳤다.

"불이야! 불이야!"

그들은 양 떼처럼 서로 기대어 떨고 있었다. 원래 겁이 많던 그들은 다시 겁에 질렸다. 모든 것들이 그들에게는 그냥 꿈처럼 몽롱했고, 무엇을 해야 할지를 알지 못햇으며, 실제로 이렇게 위험스러운 순간을 겪으면서도 탈출 수단을 재빠르게 강구하지도 못했다.

공작은 너무 놀라 처음에는 당황했지만, 칼레토 그루아가 연기가 들어오는 것을 인식하고, 불이 타오르며 내는 독특하고 요란한 소리를 들으며, 아주 큰 소리로 울고 미친 듯이 행동을 하자, 돈 필리포가 반수면 상태에서 죽음을 코앞에 두고 깨어났다.

죽음을 피할 수 없었다. 강풍 때문에 불은 건물 전체에 엄청난 속도로 퍼져, 모든 것들이 화염에 휩싸였다. 이 불꽃들은 벽을 타고 올라, 태피스트리를 감싸듯 하다가, 가장자리에서 잠시 주춤하더니, 투명하고 잘 변하는 모호한 색조로 직물을 관통하는 듯하면서, 천 개의 얇고 진동하는 혀로, 한순간에, 벽화 속 요정과 여신들의 자세와 움직이지 않는 몸짓을 바꿔, 한 번도 본 적 없는 미소를 잠시 띠게 하더니, 순식간에 벽화 속의 인물들이 어떤 정신을 가진 듯하게 생명을 불어넣었다.

불은 좀 더 빠르게 계속 옮겨붙으며 나무 조각품들을 집어삼켰는데, 조각품의 모습은 마지막 순간까지도 남아 있었다. 마치 갑자기 불이 꺼지면, 마술을 부린 듯, 재로 바뀌는 불붙은 어떤 것으로 만들려고 하는 듯이 보였다. 불꽃 소리는 거대한 합창소리를 연상시

켰고, 수많은 잡초가 바스락거리는 것처럼 중후한 화음을 넣는 듯
하였다. 가끔 맹렬히 타오르는 불구덩이 속에서는 별들로 구성된
은하수가 있는 맑은 하늘이 나타나기도 했다.

이제는 궁전 전체를 화마가 집어삼켰다.

"살려줘! 사람 살려!" 노인은 이미 방바닥이 아래로 가라앉는 것
을 느끼고, 무자비하고 붉게 타오는 빛때문에 거의 앞이 보이지도
않은 상태로 헛되이 일어서려고 애쓰면서 소리쳤다.

"살려줘! 살려줘!"

엄청난 노력으로 그는 일어서서 뛰기 시작했다. 몸통을 앞으로
기울이고, 조금씩 깡충깡충 뛰면서, 볼품없는 손을 흔들며 마치 저
항할 수 없이 앞으로 나아가야 한다는 충동에 밀리듯 움직이다가,
힘을 너무 써 넘어지게 되었다 - 화재의 제물이 되었던 것이다 -
그는 쓰러진 채로 빈 방광처럼 몸을 바싹 웅크렸다.

이때쯤 사람들이 외침 소리는 점점 더 커졌고 가끔은 불이 타오
르는 소리보다 더 크게 들렸다. 공포와 고통 때문에 제정신이 아닌
하인들은 창문에서 뛰어내렸지만, 땅에 떨어져서 죽었다. 완전히
죽지 않았다면 바로 죽임을 당했다. 사람들이 떨어질 때마다 더 큰
소동이 일어났다.

"공작! 공작!" 만족하지 못한 야만인들은 그 작은 폭군이 자신의
비겁한 부하와 함께 뛰어내리는 것을 보고 싶어 하는 듯이 소리를
질렀다.

"저기 오네! 온다! 공작이지?"

"뛰어내려라! 뛰어라! 뛰어!"

"죽어라, 개 같은 놈아! 죽어라! 죽어라! 죽어라!"

커다란 출입구에 사람들이 모여 있는 곳으로 돈 루이지가 꼼작도
하지 않는 칼레토 그루아의 몸을 어깨에 메고 나타났다. 그의 얼굴
전체가 불에 타서 거의 알아볼 수 없었다. 머리카락도 수염도 남아
있지 않았다. 그는 끔찍한 고통에도 불구하고 용기를 잃지 않으려
고 애쓰면서 불 속으로 대담하게 걸어 들어가고 있었다.

처음에 사람들은 아무 말도 하지 못했다. 그러다가 갑자기 몸을
흔들고 소리를 지르며 이 위대한 재물이 자기들 앞에서 숨이 끊어

지기를 악독하게 기다리고 있었다.

"자, 그래, 그래, 개 같은 놈아! 너가 뒈지는 게 보고 싶다구!"

돈 루이지는 화염 속에서 이 마지막 모욕들을 들었다. 그는, 자신의 모든 의지력을 모아, 설명할 수 없는 경멸의 태도로 잠시 서 있었다. 그리고는 갑자기 몸을 돌려 불이 가장 거세게 타오르는 곳으로 영원히 사라졌다.

이야기 열하나
다리 전쟁

페스카라 연대기의 단편들

8 월 중순 - 들판에서 밀이 햇볕에 바짝 말라갈 때 - 성실하고 지혜로운 늙은 농부인 안토니오 멘가리노는, 평의회가 공적 문제를 논의할 때, 그 앞에서, 의원들 몇 명과 지역주민들이 마을 전체에 퍼지고 있는 콜레라에 대해 낮은 목소리로 이야기하는 것을 듣고 있었다. 또 건강을 유지하고 사람들의 두려움을 없애기 위한 제안들을 신경을 곤두세우면서 듣기도 했는데, 이상하게 못 믿겠다는 듯이 몸을 앞으로 숙이고 있었다.

평의회에는, 멘가리노 말고도 평원 지역의 줄리오 시트룰로와 언덕 지역의 아킬레 디 루소라는 두 명의 농부가 참관하였는데, 멘가리노는 그들에게 가끔 눈을 깜박거리거나, 넌지시 찡그린 표정을 지어서, 자신이 생각하기에, 의원들과 시장의 말에 숨겨진 속임수에 대해서 경고하였다.

마침내, 그는 더 참지 못하고, 그 실태를 알고, 보아왔던 사람의 확신을 가지고 목소리를 높이며 말했다.

"한가한 소리 그만 하세요! 우리들 중에도 콜레라에 걸린 사람이 있다면 어쩌시겠어요. 우리에게도 알고 계신 것 말씀 좀 해주세요"

이 예상치 못한 발언에 의원들은 깜짝 놀라 웃음을 터뜨렸다.

"말도 안 되는 소리 하고 계시네요, 멘가리노! 무슨 바보 같은 이야기를 하는 겁니까?"라고 사정인 돈 아이아체가 노인의 어깨를 찰싹 때리며 외쳤고, 나머지 사람들은 머리를 절레절레 흔들고 테이블을 주먹으로 치면서 시골 사람들의 한결같은 무지에 관해 이야기했다.

"글쎄요, 하지만 우리가 당신들의 말에 속고 있다고 생각하십니까?" 자신의 말로 사람들에게 비웃음을 받은 것에 상처받은 멘가리노가 재빠르게 몸짓도 섞어가면서 묻자, 세 명의 농부들의 마음속에서도 상류층에 대한 본능적인 적개심과 증오가 되살아났다. 그렇다면, 평의회의 비밀을 농부들이 알아서는 안 되는 건가? 그래서 그들은 여전히 무지하다고 간주되어야 하나? 분통이 터질 노릇이었다 !

"좋으실 대로 하세요. 저희는 가겠습니다." 노인은 억울한 듯 모자를 쓰며 말했다. 세 명의 농부는 조용히 위엄을 갖추며 홀을 떠났다.

그들이 마을을 벗어나 포도밭과 옥수수밭이 가득한 고지에 이르렀을 때, 줄리오 시트룰로가 멈춰 서서 파이프에 불을 붙이고는 단호하게 말했다.

"그들 신경 쓰지 맙시다! 우리 스스로 막읍시다. 그리고 예방 조치를 해야 한다는 것도 알고 있잖아요. 난 그 사람들의 입장에 동의할 수 없어요!"

한편, 농촌 전역에서 콜레라에 대한 두려움이 모든 사람을 사로잡았다. 농부들은, 의심도 하고 위협도 하면서, 과수원, 포도원, 웅덩이, 우물을 지칠 줄 모르고 가까이에서 감시하고 있었다. 밤새도록 총성이 자주 울려 조용할 때가 거의 없었으며 개들도 새벽까지 짖었다. 평의회에 대한 비난은 나날이 더 큰 폭력으로 분출되었다. 농부들의 평화로운 노동 속에는 언제나 무심코 하는 것들이 있기 마련이어서, 들판에서 즉흥적으로 만든 노래나 가사 속에는 반항의 표현들이 불쑥불쑥 튀어나오곤 했다.

그러다가, 노인들은, 과거 독살사건에 대한 의혹들을 사실로 밝혀냈던 경우들을 다시 기억해 냈다. 54년도 어느 날, 포도를 수확하던 사람들이 무화과나무 꼭대기에 숨어 있던 사람을 붙잡아서 강제로 끌어내렸더니, 손에 잡고 있던 유리병을 그가 숨기려 하는 것을 눈치챘다. 그에게 무시무시하게 위협을 가해서, 그들은 유리병에 담겨있던 노란 연고를 삼키게 하자, 그는 곧 입가에 푸르스름한 거품을 뿜으며, 고통으로 몸을 뒤틀다가, 쓰러져서 몇 분 안에 죽어버린 경우도 있었고, 57년, 스폴토레에서는, 대장장이 지니체가, 광장에서 돈 안토니오 라피노 총독을 죽이자, 원인을 알 수 없는 사망자들이 사라지고 온 나라가 평온해지기도 했다는 것이다.

그러다가, 최근에 발생한 이상한 사건에 관한 이야기가 사람들 사이에 돌기 시작했다. 어떤 여자의 말에 따르면, 정부가 소금과 섞어서 마을 전체에 배포하라고 보내온 독극물 일곱 상자가 시청에 도착했는데, 상자는 녹색이고 철로 만든 띠와 세 개의 자물쇠로 잠겨 있었으며, 시장은, 그를 어쩌지 못하고 할 수 없이, 마을을 구하기 위해, 7000두캇을 내고 이 상자들을 땅에 묻었다는 이야기였다. 또 다른 이야기는, 인구가 너무 많고, 죽어야 하는 사람은 가난한 사람들이기 때문에, 정부가 시장에게 사망자 한 명당 5두캇을 지불했다는 내용이었다. 시장은 현재 죽어야 하는 사람들의 목록을 작성 중이라고 하였다. 하! 시장은 부자 되겠네요, 참 위대한 시장이야! 그러자, 사람들의 동요는 커져만 갔다. 농부들은 페스카라 시장에서 아무것도 사지 않으려고 했고, 무화과는 나무에서 썩어 버렸고, 포도는 포도나무 잎사귀 사이에 남겨졌다. 과수원과 포도원에서 밤에 노략질하는 것도 없어졌다. 노략질하는 사람들도 독이 든 과일을 먹는 것은 두려웠기 때문이었다. 소금만이 시내 가게에서 구할 수 있는 유일한 것이었는데, 독이 있는지를 확인하기 위해 먹기 전에 개와 고양이에게 미리 주었다.

어느 날, 나폴리에서 많은 사람이 죽어가고 있다는 소식이 들렸다. "두려움을 모르는 지안니"가 재산을 모은 그 위대한 머나먼 왕국, 나폴리라는 이름을 듣자 사람들의 상상은 불타올랐다. 포도 수확기가 찾아왔지만, 롬바르디의 상인들은 자신들의 지역 포도를 사서 북쪽으로 가져가, 가짜 포도주를 만들었다. 새 포도주를 만들 때 누리던 호사를 다시 찾기 힘들었다. 처녀들의 노래에 맞춰 통에 담긴 포도를 밟아 즙을 내던 포도 농부들은 할 일이 거의 없어졌다.

그러나, 포도원의 일이 끝나고 나무의 열매가 떨어져 버리자, 사람들의 공포와 의심은 줄어들었다. 왜냐하면 그때는 정부가 독을 뿌릴 기회가 거의 없기 때문이었다. 가을 태양은 부드럽고 달이 차오르기 시작할 때, 땅에 쟁기질하고 씨앗을 뿌릴 수 있게 반가운 비가 촉촉히 내려 땅을 흠뻑 적시며 씨앗에게 좋은 영향을 주고 있었다. 그러던 어느 날 아침, 강기슭 너머 돈 세티미오의 떡갈나무 숲 근처에 있는 빌라레알레에서, 세 명의 여자가 시내에서 산 반죽으로 수프를 만들어 먹고 사망했다는 소식이 마을 전체에 퍼졌다. 마을의 모든 사람이 분노했다. 한동안 별 탈이 없어서 잠잠했던지라, 분노는 더욱 끓어올랐다.

"아하! 잘 됐네! '위대한 나리"는 돈을 포기 못하지!... 하지만 나리님들이 지금 할 수 있는 게 아무것도 없어, 과일이라도 남아 있어야지. 그리고 사람들이 페스카라에 가지 않고 있거든. '위대한 나리'는 지금 죽 쑤고 있어. 사람들이 죽는 꼴을 봐야지 좋아하잖아! 그런데, 타이밍이 안 좋아. 우리 불쌍한 나리!"

"어디에 독을 넣을까? 반죽에? 소금에?... 그런데 우리는 더 이상 반죽을 안 먹을 거고, 소금은 개와 고양이에게 먼저 먹일 거란 말이야. 하, 참 악당 같은 나리! 도대체 무슨 짓을 한 건가요? 당신도 곧 죽을 날이 올 거외다..."

사방에서, 평의회와 정부 인사들에 대하여 조롱과 경멸을 섞어 불평하는 소리들이 들려왔다.

페스카라에서는 연달아 세 명, 네 명, 다섯 명이 이 병에 걸렸다. 저녁이 다가오고 있었고, 집들 위에 드리워진 장례에 대한 공포가 강으로부터 올라오는 습기와 뒤섞이는 것 같았다. 사람들은 거리를 가로질러 시청을 향해 미친 듯이 달려갔다. 시장, 시의원들, 경찰관들은 가련하게도 너무 당혹스러워서, 모두 소리를 지르며 계단을 오르락내리락하고, 상반되는 명령을 내렸고, 어떤 조치를 취해야 하는지, 어디로 가야 할지, 무엇을 해야 할지를 모르고 있었다.

이상한 사건들과 그에 뒤따른 흥분으로 인해 조금씩 아픈 사람들이 많아지게 되었다. 배가 이상하게 느껴지면 그들은 떨기 시작했고, 이빨이 맞부딪히면서 서로의 얼굴을 들여다보았다. 그러다가,

빠른 걸음으로 서둘러 집에 들어가, 저녁 식사는 손도 안 대고 내버려 두었다.

이렇게 한바탕 소동이 벌어지고 난 뒤 밤이 깊어지면, 경찰은 거리 모퉁이의 유황과 타르에 불을 붙였다. 붉은 불꽃이 벽과 창문을 비추고, 거름의 불쾌한 냄새가 공포에 떨고 있는 도시의 공기에 스며들었으며, 먼 달빛 아래에서는 타르공들이 즐겁게 배의 용골에 타르를 바르고 있는 듯하였다. 그러다가 아시아 역병이 페스카라에 들어오게 되었다.

강을 따라 슬금슬금 퍼지는 이 병은 강변의 작은 마을들에도 퍼졌다 - 작은 무리들에도, 선원들이 사는 지붕 낮은 집에도, 노인들의 보잘 것 없는 일자리에도 퍼졌다.

병에 걸린 대부분의 사람들은 사망했다, 아무리 이치를 따지고 그 어떤 확신을 주고 아무리 실험을 해도 사람들이 약을 먹도록 설득할 수 없었기 때문이었다. 병사들에게 아니스의 정령을 섞은 물을 팔던 꼽추 아니사피네는 의사가 건네는 유리병을 보자 입술을 꼭 다물고는 고개를 가로저었다. 의사는 설득력 있는 말로 그를 달래면서 자신이 먼저 그 액체를 반쯤 마신 다음 그의 조수들도 각자 한 모금 마셨다. 아니사피네는 계속해서 고개를 저었다.

"보시지 않으셨어요," 의사가 외쳤다, "우리도 마시잖아요? 그런데 왜 그러세요..."

아니사피네가 믿지 못하겠다는 듯이 웃기 시작했다, "하! 하! 하! 해독제를 드셨잖아요," 그가 말했다. 그러더니 그는 곧 죽었다.

정육점 주인인 단순한 시안키네도 똑같이 행동했다. 의사는 최후의 수단으로 그의 입을 벌리고 약을 부어 넣었다. 시안키네는 공포에 휩싸인 채 격노하면서 그것을 토해냈다. 그러다가 그는 옆에 있는 사람들에게 욕을 하기 시작하더니, 이에 놀란 두 명의 경찰에게 잡혀 미친 듯이 화를 내다가 죽었다.

처음에, 농부들은 자선을 베푸는 사람들이 설립한 공공 주방을 독극물을 혼합하기 위한 실험실로 생각하였다. 거지들은 그 보일러에서 조리된 고기를 먹으려고 하기보다는 굶어 죽으려고 하였다. 냉소적인 콘스탄티노 디 코로폴리는 자주 만나는 사람들에게 자신이 의심스럽게 생각하는 것들을 퍼뜨렸다. 부엌을 돌아다니며 그는 뭐라 말할 수 없는 몸짓을 하며 소리를 질렀다, "날 속일 수 없어!"

카탈라나 디 기씨는 처음으로 두려움을 극복했던 여자였다. 그녀는 조금 머뭇거리더니 식당으로 들어가서, 음식을 한 입 먹고 나서 음식이 어떤 효과를 내는지 기다렸다가, 와인을 몇 모금 마셨더니 기력이 회복되고 힘이 나는 듯한 느낌이 들어서 놀라며, 즐거운 모습으로 미소를 지었다. 모든 거지들은 그녀가 나오기를 기다리고 있었다. 그녀가 괜찮은 것을 보자 자기들도 먹고 마시려고 몰려 들어갔다.

주방은 포르타노바 근처 낡은 개방형 극장 안에 있었다. 음식이 들어 있는 주전자들은 오케스트라가 앉았던 자리에 놓였다. 주전자에서 나오는 증기가 위로 올라가 낡은 무대를 꽉 채웠다. 무대 뒤로는 연기 속에서 보름달이 비치는 봉건 시대의 성을 그린 배경이 보였다. 정오의 이곳은 거지 떼들이 투박한 테이블 주위로 몰린다. 정오가 되기 전부터, 오케스트라석에는 여러 가지 색깔의 누더기를 걸친 거지들이 모여들었고 쉰 목소리로 투덜대는 소리가 들렸다. 이름을 알고 있던 거지들 이외에 새로운 사람들이 등장했다. 신화 속에 등장하는 미네르바처럼 거대한 몸집에, 고르고 단정한 눈썹을 하고 있으며, 머리 위로 머리카락들을 꽉 묶어 헬멧처럼 고정한 리베라타 로타 디 몬테네로도모라고 하는 여자가 눈에 띄었다. 그녀는, 연두색 꽃병을 들고 말없이 한쪽으로 비켜서서, 같이 먹자는 소리를 기다리고 있었다.

그러나 콜레라에 대한 여러 많은 이야기 중에 가장 대단했던 것은 다리 전쟁일 것이다.

강 양안에 위치한 페스카라와 카스텔라마레 아드리아티코사이에는 오래된 불화가 존재하였다.

이들은 서로 약탈과 보복을 일삼았고, 한 쪽은 다른 쪽의 번영을 방해하기 위해 모든 힘을 다했다. 마을 번영의 중요한 요소는 상업이었으며, 페스카라는 많은 산업 시설들과 막대한 부를 소유하고 있었는데, 카스텔라마레 사람들은 오랫동안 상인들을 자신들의 경쟁 마을에서 멀어지게 하기 위해 약삭빠르게 온갖 방식으로 유혹을 해왔던 터였다.

타르가 칠해지고 함께 묶여 부두에 고정된 커다란 배들 위에 세워진 오래된 목조 다리가 강을 가로지르고 있었다. 거의 교각 높이에서 낮은 난간까지 뻗어 있는 전선들과 로프들은 뭔가 야만적인 도구들처럼 공중에서 서로 교차하고 있었다. 마차의 무게 때문에 기울어진 판자들이 삐걱거렸고, 군인들이 지나가면 커다란 구조물 전체가 한쪽 끝에서 다른 쪽 끝까지 흔들리며 진동하고 그 소리는 북처럼 울려 퍼졌다. 이 다리에서 사람들에게 잘 알려진 '해방자 성 세테오'의 전설이 유래되었으며, 매년 추모의 일환으로 성자상이 다리 한중간에서 카톨릭식으로 장엄하게 멈추면 정박한 배에 있던 선원들이 경의를 표했다.

몬테코르노의 전경과 바다 사이의 그 초라한 건축물은, 모든 기념비가 그러하듯이, 신성한 기운을 간직한 마을의 기념비처럼 우두커니 서 있어서, 낯선 사람들에게 그곳 사람들은 태곳적 때부터 단순하게 사는 사람들이라는 인상을 주었다. 페스카라 사람들과 카스텔라마레 사람들은 서로 증오하면서도 매일매일의 엄청난 교통량으로 다리의 판자들이 닳을 지경이었다. 장사가 테라모 지방까지 퍼지자, 서로 아무 거리낌 없이 상대방 배의 케이블을 끊고 배를 바다로 밀어 넣어서 일곱 척의 배를 침몰시켰다.

그러다가 좋은 핑곗거리가 생겨, 카스텔라마레의 수장이 자신의 군대를 과시하려고 페스카라 사람들을 다리에서부터 마을을 깊숙이 가로질러 여러 마을로 연결되는 큰길을 건너지 못하게 하였다. 그의 의도는 경쟁 도시를 포위해서 봉쇄하려고 하는 것이었다. 강의 우안에서 거래하는 데 익숙한 선원들과 구매자들을 자기네 시장으로 끌어들일 목적으로, 페스카라와의 모든 내부 및 외부 교통을 차단해서, 강 건너 페스카라의 사업을 침체시키고 모든 수입원을 잘라버려서, 자신들이 경쟁에서 승리를 거두고자 하였다. 그는 페스카라 배를 소유한 사람들에게 생선 100파운드당 20프랑을 제안했는데, 모든 배는 카스텔라마레쪽 강기슭에서 화물을 실어야 하며 그 가격은 성탄절까지 지속되어야 한다는 조건이었다. 그러나 생선 가격이 보통 성탄절 직전에 100파운드당 15두캇으로 오르기 때문에 그 계약은 확실히 그에게 이익이 되는 것이었고, 그의 뻔한 속셈은 누구라도 알 수 있었다. 선주들은 차라리 물고기들을 덜 잡겠다며 제안을 거절했다.

그러자 이 교활한 친구는 페스카라에서 사람들이 많이 죽고 있다는 이야기를 퍼뜨렸다. 그는 테라모 지역에 대한 우정을 공언하면서, 테라모 지역과 키에티 지역 두 곳 모두가 역병이 완전히 사라진 평화로운 지역에 맞서게끔 하는데 성공했다. 그는 이 길을 따라 더 먼 지역으로 가고자 합법적인 권리를 행사하려는 정직한 행인 몇 명을 불러 세워서는 감옥에 가두었다. 그는 부랑자 무리를 경계선에 배치해서 새벽부터 일몰까지 지키게 하고 접근하는 모든 사람에게 소리를 질러 경고하게 하였다. 이런 모든 것들이 페스카라 사람들 쪽에서는 너무 부당하고 너무 자의적인 조치라고 여겨져 격렬히 저항하게 만들었다. 거칠고 험악한 노동자들의 대다수가 할 일이 없어 어슬렁거리고 있었고, 상인들은 강제로 장사를 못하게 되어서 심각한 손실을 보았다. 콜레라는 마을에서 사라졌고, 몇몇 노쇠한 노인들만이 사망한 해변 마을에서도 사라진 것처럼 보였다. 그래서 강인하고 건강과 기운이 충만한 그곳 사람들은 모두 자신들이 늘 해오던 일들을 기쁜 마음으로 다시 시작하려고 하였다.

그럴 즈음, 호민관들이 행동에 나섰다. 프란체스코 포마리체, 안토니오 소렌티노, 피에트로 다미코가 그들이었다. 거리에서 사람들은 떼를 지어서 그들의 말을 듣고 손뼉을 치기도 하고 제안을 하기도 하고 소리도 질렀다. 큰 소동이 일어나고 있었다. 예를 들자면, 어떤 사람들은, 모레토 디 클라우디아가 강제연행을 하라고 돈을 받은 사람들에게 끌려가, 라자렛토에서 빵 외에 다른 음식 없이 연속 5일 동안 갇혀 있다가 닷새가 지날 때쯤 창문으로 탈출해서 강을 건너 헤엄을 쳐서 물이 뚝뚝 떨어지고 숨을 헐떡이며 사람들에게 돌아와서야 탈출의 환희와 기쁨을 느끼게 되었다는 가슴 아픈 이야기를 전했다.

폭풍우가 몰려오는 것을 본 시장은 카스텔라마레측 우두머리와 중재를 시도했다. 시장은 몸집이 작고, 기사 작위를 받은 법학박사였으며, 조심스럽게 옷을 입고, 곱슬머리를 하고, 어깨에는 비듬이 가득했으며, 늘 좋은 결과를 머리속에 떠올리면서 그의 작은 눈은 두리번대고 있었다. 그의 상대는 타락하고, 선량한 가르간투아소의 조카이며, 덩치가 크고, 숨을 헐떡거리며, 다혈질에, 뭐든지 먹어 치우는 사람이었다. 두 사람의 만남은 테라모의 지사와 키에티의 지사를 증인으로 하여 중립적인 장소에서 이루어졌다.

그러나, 해가 질 무렵 경비병 중 한 명이 코뮌의 평의원 중 한 명에게 말을 전하기 위해 페스카라로 왔다. 그는 다른 부랑자와 술을 마시러 술집으로 들어갔다가 이후 거리를 어슬렁 거리고 있었다. 호민관들이 그를 보자마자 바로 추격했다. 사람들은 비명과 함성을 지르며, 멀리 라자렛토가 있는 강둑 쪽으로 그를 쫓아갔다. 강물은 석양빛에 눈부시게 빛났고, 호전적으로 붉게 물든 하늘은 사람들을 취하게 했다.

강 맞은편 버드나무 아래 있던 카스텔라마레 사람들의 무리가 이런 잔학 행위에 대해 격렬한 몸짓과 분노의 항의를 쏟아냈다. 페스카라 사람들도 그들만큼 화를 내면서 그들이 내뱉는 모욕적인 말들에 대꾸했다. 갇힌 경비병은 주먹과 발로 감옥 문을 치며 외쳤다.

"열어라! 열라고!"

"걱정하지 말고 거기서 푹 주무슈!" 남자들은 그를 경멸하듯 대답했고, 누군가는 잔인하게 덧붙였다.

"거기서 얼마나 많은 사람이 죽었는지 아시는가 모르겠네! 피 냄새 안 나요? 역겹지 않나요?"

"이랴! 이랴!"

깃발쪽으로 총열이 번쩍이는 것을 볼 수 있었다. 그 작은 몸집의 시장이 군인들을 이끌고 카스텔라마레 우두머리가 분노하지 않도록 경비병을 풀어 주기 위해서 오고 있었다.

짜증을 내던 사람들은 갑자기 분노하며 큰소리로 외치기 시작했다. 카스텔라마레 사람을 비겁하게 풀어주려고 하는 자에 대해서 사람들은 크게 야유를 보냈다. 라자렛토에서 시내까지 야유와 욕설이 울려 퍼졌다. 사람들은 신이 나서 목소리가 쉴 때까지 계속 외쳐 댔다. 첫 번째 봉기 이후, 사람들의 저항은 다른 방향으로 바뀌기 시작했다. 가게들은 모두 문을 닫았고, 부자든 가난한 사람들이 든 친하게 뒤섞여, 거리에 모인 사람들은, 말하고 싶어 하고, 소리 지르고 싶어 하고, 몸짓도 하며, 자신들의 내면에서 타오르는 감정을 여러 가지 다른 방식으로 표현하고자 하는 모두 같은 거친 욕망들을 지니고 있었다.

몇 분마다 또 다른 호민관이 새로운 소식을 가지고 도착하였다. 견해 차이에 따라 무리가 해체되었다가 새로운 무리들이 만들어지기도 하였다.

그날의 자유로운 분위기는 모든 사람에게 영향을 미쳤다. 공기만 마셔도 포도주를 한 잔 마신 것처럼 취하는 듯했고, 페스카라 사람들의 유쾌함이 되살아났으며, 말이 안 되게도 순수한 즐거움, 앙심, 색다른 것을 좋아해서 저항을 계속하였다. 카스텔라마레측 농간은 한층 더해 갔다. 교묘하게 제안되었던 계획들을 더 진행하기 위한 그 어떤 합의도 깨졌다. 늘 좋은 결과를 머릿속에 떠올리곤 했던 작은 몸집의 시장은 오히려 이런 상황을 더 좋아했다.

만성절 아침 7시경, 교회에서 첫 의식이 거행되고 있을 때, 호민관들이 도시를 순회하기 시작했고, 발걸음을 옮길 때마다 더 많은 사람들이 뒤를 따르며 점점 요란해졌다. 모든 사람들이 모였을 때, 안토니오 소렌티노는 사람들에게 마음을 움직이는 열변을 토해냈다. 이어 사람들은 행렬을 지어 시청 쪽으로 질서정연하게 나아갔다. 그늘이 진 거리는 연기 때문에 여전히 푸르스름했다. 햇빛이 집들을 내리쬐고 있었다.

시청이 보이자, 엄청난 함성이 터져 나왔다. 모든 사람들의 입에서는 욕설이 쏟아지고, 모든 사람은 주먹을 위협적으로 들어 올렸다. 사람들이 외치는 소리들은 악기 소리처럼 간격을 두고 진동했고, 마치 한 덩어리처럼 보이는 혼란스러워하는 사람들의 머리 위로는, 주홍색 깃발이 사람들이 내뱉는 무거운 숨결로 동요하는 듯이 흔들리고 있었다. 아무도 시청 발코니에 나타나지 않았다. 태양은 서서히 지붕에서 숫자와 선이 검은색인 해시계까지 내려오고 있었고, 시간을 나타내는 그림자는 흔들리고 있었다. 단눈치오 집안의 꼭대기 작은 탑에서부터 수도원의 종탑까지 비둘기 떼가 푸른 하늘을 날고 있었다.

함성 소리가 커졌다. 좀 더 기백이 있는 사람들은 건물의 계단을 점거하였다. 그 작은 몸집의 시장은 겁먹은 창백한 얼굴로 사람들이 원하는 바를 들어 주었다. 그는 시장직을 버리고 모든 관직을 사임하고는, 두 명의 경찰관들의 호위를 받으며 거리로 내려갔고 그 뒤를 평의원들 전체가 따랐다. 그 후, 그는 그 도시를 떠나 스폴토레의 집으로 물러갔다.

시청의 문은 닫혔고 한동안 무정부 상태가 도시를 지배했다. 카스텔라마레 사람들과 페스카라 사람들 사이에 임박한 것으로 보이는 공공연한 전투를 막기 위해 군인들이 다리의 가장 왼쪽 끝에 주둔했다. 사람들은 깃발들을 찢어 버리고, 왕실 판무관이 소환한 지사가 오기로 되어 있는 키에티 가는 길로 나섰다. 끝까지 갈 것 같은 기세였다. 그러나 따스한 햇볕의 부드러움에 그들의 분노는 금새 가라앉았다.

그곳 여자들은 다양한 색깔의 옷을 입고, 은 세공품들과 금목걸이와 같은 장신구들로 온몸을 휘감은 채 교회에서 대로변으로 쏟아져 나왔다. 이 행복하고 즐거운 얼굴들의 모습은 이 패거리들의 사납게 날뛰는 정신을 가라앉혔고 진정시켰다. 농담과 웃음이 저절로 터져 나왔고, 다음 우스갯소리까지 잠시 그냥 있어도 즐거울 정도였다. 정오쯤, 지사의 마차가 시야에 들어왔다. 사람들은 마차가 통과하지 못하도록 반원을 만들었다. 안토니오 소렌티노는 이따금 말재주를 심하게 부리면서 또다시 열변을 토했다. 연설이 중단된 동안 사람들은, 다양한 방식으로 정의를 구현하고 폐해를 없앨 것을 요청했으며 그 어떤 조치로도 사람이 죽어서는 안된다고 말했다.

그러나 뼈만 남은 말 두 마리는 아직도 힘이 넘쳐 때때로 머리에 달린 종을 흔들었으며, 폭도들에게 조롱이라도 하듯이 얼굴을 찡그리며 하얀 잇몸을 보여주었다. 얼굴에 아직도 가짜 수염을 붙인 희극 오페라의 늙은 가수처럼 보이는 경찰 대표가 높다란 뒷좌석에서 위엄있게 손짓을 해가며 호민관이 연설했던 말들을 강조하고 있었다. 열의가 넘치는 연사의 충동적인 말이 너무 대담해지자, 지사가 자리에서 일어나 기회를 엿보다 끼어들었다. 그는 연관도 없는 말을 소심하게 몇 마디 했지만, 사람들이 외치는 소리에 파묻혔다.

"페스카라로 가자! 가자!"

사람들이 마차를 밀어서 시내에 들어섰고, 시청이 폐쇄되었기 때문에 대표단 앞에서 마차가 멈췄다. 사람들이 지명한 10명의 사람이 지사와 함께 임시 의회를 구성했다. 사람들이 거리를 가득 메웠고, 여기저기서 참을성 없는 사람들이 중얼거리기 시작했다.

태양에 달구어진 집들은 기분 좋은 따뜻함을 내뿜고 있었고, 하늘, 바다, 수조를 따라 떠 있는 식물, 장미, 창문, 집의 하얀색 벽, 그곳 자체의 공기로부터 말로 다 할 수 없는 부드러움이 발산되고 있었다. 이곳은 페스카라에서 가장 아름다운 여자들이 사는 곳으로 유명했으며 대대로 미인들에 대한 명성이 계속 이어져 내려왔던 곳이었다.

돈 웃소리오의 집에서는 아이들과 예쁜 소녀들이 잘 자라고 있었으며, 작은 로지아들이 즐비했고, 얕은 돋을새김으로 장식된 투박한 꽃병에서 자라는 카네이션들이 넘쳐나는 곳이었다.

중얼거리던 사람들이 점차 조용해졌다. 거리의 한쪽 끝에서 다른 쪽 끝까지 말 많던 사람들이 줄어들고 있었다. 시골에서 허풍이나 치던 도메니코 디 마테오는, 의사들이 터무니없이 욕심을 부려서 당국으로부터 더 큰 비용을 받아내기 위해 환자를 죽음에 이르게 한다고, 큰소리로 농담을 지껄이고 있었다. 그는 자신에게 효과가 있었던 몇 가지 놀라운 치료법에 관해 이야기하고 있었다. 한번은 가슴에 고통이 너무 심해서 곧 죽을 것 같더란다. 의사는 그에게 물을 마시지 말라고 했지만, 그는 목이 말라 속이 타는 듯했었는데, 어느 날 밤, 모두가 자고 있을 때, 조용히 일어나 물이 담긴 그릇을 더듬더듬 찾다가 이윽고 발견하고는 그릇에 머리를 박고 물이 없어질 때까지 짐 끄는 말처럼 마셨더니, 다음날 아침, 완전히 회복되었다고 했다. 또 한 번은, 그와 그의 친구가 오랫동안 간헐열을 앓고 있어서 많은 양의 키니네를 복용했지만, 소용이 없어서 실험하기로 결정했단다. 강 건너편에는 햇볕에 잘 익고 맛있는 포도가 가득한 포도원이 있었는데, 강변으로 가, 옷을 벗고 물에 뛰어들어 물살을 헤치고 반대편 강기슭으로 헤엄쳐 가서는, 포도를 마음껏 먹고 다시 헤엄쳐서 돌아왔더니, 간헐열이 사라졌단다. 또 한 번, 그는 패

혈증으로 의사를 만나고 약을 사기 위해 15두캇 이상을 허비했었는데, 어머니가 빨래를 하는 것을 보고, 좋은 생각이 떠올라서, 한 잔씩, 한 잔씩, 다섯 잔의 석회수를 마시고는 병이 나았단다.

발코니마다, 창문마다, 로지아마다, 많은 아름다운 여자들이 몸을 기울여 밖을 내다보고 있었다. 거리의 남자들은 눈을 들어 그런 아름다운 모습을 바라보면서 고개를 뒤로 젖힌 채 걸어갔다. 저녁 식사 시간이 이미 지나갔기 때문에, 그들의 머리와 배속에서는 찌릿찌릿한 게 느껴졌고, 잠에서 깰 때처럼 현기증이 느껴졌다. 거리와 창문 사이에 짧게 말들이 오갔고, 젊은 남자들이 이쁜이들에게 몸짓을 섞어가며 말을 걸자, 이쁜이들은 손을 움직이거나 머리를 흔들며 대답하거나 이따금 큰 소리로 웃기도 했다. 그들의 싱그러운 웃음은, 수정으로 된 목걸이처럼, 아래에 있는 남자들에게 쏟아져, 남자들은 여자들에게 더 반한 듯하였다. 집의 벽에서 나오는 열기가 사람들의 몸에서 나오는 열기와 뒤섞였다. 희끄무레하게 빛나는 벽들이 눈을 현혹했다. 들썩이는 사람들에게 뭔가 무기력하거나 멍하게 하는 것이 내려오는 듯했다. 갑자기, 로지아에 미인 중에 미인, 장미 중의 장미, 모두가 바라던 경애의 대상인 시카리나가 나타났다. 사람들의 시선은 모두 충동적으로 그녀에게로 향했다. 그녀는 사람들의 이런 선망을 알고 있었으며, 사람들 앞에서 베네치아 총독처럼 의기양양하게 미소짓고, 소리 내 웃으며, 빛나고 있었다. 햇빛이 완전히 홍조가 된 그녀의 얼굴에 쏟아져, 즙이 많은 과육을 떠올리게 했다. 그녀의 느슨한 머리카락은 너무 밝아서 금빛 불꽃들을 던지는 듯했고, 그녀의 이마, 관자놀이, 목을 둘러싸고 있었다. 그녀의 온몸에서 비너스의 매력이 발산되었다. 그녀는 자신을 바라보는 모든 남자의 눈에 담긴 갈망과 흠모에 조금도 신경 쓰지 않고 무관심으로 미소를 지으면서, 검은 새들이 있는 두 개의 새장 사이에 그냥 서 있었다.

검은 새들은 시골풍의 반주 없는 합창곡을 지저귀면서 그녀를 향해 날개를 퍼덕였다. 시카리나는 미소를 지으며 로지아에서 사라졌다. 사람들은 그 광경에 눈이 부시는 듯했고, 배가 고파서 조금 현기증을 느끼며, 거리에 서 있었다. 대표단 중 한 명이 창밖으로 몸을 내밀면서 날카로운 목소리로 외쳤다.

 "시민 여러분! 문제는 3시간 내에 해결됩니다!"

이야기 열둘
동정녀 안나

I

1789년, 오르토나 포르타 칼다라의 어느 집에서 태어난, 루카 미네라는 선원이었다. 어린 시절 얼마 동안, 그는 오르토나 만에서 달마티아 항구까지, 목재, 생 과일이나 말린 과일 등 여러 가지를 싣고, 쌍돛대 범선인 산타 리베라타호를 탔다. 이후, 변덕스럽게 선장을 바꿔, 그는 돈 로코 판자바칸테 아래로 들어가서, 새롭게 작은 배를 타고 레몬을 거래할 목적으로 로토 곶까지 여러 번 항해를 했었는데, 그곳은 사방이 온통 오렌지와 레몬 과수원으로 뒤덮인 이탈리아 해안가에 위치한 곳으로 넓으면서도 해발 높이 또한 적당한 곳이었다.

27세인 그는 프란체스카 노빌레에 대한 사랑의 감정이 생겨, 몇 달 후에 그들은 결혼했다. 작은 키에 아주 탄탄한 체구의 루카는, 빨갛게 상기된 얼굴에 부드러운 금발 수염을 길렀으며 여자처럼 귀에 황금 귀고리를 하고 다녔다. 그는 포도주와 담배를 좋아했고, 거룩한 사도 성 토마스에 대한 열렬한 신심을 드러내고 다녔으며, 성격상 미신을 잘 믿고 황홀경에 빠지기도 해서 외국에서의 독특하고 놀라운 모험을 했던 것들을 말하고 다녔고, 달마티안 사람들과 아드리아해의 섬에 대한 이야기를 마치 극지에 있는 부족이나 나라인 것처럼 이야기했다. 이미 젊음이 시들어 가고 있었던 프란체스카는, 오르토나 소녀들의 밝은 피부색과 부드러운 이목구비가 특징이었다. 그녀는 교회, 종교적인 의식, 신성한 화려함, 오르간 음악을 사랑했다. 그녀는 매우 단순하게 살았다. 그녀는 지능이 다소 떨어졌기 때문에 가장 믿지 못할 만한 것을 믿었고, 주님이 행하신 모든 행적으로 주님을 찬양했다.

안나는 이런 집안에서 1817년 6월에 태어났다. 출산이 힘들었고 불행이 닥칠까 두려워서, 아기가 태어나기도 전에 세례 성사가 거행되었다. 많은 진통 후에, 아이가 태어났다. 아기는 엄마의 젖을 빨면서 건강하고 행복하게 자랐다. 저녁이 되어, 프란체스카는 루카가 작은 배에 짐을 가득 싣고 로토로부터 돌아올 것이라고 생각되면 젖먹이를 안고 해안으로 내려갔으며, 해변으로 돌아오는 루카의 셔츠에서는 남쪽의 과일 향기가 가득했다. 위쪽에 있는 집으로 함께 올라갈 때면, 그들은 항상 교회에서 잠시 멈춰 무릎을 꿇고 기도를 했다. 예배당에서는 봉헌등이 타오르고 있었고, 뒤로 일곱 개의 청동상을 통과하면 사도상이 보물처럼 빛나고 있었다. 그들은 기도 속에서 그들의 딸에게 하늘의 축복이 내려지기를 간구했다. 예배당에서 나가면서, 프란체스카가 아기의 이마를 성수로 씻을 때, 아기가 악을 쓰며 우는 소리가 기다란 본당 회중석에 메아리쳤다.

안나의 어린 시절은 특별한 사건 없이 지나갔다. 1823년 5월, 그녀는 장미 왕관과 흰색 베일을 쓴 천사 복장을 하고 있었다. 천사들 무리속에서 그녀는 손에 얇은 양초를 들고 뒤뚱뒤뚱 행렬을 따라가고 있었다. 교회에서 그녀의 어머니는 그녀를 팔로 들어 올려, 자신의 수호 성인에게 키스를 시키려고 하였다. 그러나 다른 어머니들이 다른 천사들을 사람들 사이로 밀어 올리면서, 양초 불꽃 하나가 안나의 베일에 붙었고, 갑자기 그녀의 부드러운 몸에 불길이 덮쳤다. 공포가 사람들 사이에 퍼지자, 모든 사람은 제일 먼저 빠져나가려고 몸부림쳤다. 프란체스카는 두려움에 손을 거의 쓸 수 없지만, 아이의 불타는 옷을 찢고는 의식을 잃은 알몸의 아이를 가슴에 꼭 안고, 그 자리를 빠져나가는 사람들 뒤를 쫓아가며, 크게 울부짖는 소리로 주님을 불렀다.

화상으로 안나는 오랫동안 중태에 빠져 있었다. 그녀는, 벙어리가 된 듯, 여위고 핏기없는 얼굴로 말없이 침대에 누워 있었으며, 한 곳만을 바라보는 그녀의 눈망울은 고통보다는 충격으로 인해 모든 걸 잊은 듯 보였다. 가을이 되자, 그녀는 회복되어 서원을 받았다.

날씨가 따뜻하면, 가족들은 저녁 식사를 하기 위해 배 쪽으로 내려갔다. 차양 아래에서, 프란체스카는 불을 붙이고 물고기를 그 위에 올렸다. 음식의 맛있는 냄새가 항구 전체에 퍼져, 빌라 오노프리아의 잎사귀에서 나는 향기와 섞였다. 바다는 바위 사이로 물이 찰랑대는 소리가 거의 들리지 않을 정도로 너무 조용했고 공기는 너무 깨끗해서 주변의 집들 사이로 멀리 산 비토의 첨탑이 보였다. 루카와 다른 남자들은 노래를 부르기 시작했고, 안나는 어머니를 돕고 있었다. 식사가 끝난 후, 달이 하늘에 떠 있었기 때문에, 선원들은 보트에 닻을 달고자 했다. 한편, 루카는, 술도 음식도 잘 먹은 지라, 늘 그렇듯이 기적적인 이야기를 해주겠다며, 멀리 떨어져 있는 해안에 대한 이야기를 하기 시작했다. 로토보다 한참 위쪽에는, 원숭이와 인도 사람들만 사는 산이 있다는 것이다. 그곳은 보석을 만들어 내는 식물도 있으며 아주 높은 곳이라고 했다. 그의 아내와 딸은 조용히 놀라며 그의 말을 듣고 있었다. 이후, 돛이 돛대를 따라 펼쳐졌고, 돛은 어떤 나라의 고대 깃발처럼 온통 검은색으로 채색된 인물들의 모습과 가톨릭 상징으로 가득 채워져 있었다. 그렇게 루카는 떠났다.

1826년 2월 프란체스카는 죽은 아이를 낳았다. 1830년 봄, 루카는 안나를 곳으로 데려가고 싶어 했다. 안나는 이제 막 소녀가 되려는 참이었다. 여행은 행복했다. 공해로 나가자, 그들은 상선을 보게 되었는데, 거대한 흰색 돛으로 움직이는 큰 배였다. 돌고래는 거품 속에서 헤엄치고 있었다. 물은 부드럽게 움직이고, 반짝였으며, 표면은 공작의 깃털을 덮은 것처럼 보였다. 안나는, 질리지도 않는지, 배에서 멀리 떨어진 곳을 응시하고 있었다. 이윽고, 수평선에서부터 푸른 구름 같은 것이 피어올랐다. 과일이 지천인 산이었다.

풀리아 해안이 햇살 아래 조금씩 보이기 시작했다. 레몬의 향기가 아침 공기에 스며들었다. 안나는 해안에 도착해서 농장과 그 지역 원주민들을 호기심 어린 눈으로 자세히 살펴보며 즐거워 했다. 그녀의 아버지는 그녀를, 약간 말을 더듬고 이제는 젊었다고 생각될 수 없는 여자의 집으로, 데려갔다.

그들은 이틀 동안 그녀의 집에 머물렀다. 안나는 그녀의 아버지가 그녀의 입에 키스하는 것을 보긴 했지만, 이해가 되지는 않았다. 돌아오는 배에는 오렌지가 가득 실렸고, 바다는 여전히 잔잔했다. 안나는 그 여행의 기억을 꿈이었던 것처럼 여겼다. 또한 그녀는 천성적으로 말이 없었기 때문에 자꾸 캐묻는 그녀의 친구들에게도 많은 이야기는 하지 않았다.

II

5월이 되자, 사도 축제에 오르소냐 대주교가 오셨다. 교회 전체가 붉은 커튼과 황금 이파리로 장식되어 있었고, 청동 난간 앞에는 종교적인 목적으로 은세공인이 만든 11개의 은 램프가 타고 있었고, 매일 저녁 오케스트라는 아이들이 장엄한 합창곡을 부르는 가운데 엄숙한 오라토리오를 연주했다. 토요일에는 사도 상이 보이기로 되어 있었다. 신도들은, 해안이나 내륙을 가리지 않고, 모든 곳에서 순례를 왔다. 그들은 노래 부르고 손에는 봉헌물을 들고 탁 트인 바다를 바라보며 해안으로 올라왔다.

안나는 금요일에 첫 성찬식을 치렀다. 대주교는 경건하고 온순한 노인이었으며, 그녀를 축복하기 위해 그의 손을 들었을 때 그의 반지에 있는 보석은 신성한 눈처럼 빛났다. 안나는 혀에 성체의 전분을 느끼자, 부드럽고 미지근한 향이 나는 물로 목욕하는 것처럼, 자신의 머리카락을 적셔주는 것 같은 갑작스러운 환희의 물결에 앞이 캄캄해졌다. 그녀 뒤에서 사람들이 뭔가 중얼거렸다. 근처에 다른 소녀들은 성찬식을 치르며 절절히 통회하며 난간에 얼굴을 숙이고 있었다.

그날 저녁, 프란체스카는, 당시 신자들의 관습대로, 성자의 새벽 계시를 기다리면서 교회 바닥에서 잠을 청했다. 그녀는 아이를 가진 지 7개월이 되어, 아이가 무거워서 그녀는 많이 지쳐있었다. 바닥에는 순례자들이 빽빽이 함께 모여 앉아 있었고, 그들의 몸에서 나오는 열기로 공기는 후텁지근했다. 잠에 빠져 의식이 없는 몇몇 사람들은 때로 여러 이상한 소리들을 질러댔다. 아치 사이에 매달려있는 컵 안에서는 기름이 타고 있었는데, 깜빡이는 불꽃들은 기름에 반사되고 있었고, 커다란 문이 열려있어, 그 틈으로 이른 봄밤의 반짝이는 별들을 볼 수 있었다.

프란체스카는 잠든 사람들이 내뿜는 숨결이 메스꺼웠기 때문에, 고통스럽게 2시간 동안 깨어 있었다. 그러나 영혼의 안녕을 위해 참고 견디기로 한 그녀는, 마침내, 지쳐서 고개를 숙이고 잠이 들었다. 새벽에 그녀는 눈을 떴다. 기대감으로 구경꾼들과 사람들이 더 많아지게 되었다. 저마다 사도를 제일 먼저 만나보고 싶은 열망으로 타올랐다. 드디어, 첫 번째 쇠창살이 열리면서, 경첩의 소리가 고요함을 뚫고 또렷하게 울려 퍼져 모든 사람의 마음속에 메아리쳤다. 두 번째 쇠창살이 열리고 세 번째, 네 번째, 다섯 번째, 여섯 번째, 마침내 마지막 쇠창살이 열렸다. 그러자 사이클론이 덮치는 것처럼, 많은 사람들이 성막을 향해 몸을 던졌고, 날카로운 외침들이 공중에 울려 퍼졌다. 요란한 기도 소리가 울려 퍼지는 동안, 10명, 15명은 부상당하거나 질식해서 죽었다. 죽은 사람들은 야외로 끌어내졌다. 온통 상처투성이인 창백한 프란체스카의 시신은 그녀의 가족에게 넘겨졌다. 호기심 많은 사람이 그 주변으로 몰려들었고, 그녀의 친척들은 애처롭게 울부짖었다. 안나는, 얼굴이 보랏빛이 되고 피로 물든 그녀의 어머니가 침대에 누워 있는 것을 보자, 의식을 잃고 땅에 쓰러졌다. 이후, 그녀는 여러 달 동안 간질에 시달리게 되었다.

III

1835년 여름, 루카는 돈 지오반니 카마치오네 소속의 "트리니타"호를 타고 어느 그리스 항구로 항해를 시작했다. 그는, 마음속으로, 남들에게 밝히지 않은 생각을 하고 있었기 때문에, 떠나기 전에 가구를 팔고, 친척들에게 그가 돌아올 때까지 안나를 집에 데리고 있어 달라고 부탁했다. 얼마 후, 배는 로토 해안을 거쳐, 코린프에서 말린 무화과와 달걀을 싣고 돌아왔다. 선원 중에는 루카는 없었다. 나중에 그가 연인과 함께 "오렌지 나라"에 머무르고 있다고 전해졌다.

안나는 전에 말을 더듬는 여자가 생각났다. 그 생각을 하자 그녀의 슬픔은 깊어졌다. 그녀의 친척 집은 모로 근처 동쪽 도로에 접해 있었다. 선원들은, 그곳에 와서는 지붕 낮은 방에서 포도주를 마셨는데, 거의 온종일 그들의 노래가 자욱한 파이프 담배 연기 속에서 울려 퍼졌다. 안나는 주전자에 술을 가득 담은 채 술꾼들 사이를 오갔다. 그녀에게 있어서 첫 번째 본능 같은 겸손함은 그런 계속된 접촉, 즉 짐승 같은 남자들을 계속 상대해야 했기 때문에 생겨난 것이었다. 매 순간, 그녀는 무례한 농담, 잔인한 웃음, 외설적인 몸짓, 선원의 삶을 살아가는 사람들의 피로에 지친 사악함을 견뎌야 했다. 그녀는 다른 사람의 집에서 먹고 살았기에, 감히 불평하지는 못했다. 하지만, 계속 이어지는 그런 불쾌한 경험들은 그녀를 약하게 만들었고, 약해지면서 조금씩 심각한 정신 착란이 일어났다.

천성적으로 애정이 넘치는 그녀는 동물들을 매우 사랑했다. 집 뒤에, 짚과 진흙으로 된 헛간에는 늙은 나귀 한 마리가 있었다. 그 온순한 짐승은 산타폴리나레에서 선술집까지 매일 포도주의 짐을 날랐으며, 이빨은 노랗게 변하기 시작하고, 발굽은 썩어가고, 피부는 이미 바짝 말랐고, 털도 거의 없었지만, 꽃이 핀 엉겅퀴를 보자, 여전히 귀를 세우고 예전처럼 생기있게 울어대기 시작했다.

안나는 여물통에는 사료를, 물통에는 물을 채웠다. 더위가 심할 때면, 그녀는 헛간 그늘로 가서 쉬기도 하였다. 당나귀는, 양턱으로 힘들게, 가느다란 지푸라기들을 갈아대고 있었고, 그녀는 친절하게도 나귀 등에 벌레들이 성가시게 하지 못하도록 잎이 달린 나뭇가지로 벌레들을 쫓았다. 때로, 나귀는 기다란 귀와 축 늘어진 입술을 둥그렇게 말아서 어떤 불그스름한 동물이 감사의 미소를 짓는 것처럼, 잇몸을 보이며 머리를 돌리기도 하고, 눈이 대각선으로 회전하는 동안 쓸개 같은 보라색 정맥들이 드러난 누르스름한 눈알을 보이기도 했다. 벌레들이 배설물 더미 주변을 계속 윙윙거리며 맴돌았다. 땅에서도 바다에서도 그 어떤 소리도 들리지 않았고, 너무 평화롭다는 느낌이 여자의 영혼을 채웠다.

1842년 4월, 하루도 안 빠지고 나귀에게 짐을 실어 나르던 판탈레오가 칼에 찔린 상처로 죽었다. 그때부터 안나가 그 일을 맡게 되었다. 그녀는 새벽에 출발하여 정오에 돌아오거나, 정오에 출발하여 밤에 돌아왔다. 올리브가 심어진 햇살 가득한 언덕을 구불구불 올라가, 목초지로 사용되던 습한 곳으로 내려갔다가, 다시 올라가 포도밭을 지나 산타폴리나레에 있는 농장으로 이르는 길이었다. 나귀는 귀를 늘어뜨리고 지친 상태로 앞에서 걷고 있었는데, 완전히 낡고 탈색된 녹색 장식이 나귀의 갈비뼈와 엉덩이에 부딪히고, 짐을 나르는 안장에는 서너 개 놋쇠 판 조각들이 반짝이고 있었다.

나귀가 멈춰 서서 숨을 몰아 쉴 때, 안나는 병약한 나귀가 안타까워 갈 길을 재촉하면서도, 나귀의 목을 달래듯이 도닥여 주었다. 자주 그녀는 울타리에서 한 줌의 잎사귀를 뜯어 나귀에게 힘내라고 주었는데, 그녀가 뜯어 준 잎사귀를 그녀의 손바닥에서 나귀가 입술을 부드럽게 움직여 오물거리며 먹는 것을 보고, 그녀는 감동받았다. 울타리에는 꽃이 피었고 하얀 가시가 있는 꽃들에서는 쓴 아몬드 맛이 났다.

올리브 숲의 경계에는 큰 웅덩이가 있었는데, 이 웅덩이 근처에는 동물들이 물을 마시러 오는 기다란 돌로 만든 운하가 있었다. 매일 안나는 이곳에서 멈추었고, 여기에서 그녀와 나귀는 남은 길을 더 가기 전에 목을 축였다. 한번은, 그녀가 톨로 토박이이고 표정이 약간 완고해 보이며 토끼 같은 입술을 가진 소 목동을 우연히 만났다. 그는 그녀의 인사를 받아 주기도 하고, 목초지와 물에 관해 이야기도 하며, 성소와 기적에 관해서도 이야기를 나누었다. 안나는 자주 미소를 지으며 상냥하게 귀를 기울였다. 그녀의 눈은 아주 맑았고, 입은 아주 컸으며, 몸은 날씬하고, 창백했으며, 적갈색 머리는 가르마 없이 매끄럽게 뒤로 넘겨져 있었다. 목에는 붉은 화상 자국이 있었는데, 혈관이 튀어나와 끊임없이 팔딱거리고 있었다.

그때부터, 그들이 이따금 대화를 나눌 때, 소들은 풀밭에 흩어져 누워 되새김질하거나 일어서서 풀을 씹고 있었다. 소들이 평화롭게 움직이는 모습은 목가적인 고독의 평온함을 더했다. 안나는 물웅덩이 가장자리에 앉아, 단조로이 말을 했고, 입술이 갈라진 남자는 사랑에 빠진 듯했다. 어느 날, 갑자기, 기억이 저절로 꽃이 피듯 피어나서, 그녀는 배를 타고 로토 산으로 갔던 일을 말했다. 오래전 일이라 기억이 희미해지기는 했지만, 그녀는 진짜 사실이라며 놀라운 것들에 대해 말을 했다. 남자는, 눈도 깜빡이지 않고, 놀라서 귀를 기울였다. 안나가 말을 멈추자, 두 사람에게 주위의 침묵과 고독은 좀 더 깊어진 듯했고, 둘은 생각에 빠지게 되었다. 그러자, 습관적으로 소들이 여물통 쪽으로 왔는데, 다리 사이에는 목초지에서 새로 지급된 우유 포대가 매달려 있었다. 소들이 코를 개울에 들이밀고 천천히 규칙적으로 물을 마시자, 물은 마시는 대로 줄어들었다.

IV

6월의 마지막 며칠 동안, 나귀가 아팠다. 거의 일주일 동안, 먹이도 먹지 않았고, 물도 마시지 않았다. 매일 하던 일은 중단되었다. 어느 날 아침, 안나는 헛간으로 내려가다가, 지푸라기 위에 측은하게 완전히 꺾어진 채로 있는 나귀를 발견했다. 약간 쉰 목소리로 계속 기침을 해대서 가죽만 앙상히 덮여 있는 그 거대한 몸뚱이는 때때로 흔들렸고, 눈 위에는 움푹한 곳이 두 군데가 생겨서 마치 진공 속을 도는 두 궤도 같았으며, 눈 자체는 유장으로 채워진 두 개의 커다란 방광과 비슷했다. 나귀는 안나의 목소리를 듣고 일어나려고 했다. 몸은 다리 위에서 비틀거렸고, 목은 뾰족한 견갑골 아래로 가라앉은 듯했으며, 귀는 경첩에 끼어 부서진 큰 장난감의 귀처럼 제멋대로 볼품없이 움직이며 매달려 있는 듯했다. 끈적한 콧물이 코에서 떨어지고, 때로는 무릎까지 떨어져서 약간 느린 개울물처럼 흘러내렸다. 가죽에 생긴 반점들은 하늘색으로 변했고, 여기는 짓무르고, 저기는 피가 흘렀다.

이 광경을 본 안나는 연민의 고통으로 마음이 찢겨졌다. 천성적으로나 습관적으로나, 그녀는 일반적으로 불쾌하다고 여겨지는 것들과 접촉할 때, 그 어떤 육체적인 혐오감을 느껴본 적이 없었기 때문에, 그녀는 가까이 다가가 나귀를 만졌다. 그녀는 한 손으로 나귀의 아래턱을 잡고 다른 손으로 어깨를 잡고는, 이런 동작이 나귀에게 도움이 되기를 바라면서, 나귀가 걸을 수 있도록 도우려고 했다. 처음에, 나귀는 다시 기침으로 몸이 떨리고 흔들려서 주저했지만, 마침내 해안으로 연결되는 완만한 경사를 따라 걷기 시작했다. 그들 앞의 물은 아침을 맞이하여 하얗게 빛났고, 라펜나 근처에서는 누수방지 공사를 하는 사람들이 콜타르의 검은 찌꺼기를 용골에 바르고 있었다. 안나가 손으로 나귀의 짐을 받쳐 들고 고삐를 잡자, 나귀는 뒷다리를 잘 못 디뎌 갑자기 쓰러졌다. 나귀의 뼈들은, 거대한 구조물이 안쪽에서 부서지듯이, 덜커덕거리는 소리를 내고, 배와 옆구리 쪽의 가죽은 둔한 소리를 내며 팔딱거리고 있었다. 다리는 달리고 있는 것처럼 움직였고, 잇몸에서는 피가 나와 이빨들 사이로 퍼졌다.

여자는 소리를 지르며 집으로 달리기 시작했다. 그러나 인부들은, 도착해서는, 비스듬히 기대어 앉는 나귀를 보고 웃으며 농담을 했다. 그들 중 한 명은 죽어가는 짐승의 배를 발로 걷어찼다. 다른 한 명은, 나귀의 귀를 잡고 머리를 들어 올렸다가 다시 땅에 세게 팽개쳤다. 마침내, 눈이 감기고 오한으로 하얀 뱃가죽이 가볍게 떨리더니, 마치 바람이 부는 것처럼 촘촘한 털들이 갈라지고, 한쪽 뒷다리를 허공으로 두세 번 휘저었다. 그러더니, 벌레가 방금 전까지 살아있는 몸에 들어가 움직이는 것처럼, 피부가 벗겨진 어깨가 약간 떨리는 것 말고는 모든 것이 조용해졌다, 안나가 다시 그곳으로 돌아왔을 때, 인부들이 사체의 꼬리를 끌고 당나귀 소리를 흉내 내면서 진혼곡을 부르고 있었다.

그렇게 안나는 홀로 남겨지게 되었다. 그녀는 오랫동안 친척 집에서 살면서 점차 시들어갔지만, 하찮은 일을 다 하며 기독교인다운 인내로 자신의 괴로움을 견뎠다. 1845년, 간질이 다시 심하게 도졌지만 몇 달 후에는 다시 사라졌다. 그녀의 종교적 믿음은, 간질로, 더 깊어지고 더 생생하게 되었다. 그녀는 매일 아침저녁으로 교회로 올라가서는, 성가족이 이집트로 피신하는 모습을 투박하게 얕은 돋을새김으로 묘사한 거대한 대리석 기둥들에 가려진 어두운 구석에서, 습관처럼 무릎을 꿇고 기도를 드렸다. 처음에는 그녀가 우상숭배의 땅에서 아기 예수와 성모를 태운 온순한 나귀에게 끌렸기 때문에, 그 구석을 선택한 것이 아니었을까? 그녀가 어둠 속에서 무릎을 꿇었을 때 사랑만큼 큰 평화가 그녀의 영혼에 내려왔다. 그녀는 자신의 삶에 행복의 은혜를 구하지 않고, 찬양하기 위한 맹목적인 열정으로 기도했으므로, 그녀의 가슴에서는 천연의 샘처럼 오염되지 않은 기도가 솟아올랐다. 그녀는 의자에 머리를 숙이고 기도했다. 교인들이 오고 가며 성수에 손가락을 대고 성호를 그을 때, 예상치 않게 성수 몇 방울이 머리에 떨어지는 것이 느껴지면 몸을 떨곤 했다.

V

1851년, 안나가 처음으로 페스카라 지역에 왔을 때, 10월 첫 번째 일요일에 열리는 묵주 축제가 다가오고 있었다.

그녀는 서원을 이행하기 위해 걸어서 오르토나에서 왔다. 비단 손수건에 은으로 된 작은 심장을 숨기고 해변을 따라 구도자의 마음가짐으로 걸었다. 당시에는 지역 도로가 아직 건설되지 않았고 소나무들이 숲을 이룬 처녀지가 대부분이었다. 바다의 파도가 점점 더 거세지고 수평선의 가장 먼 지점에서 구름이 큰 깔때기 모양으로 계속 상승하는 것을 제외하고는 평화로운 날이었다. 안나는 오로지 신성한 생각에 빠져 걸어가고 있었다. 저녁이 되어 살리니에 가까워지자, 갑자기 비가 내리기 시작했다. 처음에는 가볍게 내렸지만, 나중에는 억수 같은 폭우가 쏟아졌다. 비 피할 곳을 찾지 못해 그녀는 완전히 젖어 버렸다. 게다가 알렌토 계곡이 물에 잠겨 신발을 벗고 강을 건너야 했다. 발레롱가 근처에서 비가 그쳤고, 평온하게 다시 살아난 소나무 숲에서는 향 같은 냄새가 났다. 안나는 주님께 마음속으로 감사를 드리며 더 빠른 걸음으로 해안 길을 따라 걸어갔다. 몸에 해로운 습기가 뼛속으로 스며드는 것을 느끼고 오한으로 이빨이 덜덜거리기 시작했기 때문이었다.

페스카라에서, 그녀는 갑자기 습기 때문에 열이 나자, 도나 크리스티나 바질레가 그녀를 측은히 여겨 그녀를 보살펴 주었다. 침대에서 그녀는 신성한 성가를 듣고, 깃발의 꼭대기가 창문 높이까지 흔들리는 것을 보며, 건강이 좋아지기를 기도하였다. 성모상이 지나갈 때면, 보석으로 된 면류관만 볼 수 있어서, 그녀는 예배를 드리고자 베개 위에서 무릎을 꿇으려고 안간힘을 쓰기도 하였다.

3주 후 그녀는 회복되었다. 도나 크리스티나가 그녀에게 머물기를 요청해서, 그녀는 하녀의 역할을 하면서 남게 되었다. 그녀는 마당이 내다보이는 작은 방에 머물게 되었다. 벽은 회반죽으로 하얗게 칠해져 있었고, 특이한 모습이 가득한 낡은 칸막이로 모서리를 막았고, 지붕 대들보 사이에는 수많은 거미들이 평화롭게 거미줄을 치고 있었다. 창 아래에는 짧게 지붕이 튀어나와 있었고, 더 아래쪽에는 길들인 새들로 가득 찬 마당이 펼쳐져 있었다. 지붕 위 타일 다섯 개로 덮인 흙더미에서는 담배가 한 그루 자라고 있었으며, 아침 일찍부터 저녁까지 해가 들었다. 매년 여름마다, 담배에서 꽃이 피었다. 이렇게 새로운 집에서 시작하는 새로운 삶에서, 안나는 조금씩 자신이 되살아나는 것을 느꼈고, 정돈된 것을 좋아하는 그녀의 타고난 성향이 다시 살아났다.

그녀는 자신이 해야 할 일에 대해 군말 없이 조용히 해나갔다. 동시에 초자연적인 것에 대한 믿음은 커져만 갔다. 두세 개의 전설이, 아주 먼 옛날에, 바질레 저택 안의 특정한 곳과 관련하여 있었는데, 이 전설들은 대대로 이어져 내려갔다. 2층의 노란색 방(현재 비어 있음)에는 도나 이사벨라의 영혼이 살고, 오랫동안 열지 않았던 문으로 내려가는 구불구불한 계단이 있는 어두운 방에는 돈 사무엘레의 영혼이 살고 있다고 했다. 그 두 영혼은 현재 살고 있는 사람들에게 어떤 이상한 힘을 행사하며, 이 오래된 건물 전체에 일종의 관습적인 엄숙함이 깃들게 하였다. 더욱이, 안마당은 많은 지붕으로 둘러싸여 있어서, 로지아에 있는 고양이들이 비밀스럽게 모여 신비한 달콤한 소리로 울면서, 안나에게 그녀가 먹을 것에서 부스러기라도 달라고 애원하는 듯하였다.

1853년 3월에, 도나 크리스티나의 남편은 몇 주에 걸친 경련 후, 비뇨기 질환으로 사망했다. 그는 신을 두려워하고, 가정적이고, 자선을 베푸는 사람이었고, 지주 모임의 우두머리였으며, 신학 서적을 읽었고, 고대 나폴리 대가들의 쉬운 몇 곡 정도는 피아노로 연주할 줄 아는 사람이었다. 수많은 성직자들과 의식에 쓰일 풍부한 도구 일절로 장엄한 임종 성찬이 도착했을 때, 안나는 문턱에 무릎을 꿇고 큰 소리로 기도했다. 방은 향의 증기로 가득 찼고, 그 사이로 성합이 번쩍이고, 불타는 등불처럼 향로가 깜박였다. 흐느끼는 소리가 들리고, 이어서 지극히 높으신 하느님에게 영혼을 진권하는 사제들의 목소리가 들렸다. 성찬의 엄숙함에 넋을 빼앗긴 안나에게 죽음에 대한 공포는 모두 사라졌고, 그때부터 그녀에게 그리스도인의 죽음은 달콤하고 즐거운 여행처럼 보였다.

도나 크리스티나는 한 달 내내 집의 창문들을 모두 닫아 두었다. 그녀는 점심 식사와 저녁 식사 시간에 죽은 남편을 애도하였으며, 남편의 이름으로 거지들에게 자선을 베풀었다. 하루에도 여러 번 여우 꼬리를 흔들어, 유물에서 먼지를 털어내듯 남편의 피아노에서 먼지를 털어내며 한숨을 쉬었다. 그녀는 약간 살집이 있긴 하지만, 아이를 낳지 않아서 여전히 처녀 같은 몸매를 갖고 있는 마흔 살의 여자였다. 그녀는 고인에게서 상당한 액수의 유산을 물려받았기 때문에, 그 지역에서 가장 나이 많은 5명의 총각들은, 계획적인 아첨으로 그녀를 유혹해, 그녀와 결혼 할 수 있는 기회를 호시탐탐 노리고 있었다. 경쟁자들은 다음과 같았다. 돈 이그나치오 체스파에게는 여자 같은 중성적인 면모가 있었다. 얼굴은 천연두 자국으로 오랫동안 가십거리였으며, 머리털에는 잔뜩 화장용 기름을 발랐으며, 손가락들은 반지들로 무거울 지경이었고, 귀에는 작은 금귀고리가 끼워져 있었다. 돈 파올로 네르베냐는 법학박사로서 말이 많고 예리했으며 쓴 약초를 씹는 것처럼 항상 입술이 말려 있었고 이마에는 붉은 사마귀 같은 것이 보란 듯이 나 있었다. 돈 필레노 다멜리오는 신도들의 새로운 대표였는데, 약간 대머리에, 뒤쪽으로 경사진 듯한 이마, 움푹 들어간 어린 양 같은 눈을 가지고 있었다. 돈 폼페이오 페페는 익살스러운 남자로서 술, 여자, 취미활동을 좋아했으며, 부티나게 살이 쪄있으며, 특히 얼굴에는 살이 더 올라 있었고 웃을 때나 말을 할 때는 목소리가 쩌렁쩌렁했다. 돈 피오레 웃소리오는 호전적인 성격을 갖은 사람으로 정치적인 작품들을 탐독했으며, 모든 논쟁에서 역사적 사례들을 자신 있게 인용하는, 너무나도 창백한 안색과 뺨과 입 주변으로 특이하게 사선이 되어가는 얇고 동그란 수염을 기르고 있었다. 이 외에도, 도나 크리스티나가 이들의 유혹에 넘어가지 않도록, 아첨으로 구애하는 사람들과는 다르게 잘 숨겨진 교활함으로, 교회의 이익을 위해 유산을 끌어오고 싶어하는 수도원장 에지디오 첸나밀레를 들 수 있다. 언젠가는 더 자세히 이야기해야 할 이 위대한 경연은 오랫동안 지속하였고 다양한 사건들을 일으켰다.

1막의 주극장은 식당이었다. 그 방은 프랑스산 벽지 위에 율리시스가 칼립소 섬으로 항해하는 사실을 아주 생생하게 표현한 직사각형 방이었다. 거의 매일 저녁, 이 투사들은 그들의 먹잇감이 사는 창 주위에 모여 브리스콜라 게임과 사랑의 줄다리기를 교대로 하곤 했다.

VI

안나는 모든 것을 지켜봐 온 사람이었다. 그녀는 방문객들을 안내하고, 테이블 위에 천을 깔고, 빠뜨리지 않고 수녀들이 특수한 약을 섞어서 만든 푸르스름한 음료가 가득 담긴 잔들을 내왔다. 한번은, 계단 위쪽에서 돈 피오레 웃소리오가 뜨겁게 논쟁하다가, 순종적으로 말하는 수도원장 첸나밀레를 모욕하는 것을 들었다. 이런 불손한 언행이 그녀에게는 망측하게 보여서, 그때부터 그녀는 돈 피오레를 악마 같은 사람이라고 생각하고, 그가 나타나면 빠르게 성호를 그으면서 작은 목소리로 하느님 아버지를 찾았다.

1856년 봄 어느 날, 페스카라 강둑에서, 그녀는 한 무리의 배들이 강의 하구를 거쳐 천천히 강을 거슬러 올라가는 것을 보았다. 날씨는 화창했으며, 강의 양안은 깊은 강물에 비쳐 서로 마주 보는 듯했고, 초록빛이 오른 나뭇가지 몇 개와 갈대 바구니 몇 개가 평온함의 상징처럼 바다로 흐르는 물살 한가운데 떠 있었으며, 돛의 한쪽 구석에 그려진 성 토마스의 주교관을 깃발 삼아 범선들이 성 체테오 리베라토레의 전설로 신성화된 아름다운 강을 따라 올라가고 있었다. 그 광경을 바라보자, 갑자기 자신이 태어난 곳에 대한 기억이 그녀의 마음속에 떠올랐는데, 아버지 생각이 나자 마음이 훈훈해졌다.

그 배는 오르토나 배였으며, 로토 곶에서부터 레몬을 싣고 돌아오고 있었다. 닻을 내리자, 안나는 선원들에게 다가가, 동경과 두려움이 섞인 호기심으로, 그들을 조용히 바라보았다. 그녀의 표정을 보고 놀란 그들 중 한 명이 그녀를 알아보고 친근하게 물었다. "누구를 찾고 계시는가요? 원하는 것이 무엇이시죠?" 그러자, 안나는 그 남자를 한쪽으로 데리고 가서, 혹시라도 오렌지 나라에서 그녀의 아버지인 루카 미넬라를 본 적이 있는지 물었다. "아버지를 본 적이 있으신가요? 아직도 그 여자와 계속 사는 건 아니죠?" 그 남자는 루카가 죽은 지 꽤 된다고 대답했다. "나이가 있어서 그렇게 오래 살지는 못하겠죠?" 그러자 안나는 눈물을 참으며 더 많은 것을 알고 싶어 했다. "루카는 그 여자와 결혼하여 자녀가 둘 있었죠. 장남이 배를 타고 가끔 장사하기 위해 페스카라에 왔었죠." 안나는 화들짝 놀랐다.

착잡한 당혹감, 일종의 뒤숭숭한 경악감이 그녀의 마음을 사로잡았다. 그녀는 이렇게 복잡한 사실들을 대하자 평정심을 회복할 수 없었다. 그렇다면, 두 명의 동생들이 생기게 되는 건가? 그들을 사랑해야 하는 건가? 그들을 만나봐야 하는 건가? 이제 뭘 해야 하는 건가? 그렇게 그녀는 흔들리는 마음으로 집으로 돌아왔다. 그 후 여러 날 저녁때, 범선이 강에 들어오면, 그녀는 선원들을 살펴보기 위해 기다란 선착장으로 내려갔다. 한 보트가 달마티아로부터 나귀들과 조랑말들을 싣고 왔다. 육지에 도착하자, 나귀와 조랑말들이 발을 구르며 시끄럽게 울어대는 소리가 울려 퍼졌다. 안나는 지나가면서 나귀들의 커다란 머리들을 쓰다듬어 주었다.

VII

그 무렵 그녀는 한 신사로부터 거북이를 선물로 받았다. 육중하고 말수가 적은 이 새로운 애완동물은, 한가할 때, 그녀의 기쁨이자 관심거리였다. 거북은 그 무거운 몸을 땅에서 힘겹게 들어 올리면서, 방의 한쪽 끝에서 다른 쪽 끝으로 걸어갔다. 거북은 올리브색 그루터기 같은 발톱을 가지고 있었고 나이가 어렸으며, 노란색과 검은색 반점들이 있는 등껍질 부분은 햇빛을 받으면 이따금 호박색으로 반짝거렸다. 딱지로 뒤덮인 머리는 코로 갈수록 가늘어지고 누르스름했으며, 겁을 먹은 듯 양순하게 삐죽 튀어나와 흔들리고 있어서, 어떨 때는 자신의 피부 껍질에서 나온 지치고 늙은 뱀의 머리처럼 보였다. 안나는, 거북의 조용함, 소박함, 겸손함, 또 집을 좋아하는 성격에 아주 기뻐했다. 그녀는 나뭇잎, 뿌리, 벌레를 거북에게 먹이로 주고, 거북의 작은 뿔이 나 있는 거칠거칠한 턱의 움직임을 넋을 잃고 바라보았다. 그녀는 엄마처럼, 다정한 목소리로 거북이를 부르고, 거북이에게 가장 부드럽고 가장 달콤한 풀을 골라 주었다. 그러다가, 이 거북이로 인해 두 사람 간의 잔잔한 이야기가 시작되게 되었다. 하루에도 여러 번, 집에 찾아온 그 남자는 안나와 이야기를 하기 위해 로지아에서 서성거렸다. 그는 겸손하고 독실하고 신중하고 정의로운 사람이었다. 그는 그녀의 영혼에서도 경건한 성품을 볼 수 있어서 좋았다. 그런 식으로 지내던 두 사람 사이에는 조금씩 친근감이 생겼다. 안나의 관자놀이에는 이미 흰머리가 몇 가닥 나 있었고, 얼굴에는 차분한 성실함이 가득했다. 자키엘레는 그녀보다 몇 살 더 많았다. 그는 이마가 튀어나온 커다란 머리에, 두 눈은 온화하고, 둥글며, 토끼 같은 눈을 하고 있었다. 대화를 나누는 동안, 그들은 대부분 로지아에 앉아 있었다. 그들 위, 지붕 사이의 하늘은 투명한 둥근 지붕처럼 보였는데, 가끔 애완용 비둘기가 날아올라 지붕 사이 좁은 하늘을 가로질러 갔다. 그들은 수확, 땅의 비옥함, 경작의 간단한 규칙에 대해 대화를 나누었으며, 둘다 경험도 자제심도 풍부한 사람들이었다. 자키엘레는 수줍어하지만 허영심도 있어서, 배우지 못하고 뭐든 잘 믿는 여자 앞에서 가끔 자신의 지식을 보여주는 것을 좋아했기 때문에, 그녀는 그에 대한 무한한 존경심을 마음속에 품고 흠모하게 되었다. 그녀는 그에게서 지구가 백인, 황인, 적색인, 흑인, 갈색인의 다섯 인종으로 나누어져 있다는 사실을 알게되었다. 그녀는 지구의 형태가 둥글다는 것, 로물루스와 레무스가 늑대에게 길러지고, 가을에는 제비가 바다를 건너, 아주 먼 옛날에는, 파라오가 다스렸던 이집트로 날아간다는 것도 알게 되었다. - 그런데, 사람들 모두가 하나님의 형상을 닮아 하나의 색을 가지고 있지 않다구요? - 어떻게 사람들이 둥근 것 위를 걸을 수 있죠? - 파라오는 누구죠? 그녀는 이해하지 못했고 완전히 혼란에 빠지게 되었다. 하지만, 그때부터 그녀는 제비에게 경외감을 느끼게 되었으며 인간의 선견지명을 가진 새라고 판단했다.

어느 날, 자키엘레는 삽화가 있는 구약성경 사본을 그녀에게 보여 주었다. 안나는 그의 설명을 들으면서 천천히 그것을 살펴보았다. 그녀는 토끼와 새끼 사슴 사이에 있는 아담과 이브, 제단 앞에 반쯤 나체로 무릎을 꿇고 있는 노아, 아브라함의 세 천사, 물에서 구출된 모세를 보았다. 그러다가 모세의 지팡이 앞에서 뱀으로 변한 파라오의 장면이 나오자 반가워하기도 했다. 또 시바의 여왕, 초막절, 마카 베오의 순교장면도 보았다. 발람의 나귀사건이 나오자, 그녀는 경이로움과 애정이 가득 차서 바라보았다. 벤자민의 자루에 담긴 요셉의 잔 이야기에서, 그녀는 갑자기 눈물을 흘리기도 했다. 이제, 그녀는 이스라엘 사람들이 온통 메추라기로 가득 찬 광야를 가로질러, 만나라고 불리우는 눈처럼 희고 빵보다 더 달콤한 이슬 아래서 걷는 모습을 상상했다. 성스러운 역사 이야기를 끝낸 후, 자키엘레는, 뜬금없이, 콘스탄틴 황제로부터 올랜도 시대의 앙글란테 백작까지 프랑스 왕들의 위업에 대해 읽어주기 시작했다. 그러자, 여자는 심란해졌다. 필리스틴 사람들과 시리아 사람들과의 전투를 사라센과의 전투로, 홀로페르네스를 리지에리로, 사울 왕을 맘브리노 왕으로, 일레아자르를 발란테로, 나오미를 갈레아나로 혼동했다.

완전히 지친 그녀는 더 이상 이야기를 따라가지 않고, 자키엘레의 입술에서 자신도 알고 있는 사람들의 이름이 불릴 때만 가끔 몸을 떨었다. 그리고, 그녀는 영국 전체를 집어삼키고 프리지아 왕의 딸에게 매료된 두솔리나와 보베토 공작을 특별히 좋아했다.

9월의 첫날이 왔다. 최근 내린 비로 더위가 한풀 꺾인 하늘은 평온한 가을의 청명함이 배어 있었다. 안나의 방이 자키엘레가 그녀에게 책을 읽어 주는 곳이 되었다. 어느 날, 자키엘레는 자리에 앉아, 갈라프로 왕의 딸, 갈레아나가 어떻게 마이네토에게 반하고 되고, 또 어떻게 그가 자신의 배우자가 되기를 원하게 되었는지를 읽어 주었다.

안나는, 그 이야기가 단순하고 소박해 보였고, 읽어 주는 사람의 목소리의 음조가 새로워서 달콤하게 느껴졌기 때문에 아주 열심히 귀를 기울였다. 거북이는 상추 잎사귀들 위로 조심스럽게 느릿느릿 몸을 움직였고, 태양은 창문에 커다란 거미줄을 비추었으며, 미세한 황금색 거미줄 사이로 담배의 마지막 붉은 꽃이 보였다.

챕터를 끝내자, 자키엘레는 책을 밀어놓고, 여자를 바라보며, 늘 그렇듯이 관자놀이와 입가를 찡그리며 천진난만하게 미소를 지었다. 그리고 나서, 그는, 원하는 바에 이르는 방법을 잘 모르는 사람처럼, 소심하고 애매하게 말을 시작했다. 마침내, 열정이 가득해 그가 말했다. - 결혼에 대해 생각해 본 적이 없었나요? 안나는 대답하지 않았다. 둘 다 말이 없어졌다. 그들의 영혼은 혼란스러운 달콤함을 느꼈다. 놀랍게도 매몰된 젊음이 깨어나고 사랑이 되돌아오는 듯했다. 아주 센 술기운이 쇠약해진 머리까지 올라오는 것처럼, 그들의 마음은 흔들렸다.

VIII

그러나, 결혼에 대한 암묵적인 약속은, 여러 날 후인 10월, 올리브에서 처음 기름이 나오고 제비들이 마지막으로 떠날 때, 주어졌다. 어느 월요일, 자키엘레는 도나 크리스티나의 허락을 받고, 자신의 방앗간이 있는 언덕 위의 농장으로 안나를 데려갔다. 그들은 도보로 포르타살레를 떠나, 강을 등지고 살라리아 대로를 따라갔다. 갈레아나와 마이네토의 이야기가 있었던 날 이래로, 그들은, 서로를 향해 일종의 두려움과 부끄러워 하는 소심함, 존경심을 함께 느꼈다. 그들에게 이전의 아름다운 친근감이 사라졌다. 이제 그들은 함께 이야기하는 경우가 드물었고, 항상 주저하고 속마음을 드러내지 않으면서 서로 얼굴을 피하고, 불확실한 미소를 지으며 때로는 갑자기 얼굴을 붉히며 혼란스러워하고, 소심하고 순진한 행동을 유치하게 하면서 우물쭈물하고 있었다.

처음에 그들은 사람들의 발자취가 길 양쪽으로 나 있는 바싹 마르고 좁은 부분을 따라 말없이 걸었고, 그들 사이에는 진흙투성이에다가 자동차 바퀴의 깊은 자국들로 옴폭 파인 길이 이어지고 있었다. 포도 수확으로 온 마을에는 기쁨이 넘쳤다. 새 포도주를 만드는 노래가 평원에 울려 퍼졌다. 약간 뒤에서 따라가던 자키엘레가, 날씨, 포도나무, 올리브 수확에 대한 얘기로 이따금 침묵을 깼으며, 안나는 산딸기로 불이 붙은 듯한 모든 덤불, 땅을 갈아엎은 들판, 도랑에 흐르는 물을 신기한 듯이 바라보았다. 또한, 오랜 단식 후에 오래전에 경험했던 즐거운 감각들로 즐거워하는 사람처럼, 조금씩 그녀의 영혼에 희미한 기쁨이 생겨났다. 카르디루소의 풍부한 올리브 과수원을 가로지르는 경사로에 이르자, 산타폴리나레와 당나귀와 가축 치는 사람에 대한 기억이 그녀에게 또렷하게 떠올랐다. 그녀는 갑자기 피가 심장 쪽으로 솟구치는 것을 느꼈다. 그녀의 젊음과 함께 묻힌 그 사건은 이제 그녀의 기억 속에 놀랍도록 선명하게 되살아났다. 그 장소가 생생하게 그녀의 마음의 눈앞에 펼쳐졌고, 토끼 입술을 한 남자가 다시 보였고, 그의 목소리도 다시 들렸지만, 이유도 모른 채 다시 혼란스러워졌다.

그들이 농장에 접근하자, 나무 사이로 불어오는 바람으로 다 익은 올리브가 떨어지고 높은 곳에 당도하자 고요한 바다가 조금 보였다. 자키엘레는 그 여자의 옆으로 가서 이따금 그녀를 경건하고 간절한 애정을 가지고 바라보았다. - 그녀는 그때 무슨 생각을 했을까? 안나는 마치 죄를 짓다 걸린 것처럼 깜짝 놀라 몸을 돌렸다. - 사실 그녀는 아무것도 생각하고 있지 않았다. 그들은 농부들이 나무에서 일찍 떨어져 첫 번째로 수확한 올리브 열매들을 으스러뜨리고 있는 방앗간에 도착했다. 방앗간은 낮고 어둑했다. 초석으로 반짝이는 천장의 놋쇠 등불에서는 연기가 피어 오르고 있었고, 수레를 끄는 말은 눈가리개를 한 채 일정한 걸음으로 거대한 맷돌을 돌리고 있었다. 농부들은 자루 비슷한 헐렁한 웃옷을 걸친 채, 기름이 번들거리는 근육질의 팔과 다리를 드러내놓고, 주전자, 항아리, 큰 통에 액체를 부었다.

안나는 그들이 하는 일을 유심히 지켜보았고, 일꾼들에게 명령을 내리고 기계들 사이를 왔다 갔다 하며 올리브를 관찰해서 품질을 정확히 판단하는 자키엘레를 지켜보면서, 그에 대한 존경심이 커져만 가는 것을 느꼈다. 이어, 자키엘레가 그녀 앞에 서서 기름이 가득 담긴 큰 항아리를 들고 그토록 순수하고 빛나는 기름을 큰 통에 부으면서 하나님의 풍요로움에 대하여 말하자, 그녀는 대지의 풍성함에 대한 외경심으로 성호를 그었다.

한참 있다가, 농장 여자 두 명이 각각 가슴엔 젖먹이들을 안고 치마에 매달린 여러 명의 아이들을 데리고 문 쪽으로 다가왔다. 그들은 스스럼없이 대화를 시작했고, 안나가 아이들에게 손을 뻗어 쓰다듬으려 하자, 여자들은 서로 임신 얘기를 하면서, 꾸밈없이 솔직한 말로 여러 번 출산했던 경험에 관해 이야기를 했다. 첫 번째 여자는 7명을 낳았고, 두 번째 여자는 11명을 낳았다. 그건 예수 그리스도의 뜻이었다, 일하는 사람들이 필요했기 때문이었다. 그러더니, 대화 주제는 익숙한 문제들로 바뀌었다. 어머니 중 한 명인 알바로사가 안나에게 많은 것을 물었다. 애는 없나요? 곧 순결하고 강한 어머니가 될 안나는 결혼하지 않았다고 대답하면서, 처음으로 약간 창피하면서도 서러웠다. 그러다가, 대화 주제를 바꾸면서 안나는 가장 가까운 아이에게 손을 올려놓았다. 다른 사람들은 온통 푸른 것들 중에 뭔가 확실한 것을 발견하기라도 한 듯이, 야채들의 색깔을 눈을 크게 뜨고 바라보았다. 으깬 올리브의 냄새가 공중에 퍼졌고, 목구멍 너머로 들어가 미각을 자극했다. 램프의 붉은 불빛에서는 일꾼들이 떼를 지어서 나타났다 사라지는 것이 보였다.

그때까지 기름의 양을 주의 깊게 지켜보고 있던 자키엘레가 여자들에게 다가왔다. 알바로사는 쾌활한 표정으로 그를 반겼다. "얼마나 기다려야 돈 자키엘레가 아내를 맞이할까요?" 자키엘레는 이 질문에 약간 당황해서 미소를 지으며, 못 들은 척하면서 꾀죄죄한 아이를 쓰다듬고 있는 안나를 몰래 쳐다보았다. 시골 사람 특유의 다정한 유쾌함으로, 알바로사는 소처럼 생긴 눈을 껌뻑이며, 안나와 자키 엘레를 보란 듯이 끌어안으며 말을 이어 나갔다. "당신들은 하나님의 축복을 받은 사람들이에요." "대체 왜 미루고 있는 건가요?" 밥을 먹으려고 하던 일을 멈춘 농부들이 그들을 둘러싸고 있었다. 이렇게 사람들이 지켜보자 더욱 난감해하는 자키엘레와 안나는 떨리는 미소를 짓기도 하고 부끄러운 듯 얌전한 태도를 취하기도 하면서 말없이 조용히 서 있었다. 지켜보던 사람들 중에 한 젊은이가 돈 자키엘레 얼굴의 다정한 표정을 알아차리고 친구들을 팔꿈치로 쿡 찔렀다. 배고픈 말이 히이잉 하고 울었다.

식사가 차려졌다. 그곳에 모인 많은 사람들은 먹느라 정신이 없었다. 정원에서, 집 밖에서, 평화로운 올리브 나무들 사이에서, 그리고 아래 바다가 보이는 곳에서 남자들이 앉아서 식사하고 있었다. 신선한 기름으로 절인 야채 접시에서는 연기처럼 김이 올라오고 있었으며, 포도주는 예식용 소박한 꽃병에서 반짝거리고 있었고, 간소하게 차린 음식들은 일꾼들의 뱃속으로 빠르게 사라졌다.

안나는 즐거운 야단법석으로 자신이 채워지는 듯한 느낌이 들었으며, 갑자기 두 여자와는 잘 알고 지내는 가족같이 거의 하나가 된 것 같았다. 그들은 그녀를 매우 낡긴 했지만 넓고 밝은 방들이 있는 집으로 데려갔다. 벽에는 성상들이 부활절 종려나무와 번갈아 등장하고, 서까래에는 돼지를 매듭으로 엮어서 매달아 놓았으며, 널찍하고 매우 높은 기둥들은 요람들이 놓여있는 바닥으로부터 높이 솟아 있었다. 이 모든 것들로부터 화목한 집안의 평온함이 뿜어져 나오는 듯했다. 이런 모습들을 지켜보면서, 안나는 어떤 내적인 감미로움 같은 것이 느껴져서 살짝 미소를 지었고, 어느 순간, 그녀의 곁으로 드러나지 않았던 가정적인 어머니 같은 모든 덕목과 도움을 주고자하는 본능이 발동해 갑자기 치솟아 오르는 듯한 이상한 감정에 사로잡히게 되었다.

여자들이 다시 마당으로 내려갔을 때도, 남자들은 여전히 테이블 주위에 남아 있었고 자키엘레는 그들과 이야기하고 있었다. 알바로사는 작은 옥수수빵 한 덩어리를 가져다가 가운데를 잘라서 기름과 소금을 발라 안나에게 주었다. 과일에서 방금 짜낸 신선한 기름의 고소하고 날카로운 향이 입안에 퍼져, 안나는 빵을 다 먹었다. 심지어 와인도 마셨다. 저녁이 되자, 그녀와 자키엘레는 돌아가는 길에 언덕을 내려가기 시작했다. 그들 뒤에서는 농부들이 노래를 부르고 있었다. 다른 많은 노래가 들판에서 들렸고, 그레고리오 성가의 부드러운 충만함이 저녁 공기 속으로 스며들었다. 바람은 올리브 나무 사이로 촉촉하게 불었고, 붉은색과 보라색 사이의 사라져 가는 광채가 하늘에 번졌다. 안나는 나무 등치에 살짝살짝 부딪혀가며 빠르게 앞으로 걸어갔다. 자키엘레가 그녀의 이름을 부르자, 그녀는 떨리는 가슴으로 공손하게 몸을 돌렸다. - 그는 무엇을 바랬을까? 자키엘레는 더 말이 없었다. 그는 두 걸음 정도 걸어 그녀의 곁으로 다가왔다. 그렇게 해서 그들은 살라리아 대로를 따라 함께 말없이 계속 걸어갔다. 갈 때처럼, 그들은 각각 길의 오른쪽과 왼쪽으로 걸어갔다. 그렇게 그들은 포르타살레로 다시 돌아왔다.

IX

안나는 천성적인 우유부단함으로 계속해서 결혼을 연기했다. 종교적인 의심이 그녀를 괴롭혔다. 그녀는 오직 처녀들만이 낙원에 계시는 성모를 모실 수 있다는 이야기를 들었다. 그럼, 어떻게 해야 할까? 그녀는 세속의 축복을 위해 하늘의 감미로움을 포기해야 할까? 헌신에 대한 열정이 훨씬 더 강렬하게 그녀를 사로잡았다. 그녀는 시간이 비면 언제나 로사리오 교회에 갔다. 떡갈나무 고해실 앞에 무릎을 꿇고 기도하는 자세로 움직이지 않았다. 교회는 소박하고 가난했다. 바닥엔 비석이 깔려 있었고, 초라한 금속 램프 하나가 제단 앞에서 타고 있었다. 그녀는 자신이 속한 교회의 화려함, 예식의 엄숙함, 은으로 된 11개의 램프, 귀한 구슬로 된 세 개의 제단을 마음속으로 슬퍼하였다.

그러나 1857년 성주간에 커다란 사건이 벌어졌다. 돈 필레노 다 멜리오가 지휘하는 신심회와 교구 위성 조직들의 지원을 받은 수도원장 센나멜레 사이에 전쟁이 발발했다. 원인은 돌아가신 예수의 행렬에 대한 논쟁이었다. 돈 필레노는 교구민들이 제공한 이번 행렬이 교구 교회에서 나오기를 원했다. 전쟁은, 요새에 상주하는 나폴리 왕의 민병대뿐만 아니라, 모든 시민을 끌어들였으며, 모든 이들이 참전하게 하였다. 사람들은 소동을 벌이고, 광신도들의 집회가 도로를 점거했으며, 무장한 군인들이 난동을 진압하기 위해 돌아다녔고, 키에티의 대주교에게는 양측이 보낸 수많은 전갈이 빗발쳤다. 모든 곳에서 부패한 자금이 횡행했고, 도시 전역에서 사람들은 말도 안되는 음모에 대해서 소곤거렸다. 도나 크리스티나 바질레의 집에서도 이런 분쟁이 뜨겁게 타오르고 있었다. 돈 피오레 옷

소리오는 요즘 논쟁에서 놀라운 전략과 대담함으로 빛을 발했지만, 돈 파올로 네르베냐는 속으로 쓴 물을 많이 삼켰다. 돈 이그나치오 체스파는 쓸데없이 달래는 듯한 감언이설을 늘어놓으며 사람 좋은 미소만 지어 보였다. 승리를 위해서는 장례식 행렬 의식이 진행되는 동안에도 무자비한 폭력이 행해졌다. 사람들은 기대감에 부풀어 올라 있었지만, 수도원 쪽을 지지하는 민병대 대장은 신심회 선동자들을 처벌하겠다고 위협을 했다. 일촉즉발의 상황이었다. 아! 말을 타고 광장에 도착한 병사가 전한 주교의 전갈로 교구민들이 승리하게 되었다.

이후, 보기 드물게 웅장한 행렬이 꽃이 흩뿌려진 거리를 통과해 지나갔다. 50명의 어린이 합창단이 예수 수난 찬송가를 불렀고 10개의 향로가 도시 전체를 향냄새로 가득 채웠다. 차양들, 깃발들, 양초들로 구성된 처음 본 광경에 사람들은 놀라움에 가득 찼다. 경쟁에서 패배한 수도원장은 행렬에 참여하지 않았고, 그 대신에 대부주교인 돈 파스쿠알레 카라바가 치수가 넉넉한 복장을 하고 아주 엄숙하게 예수의 상여를 뒤따랐다.

경쟁하는 동안 안나는 수도원장의 승리를 위해 제물을 바쳤다. 그러나 이 의식의 화려함은 그녀의 눈을 멀게 했다. 그 광경을 보자 그녀는 일종의 황홀경에 빠지게 되었고, 손에 엄청나게 큰 양초를 들고 지나가는 돈 피오레 웃소리오에게 감사함이 느껴질 정도였다. 그러다가, 마지막 축하 무리가 그녀 앞에 도착해서, 남자, 여자, 어린아이들 할 것 없이 흥분한 사람들과 뒤섞여 움직일 때는 거의 발에 땅이 닿지 않는 듯하였다. 그러면서도, 그녀의 눈은 언제나 슬픔에 잠긴 성모상의 위에 얹힌 화환만 바라보고 있었다. 하늘 높이, 이 발코니에서 저 발코니로 깃발들이 위풍당당하게 연속적으로 걸려 있었고, 청지기의 집에서는 옥수수로 양을 닮은 민망한 모습을 만들어 걸어두었으며, 3~4개의 거리가 만나는 곳에 드문드문 있는 불붙은 화로에서는 향기로운 연기가 퍼져나갔다.

행렬은 수도원장의 창문 아래로는 지나가지 않았다. 이따금, 기수들의 무리가 장애물을 만나기도 한 듯, 행렬이 불규칙하게 이리저리 움직였다. 그 이유는, 신심회 십자가를 지고 있는 사람과 민병대 중위가 서로 다른 길을 가라는 명령을 받아서 서로 다퉜기 때문이었다. 중위가 폭력을 쓰면 신성모독이 되기 때문에, 십자가가 이기는 꼴이었다. 교구민들은 기뻐했고, 사령관은 분노로 타올랐으며, 사람들은 호기심에 가득 찼다. 아르세날레 근처에서 행렬이 다시 돌아, 성 요한 교회로 들어가려고 할 때, 안나는 사선으로 나 있는 길을 따라 몇 걸음 만에 정문에 도착했다. 그녀는 무릎을 꿇었다. 거대한 십자가를 지고 있는 남자가 그녀 앞에 먼저 도착했고, 기수들이 이마나 턱으로 아주 긴 깃발의 균형을 잡으며 요령 있게 근육을 쓰면서 그를 따랐다. 그러다가 향이 구름처럼 올라오는 곳의 거의 중앙으로, 다른 무리들, 천사 같은 합창단, 성직자 복장을 한 남자들, 처녀들, 신사들, 성직자들, 민병대들이 도착했다. 그 모습은 웅장했다. 일종의 신비한 공포가 그녀의 영혼을 사로잡았다.

관례에 따라 양초를 받기 위해 커다란 은 접시를 들고 있는 복사가 현관으로 들어왔다. 안나는 계속 지켜보았다. 그러더니, 사령관은 불쾌한 듯 신심회에 대한 쓴소리들을 쏘아붙이며, 접시에 자신의 양초를 난폭하게 던져버리고 위협적으로 어깨를 으쓱거리며 등을 돌렸다. 모든 사람들이 너무 놀라서 말을 하지 못했다. 갑작스러운 고요 속에서, 교회를 나가는 사령관의 칼이 부딪치는 소리가 들렸다. 그럴 때 웃을 수 있는 사람은 돈 피오레 웃소리오 밖에는 없었다.

X

오랫동안, 이러한 행동은 사람들의 구설수를 낳고 언쟁을 초래하는 원인이었다. 안나가 마지막 장면을 목격하였기 때문에 서너 사람이 사실을 알기 위해 그녀를 찾아왔다. 그녀는 인내심을 가지고 항상 같은 방식으로 이야기를 들려주었다. 그때부터, 그녀는 종교적 관례, 가사일, 거북을 사랑으로 보살피는 것에만 온 정성을 쏟았다. 봄이 오는 징후를 보이자, 거북은 겨울잠에서 깨어났다. 어느날, 예상치도 못하게, 거북은, 발은 여전히 동면상태로, 껍질로부터 뱀 같은 머리를 뽑아 들더니 약하게 흔들었다. 작은 눈은 눈꺼풀로 반쯤 덮여있었다. 거북은 아마도 이젠 움직일 수 있다는 것을 인지

하자, 자신이 태어난 숲의 모래에서처럼, 먹을 것을 찾아야 하는 본능에 이끌려, 발로 땅을 느끼면서, 드디어 천천히 힘을 쓰면서 불안하게 움직였다.

거북이 이렇게 다시 깨어나자, 안나는, 이루 말할 수 없는 사랑을 느껴, 눈물 젖은 눈으로 바라보았다. 그러다가, 그녀는 거북을 침대 위에 놓고 푸른 잎사귀들을 주자, 거북은 잎사귀에 닿는 것을 망설이더니, 턱을 벌려 앵무새 같은 두꺼운 혀를 내밀었다. 목과 발톱에는, 시체처럼, 탄력 없고 누르스름한 막같은 것이 덮고 있었다. 이것을 보자, 그녀는 측은지심을 느껴, 사랑하는 거북을 회복시키기 위해, 마치 회복 중인 아이의 엄마처럼 어루만져 주었다. 그녀는 뼈처럼 딱딱한 껍질에 향긋한 기름칠을 했다. 태양이 내리쬐자 닦아낸 부분이 아름답게 빛났다.

그렇게 돌보면서 봄이 지나갔다. 그러나, 봄철에 바짝 더 사랑을 구해야 한다는 주변 사람들 말을 듣고, 자키엘레는 그녀에게 부드럽게 조르며 압박해서, 마침내 그녀로부터 엄숙한 약속을 받아냈다. 결혼식은 그리스도 탄생 전날에 거행하기로 했다.

그러다가, 두 사람 간의 이야기가 다시 꽃을 피웠다. 안나가 혼숫감에 바느질을 하는 동안, 자키엘레는 큰 소리로 신약성경 이야기를 읽었다. 카나에서의 결혼, 구주의 기적들, 나인의 죽음, 더 많아진 떡과 물고기들, 카이난의 딸의 해방, 10명의 문둥이들, 눈이 멀게 태어난 사람, 예수의 부활, 그가 읽어주는 이 모든 기적 같은 일들이 그녀의 영혼을 사로잡았다. 또한 그녀는 예수가 나귀를 타고 예루살렘에 입성할 때, 사람들이 자신의 옷을 그가 오시는 길에 깔고 종려나무를 흔들었던 것을 오랫동안 곰곰이 생각하였다.

방에서는 흙으로 만든 화병 속의 백리향이 향기를 내뿜고 있었다. 거북은 때때로 바느질을 하는 그녀에게 와서 옷자락을 입에 물거나 신발 가죽을 씹었다. 어느 날, 자키엘레가 탕자의 우화를 읽다가, 갑자기 발아래에서 뭔가 부드러운 것이 느껴져서, 무의식적으로 놀라서 발로 차서 봤더니, 거북이가 벽에 부딪혀 뒤집혀 있었다. 등 껍데기가 여러 곳이 터져 나갔고, 발톱 중 하나에는 피가 약간 났으며, 거북이는 다시 곧바로 자세를 잡기 위해 발을 헛되이 흔들고 있었다.

놀란 자키엘레가 깊이 뉘우치면서 가슴 아파했지만, 안나는 그날 이후 주눅이 들고 까탈스러워져서 마음을 닫고 거의 말을 하지 않았으며, 더 이상 그의 낭독을 듣고 싶어 하지 않았다. 그렇게 해서, 탕아는 주인의 돼지를 보기 위해 도토리나무 아래 영원히 남겨지게 되었다.

XI

자키엘레는 1857년 10월의 대홍수로 목숨을 잃었다. 포르타 줄리아 너머 카푸치니 수녀원 근처에 있었던 그의 낙농장은 홍수로 침수되었다. 홍수는 오르란도 언덕에서 카스텔라마레 언덕에 이르기까지 온 마을을 덮쳤다. 물이 광활한 진흙 퇴적물 위로 흘러서 고대 우화에서나 나올 법하게 피투성이처럼 보였다. 나무 꼭대기가 광활한 핏빛 진흙탕에서 여기저기에서 삐져나와 있었다. 간격을 두고, 뿌리까지 모두 뽑힌 거대한 나무줄기, 가구, 알아볼 수 없는 물건들이 지나갔고, 아직 죽지 않아서 소리를 지르며 사라졌다 다시 나타났다 하며 저 멀리 사라져간 짐승 무리도 지나갔다. 특히, 황소 떼가 놀라운 광경을 보여주었다. 무섭게 흐르는 물속에서 그들의 거대한 흰색 몸뚱이들이 연이어 떠내려갔으며, 머리는 필사적으로 물 바깥쪽으로 쳐들고, 놀라서 서두르다가 뿔들이 사납게 서로 얽혀 있기도 하였다. 강 하구의 파도가 동쪽의 바다로 흘러넘치고 있었다. 팔라타의 염수호와 강 하구에도 강물이 덮쳤고, 요새는 잃어버린 섬이 되었다. 내륙의 도로는 물에 잠겼고, 도나 크리스티나의 집에서는 수위가 계단의 거의 절반까지 올라갔다. 소동은 계속 커져만 갔고 종들은 시끄럽게 울렸으며, 죄수들은 감옥 안에서 울부짖었다.

가장 높으신 하느님이 몇 가지 최고의 징벌을 내리시고 있다고 믿고 있었던 안나는 구원을 바라며 기도를 드렸다. 둘째 날, 비둘기 집 꼭대기까지 올라간 그녀는, 구름 아래 모든 곳에서 물밖에 아무것도 볼 수가 없었고, 이후 산 비탈레 능선에서 말들이 미친 듯이 질주하는 것을 겁에 질려 바라보았다. 그녀는 마음을 부여잡지 못해 정신이 멍해져서 비둘기 집에서 내려갔다. 계속되는 소음과 공중에 끼어있는 안개 때문에 그녀의 시간과 공간에 대한 감각은 흐릿해졌다.

홍수가 가라앉기 시작하자, 마을 사람들은 나룻배를 타고 시내로 들어왔다. 남자, 여자, 어린아이들 할 것 없이 그들의 얼굴과 눈에는 고통스러운 망연자실함이 드러나 있었고, 모두들 슬픈 이야기를 하고 있었다. 카푸치니의 쟁기꾼이 바질레 집으로 와서, 돈 자키엘레가 바다로 떠내려갔다고 말했다. 쟁기꾼은 단조로운 말투로 그의 죽음에 대하여 말했다. 카푸치니 근처에서, 어떤 여자들이 홍수에서 자신들의 젖먹이들을 구하려고 커다란 나무 꼭대기에 묶어 두었는데, 소용돌이가 치면서 나무가 뿌리째 뽑혀 다섯 명의 아이들이 아래쪽으로 천천히 끌려 내려지고 있었다고 한다. 또, 돈 자키엘레는 다른 교인들과 함께 빽빽하게 지붕 위에 있었는데, 지붕이 물에 잠기기 시작하자, 동물의 사체들과 부러진 나뭇가지들이 이 절박한 사람들에게 부딪히기도 하다가, 아기들을 묶은 나무가 그들을 덮치자, 충격이 너무 커서, 나무가 지나가고 나서는 지붕이나 사람들의 흔적을 찾아볼 수가 없었다고 했다.

안나는 울지 않고 듣고 있었다. 그 죽음에 대한 이야기와 다섯 명의 아이들이 있었던 나무, 짐승의 사체가 지붕에 부딪힐 때 지붕 위에 웅크리고 있었던 사람들에 대한 이야기로 놀란 그녀의 마음속에는 구약 성경의 어떤 이야기를 들었을 때 느꼈던 흥분처럼 일종의 미신적인 경이로움이 솟아올랐다. 그녀는 천천히 자신의 방으로 올라와서 마음을 진정시키려고 했다. 태양이 그녀의 창문을 비추었고 거북은 등껍질로 몸을 감춘 채 구석에서 잠을 자고 있었고, 지붕에서는 제비들의 지저귀는 소리가 들렸다. 이 모든 자연적인 것들, 그녀의 일상의 이런 관행적인 평온함이 조금씩 그녀를 위로했다. 그러다가, 그런 순간적인 평온함의 깊숙한 곳에서부터 슬픔이 또렷하게 떠올랐고, 깊은 우울감 속에서 그녀는 머리를 가슴에 닿도록 수그렸다.

그녀는 그렇게 오랫동안 자키엘레에게 가졌던 그 이상하고 조용한 원한에 대한 후회로 가슴이 아팠다. 추억이 하나둘 생각났고 이젠 사라져 버린 사랑했던 그 사람의 장점들이 그 어느 때 보다 그녀의 기억 속에서 더 밝게 빛났다. 점점 고통스러운 슬픔이 깊어지자, 그녀는 일어나 침대로 가, 침대에 얼굴을 대고 누웠다. 그녀의 울음소리는 새들의 지저귀는 소리와 뒤섞였다.

눈물이 마르자, 체념의 평화가 그녀의 영혼에 내려오기 시작했고, 그녀는 이 땅의 모든 것들은 영원한 것이 없고 하나님의 뜻을 거스를 수 없다는 것을 느끼게 되었다. 이렇게 단순하게 모든 걸 하느님의 뜻으로 돌리자, 그녀의 마음은 감미로움으로 가득 차게 되었다. 그녀는 자신이 모든 근심에서 해방되는 것을 느꼈고, 변변치 않지만 자신의 확고한 믿음에서 안식을 찾았다. 그 때 이후로, 그녀에게는 오직 다음 구절만이 존재하게 되었다. 하나님의 절대 의지는 항상 공정하시고, 항상 경애 받으시며, 모든 일에 행해지시고, 영원토록 찬미되며 칭송될지어다.

XII

이렇게 해서, 루카의 딸에게 낙원으로 가는 진정한 길이 열렸다. 그녀에게 시간의 흐름은 교회의 행사를 제외하고는 의미가 없었다. 범람이 멈춰 강물이 다시 원래 물길로 흐르자, 여러 날 동안 연속적으로 도시와 시골에서 행렬이 이어졌다. 그녀는 사람들을 따라 다니며, 사람들과 함께 '테둠(찬미의 노래)'를 불렀다. 모든 포도밭들이 황폐해졌다. 땅은 질었고, 공기는 하얀 증기로 가득 차 있었는데 봄에 늪에서 나오는 증기처럼 특이할 정도로 빛을 발했다.

만성절이 다가왔고, 다음 제혼일이 이어졌다. 홍수 희생자들을 돕기 위해 수많은 미사가 거행되었다. 크리스마스가 되자, 안나는 구유를 만들고 싶어했다. 그녀는 밀랍으로 만들어진 아기 예수, 성모, 성 요셉, 소와 나귀, 동방박사, 목동들을 샀다. 성구 관리인의 딸과 함께, 그녀는 이끼를 찾기 위해 살라리아 대로의 도랑으로 갔다. 들판의 유리같은 고요함 속에, 대지는 석회로 덮여있었고, 언덕 위 알바로사 농장이 올리브 나무들 사이로 보였으며, 고요함을 깨는 어떤 소리도 들리지 않았다. 안나는 이끼를 발견하자 몸을 구부리고 칼로 덩어리를 잘랐다. 차가운 푸른색 이끼에 손을 대자, 손이 약간 보라색이 되었다. 가끔 다른 것보다 더 푸른 이끼 덩어리가 보이면, 그녀에게서 만족스러운 탄성이 흘러나왔다. 그녀의 바구니가 가득 차자, 그녀는 동행한 소녀와 함께 도랑의 가장자리에 앉았다. 그녀는 생각에 잠겨 천천히 올리브 과수원으로 눈을 들어 바라보다가, 회랑이 있는 커다란 성당같은 농장의 흰 벽에서 눈길이 멈추었다. 그리고는, 여러 가지 생각에 괴로워하며 고개를 숙였다. 그러다가, 갑자기 소녀 쪽으로 몸을 돌렸다. "이 아이는 으깨진 올리브를 본 적이 없겠지!" 그녀는 열변을 토하면서 올리브 분쇄 작업을 묘사했다. 말을 하면서, 그녀가 지금 말하는 것 이외의 다른 기억들이 조금씩 그녀의 마음에 떠올랐다. 그래서 그녀는 약간 떨리는 말투로 그 이야기들을 들려주었다.

그때가 그녀의 마음이 약해진 마지막 순간이었다. 1858년 4월, 예수 승천일 직후에 그녀는 아팠다. 그녀는 거의 한 달 동안 침대에 누워 있었다, 폐에 염증이 생겼기 때문이었다. 도나 크리스티나가 아침저녁으로 그녀를 보기 위해 그녀의 방으로 왔고, 사람들 앞에서 그녀를 돕겠다고 자처했던 한 나이 많은 하녀는 그녀에게 약들을 가져다 주기도 하였으며, 거북이 때문에, 그녀는 회복하는 동안 힘을 얻기도 하였다. 거북은 먹지 못해서 바짝 말라서 껍질밖에 없는 듯 보였다. 쇠약해진 자신처럼 거북이 가 그렇게 마른 것을 보자, 안나는 사랑하는 사람과 같은 고통을 겪을 때 경험하는 그런 비밀스러운 만족감을 느꼈다. 이끼로 덮인 기와에서는 미지근한 온기가 올라왔고, 마당에서는 수탉들이 울고 있었으며, 어느 날 아침에는 제비 두 마리가 갑자기 방에 들어와 날개를 퍼덕거리며 날라다니다 다시 나가 버렸다.

안나가 회복된 후 처음으로 교회에 돌아왔을 때, 장미 축제가 열리고 있었다. 들어가자마자 그녀는 마음껏 향냄새를 들이마셨다. 늘 무릎을 꿇던 곳을 찾기 위해, 본당 회중석을 따라 사뿐사뿐 걷다가, 비석 바닥에서 중앙 부분에 부조가 거의 지워진 돌을 발견하고는, 그녀는 갑자기 기쁨에 사로잡혔다. 그녀는 그 위에 무릎을 꿇고 기도하기 시작했다. 사람들이 늘어나기 시작했다. 의식이 진행되는 동안, 두 명의 복사가 장미로 가득 찬 은 대야 두 개를 들고 합창단에서 내려와 엎드려 있는 사람들의 머리에 꽃을 뿌리기 시작했고, 오르간이 환희에 찬 성가를 연주했다. 안나는 신령스러운 성체 미사의 축복을 받으며 막연하게 몸이 회복되는 느낌이 들어, 일종의 황홀경에 빠져 계속 업드려 있었다. 장미 몇 송이가 그녀에게 떨어지자 그녀는 긴 한숨을 쉬었다. 그 불쌍한 여자는 그 신비한 기쁨의 한숨과 그 뒤에 이어지는 나른함보다 더 달콤한 것을 삶에서 경험한 적이 없었다.

그래서, 안나는 장미 부활절을 가장 좋아했고, 매년 무탈하게 그 축제를 맞이했다. 1860년, 도시는 큰 소동이 일어나 불안해졌다. 밤에는 북소리가 들리고, 파수꾼들이 경보를 울리며, 총 쏘는 소리가 자주 들렸다. 도나 크리스티나의 집에서는, 다섯 명의 구혼자들이 자신들의 열정을 보다 적극적으로 행동으로 드러내고 있었다. 안나는 태연히 깊은 명상 속에서 살며, 집 안팎에서 벌어지고 있는 일들에 대해 알지 못한 채, 기계처럼 정확하게 자기 일을 하고 있었다.

9월에 페스카라 요새가 소개되고, 부르봉 왕가의 민병대가 해산되며, 무기와 짐들이 강물에 던져질 때, 시민들은 자유의 환호성을 지르며 삼삼오오 거리를 오갔다. 안나는 센나멜레 수도원장이 다급히 달아났다는 소식을 듣고, 하나님 교회의 적들이 승리했다고 생각하고는 크게 상심했다.

그 후, 그녀의 삶은 오랫동안 평화롭게 전개되어 갔다. 거북의 등껍질은 폭이 더 늘어나고 더 두꺼워졌으며, 담배는 매년 다시 돋아나서 꽃이 피었다가 떨어졌고, 현명한 제비들은 가을이면 파라오의 땅으로 떠났다. 1865년, 드디어 구혼자들 간의 엄청난 경쟁은 돈 필레노 다멜리오의 승리로 끝나게 되었다. 결혼식은 3월에 거행되었고, 피로연은 엄숙하면서도 흥겨웠다. 카푸친 작은 형제회의 수사인 비토리오와 만수에토가 귀한 음식들을 준비하러 왔다.

이들은 수녀회에 대한 탄압 이후에도 수녀원을 수호하기 위해 남아 있던 두 사람이었다. 수사 비토리오는 혈기왕성한 60대로써, 포도 과즙만 마시면 팔팔해지고 행복해했다. 작은 녹색 띠로 오른쪽 눈의 병을 감추고 있었지만, 왼쪽 눈은 꿰뚫어 보는 듯한 활력으로 반짝거렸다. 그는 어려서부터 약제를 잘 다뤘고, 부엌일에 능숙했기 때문에, 사람들은 축제가 있을 때면 늘 그를 불렀다. 일을 할 때면, 동작이 우악스러워서 넓은 소매 속의 털이 무성한 팔이 보였으며, 입을 움직일 때마다 수염 전체가 움직였고, 목소리는 날카롭게 외치는 듯했다. 수사 만수에토는, 그와는 반대로, 머리가 크고 턱에 염소수염을 기른 야윈 노인이었으며, 그의 누리끼리한 두 눈은 복종심으로 가득 차 있었다. 그는 땅을 경작하고 있었으며 식용 약초를 싣고 집마다 돌아다녔다. 친구를 도울 때도, 그는 한 발로 절뚝거리며 겸손한 자세로, 오르토나 사람들만이 알아듣는 푸근한 사투리로 말했는데, 아마도 성 토마스의 전설을 기억해서 인지, "거시기하네! (Pe' li Turchi!)"를 외치며, 손으로 번들거리는 자신의 머리를 매번 어루만졌다.

안나는 접시, 주방용품, 동기류 배치를 도왔다. 이제 그녀에게 부엌은 수사들의 존재로 뭔가 비밀스럽고 엄숙한 장소가 된 것처럼 느껴졌다. 그녀는 수사 비토리오의 모든 행위를 주의 깊게 관찰하면서, 모든 평범한 사람들이 어떤 탁월한 미덕을 갖고 태어난 사람들 앞에서 느끼는 두려움에 사로잡혔다. 그녀는 특히 그 위대하게 보이는 수사가 자신의 비밀 약품, 즉 자신만 알고 있는 특별한 향을 접시 위에 뿌리며 실수하지 않는 동작에 감탄했다. 그러나 그녀는 수사 만수에토의 겸손함, 온화함, 과하지 않은 농담에 조금씩 마음이 가기 시작했다. 그리고 같은 고향이라는 유대감과 같은 사투리를 쓰는 것에 대한 좀 더 강력한 유대감이 그들의 관계를 더욱 친근하게 하였다.

대화를 하는 동안, 그들의 말에서는 과거의 기억들이 묻어나왔다. 수사 만수에토는 루카 미넬라를 알고 있었고 순례자들 사이에서 프란체스카 노빌레가 사망하던 당시 그는 대성당에 있었다. "참, 거시기했지요!" 그는 시체를 포르타-칼다라에 있는 집까지 옮기는 일까지 도왔고, 죽은 여자가 허리에 노란 비단과 많은 금 사슬을 두르고 있었다는 것도 기억했다....

안나는 슬퍼졌다. 그녀의 기억 속에는, 그 순간까지도, 그때의 일은 혼란스럽고 어렴풋하고 거의 불확실하였으며, 첫 번째 간질 뒤에 아주 오랜 기간 동안 무기력한 상태로 있어서 기억이 희미했기 때문이었다. 그러나 수사 만수에토가 종교적인 이유로 죽은 사람들은 성인들과 함께 살기 때문에 어머니는 낙원에 계신다라고 말했을 때, 안나는 말할 수 없이 기뻤고 어머니의 성스러움에 대한 엄청난 흠모의 정이 그녀의 영혼 속에서 갑자기 솟아오르는 것을 느꼈다.

그리고는, 고향의 여러 장소들을 떠올리며, 그녀는 사도의 대성당, 제단의 모양, 예배당의 위치, 장신구들의 수, 돔의 모양, 성상들의 위치, 구획된 바닥, 창의 색상 등에 대해서 상세하게 이야기를 나누기 시작했다. 수사 만수에토는 인자하게 그녀가 하는 말을 듣고 있다가, 몇 달 전에 오르토나에 있었기 때문에, 그때 본 새로운 것들에 관해 이야기를 해 주었다. 오르소냐 대주교는 보석으로 장식된 귀중한 황금 화병을 교회에 내렸고, 성찬 신심회는 좌석의 나무 부분과 가죽 부분을 모두 바꿨으며, 도나 블란디나 오노프리는 달마티아식 제의복, 영대, 사제 망토, 성직자 가운 등의 의복 전체를 바꿔 주었다고 했다.

안나는 열심히 귀를 기울였고, 새롭게 바뀐 것들을 보고 싶기도 하고 옛것들을 다시 보고 싶기도 해서 심란해졌다. 수사가 말을 마치자, 그녀는 즐겁기도 하고 부끄럽기도 한 마음으로 그를 바라보았다. 5월 축제가 다가오고 있었다. 그들이 갔어야 했을까?

XIII

5월의 마지막 며칠 동안, 안나는 도나 크리스티나의 허락을 받아 축제에 참석할 준비를 했다. 그녀는 거북이 마음에 걸렸다. 두고 가야 할까 아니면 같이 가야 할까? 그녀는 오랫동안 생각을 하다가 결국 거북의 안전을 위해 같이 가기로 했다. 그녀는 옷과 도나 크리스티나가 산타 카테리나 수도원장인 도나 베로니카 몬테페란테에게 보내는 과자 상자와 함께 거북을 바구니에 넣었다. 새벽에, 안나와 수사 만수에토가 출발했다. 안나는 처음부터 발걸음이 가볍고 즐거워했다. 이미 하얗게 센 그녀의 머리칼은 손수건 밑으로 접혀 반짝이고 있었다. 수사는 막대기로 몸을 지탱하며 절뚝거렸고, 빈 배낭이 어깨에서 흔들리고 있었다. 소나무 숲에 이르자, 그들은 처음으로 쉬었다.

5월 아침의 나무들은, 자신들만의 향기에 빠져, 하늘과 바다의 고요함 사이에서 육감적으로 흔들렸다. 나무 줄기에서는 송진이 흘러나오고 있었고, 찌르레기들은 휘파람 소리를 냈다. 생명의 모든 샘은 땅의 변화를 위해 열려 있는 것처럼 보였다.

안나는, 풀밭에 앉아 수사에게 빵과 과일을 주고 중간중간에 먹어가면서, 축제에 대해 이야기하기 시작했다. 거북이는 앞 다리로 바구니의 끝부분에 도달하려고 용을 쓰다가, 겁 많은 뱀 대가리 같은 머리를 내밀더니 주춤했다. 그러다가, 안나가 거북이를 꺼내 놓자, 거북이는 이끼 위에서 도금양 덤불을 향해 보통보다는 빠르게 앞으로 나가기 시작했다. 아마도 어리둥절해져서 자신 속에 존재하고 있었던 원시적인 자유의 기쁨이 솟구치는 것을 느끼는 듯했다. 초록에 둘러싸인 거북이의 등껍질은 더 아름다워 보였다. 수사 만수에토는, 몇 가지 도덕적인 반성을 하면서, 거북이에게 집을 주시고 겨울 동안 잠을 자게 하시는 섭리를 찬양하였으며, 안나는 거북이의 대단한 솔직함과 정직함을 보여주는 몇 가지 사실을 이야기했다. 이어 그녀는 "동물들은 무슨 생각을 할까요?"라고 덧붙였다.

수사는 대답하지 않았다. 둘 다 알 수 없었다. 소나무 껍질에서 한 떼의 개미가 내려와 땅을 가로질러 가며 길게 이어져 있었다. 각각의 개미들은 먹을 것이 될 만한 것의 조각들을 끌고 가고 있었으며, 수 많은 개미는 모두 자기 일을 부지런히 완수하고 있었다. 안나는 그것을 지켜보고 있었다, 그러자, 그녀의 마음속에서는 자신이 어린 시절에 가졌던 순진한 믿음이 떠올랐다. 그녀가 개미들이 땅 밑에 파놓은 놀라운 개미집에 대하여 이야기하자, 수사는 열렬한 믿음의 억양으로 대답했다, "하나님이시여 찬양받으소서!" 둘은 마음속으로 하나님께 경배드리며, 그 위대함을 느끼며 생각에 잠겼다.

그들은 저녁 이른 시간에 오르토나 지역에 도착했다. 안나는 수도원 문을 두드리고 수도원장을 뵙게 해달라고 부탁했다. 안으로 들어서자, 검은색과 흰색의 돌로 포장된 작은 정원과 가운데에 물웅덩이가 있는 것이 보였다. 응접실은 낮았고, 그 주위에 몇 개의 의자가 있었다. 두 개의 벽은 격자로, 다른 두 개는 십자가와 성상들로 채워져 있었다. 안나는 그곳에 가득한 엄숙한 평화에 바로 존경심을 느끼게 되었다. 베로니카 수녀가 갑자기 격자 너머로 나타났다. 그녀는 키가 크고 수도원의 습관을 엄격하게 지키는 사람이었다. 안나는 마치 초자연적인 유령을 보기라도 한듯이, 말할 수 없을 정도로 놀랐다. 잠시 후, 그녀는 수도원장의 친절한 미소에 마음이 놓여, 간단히 메시지를 전달하고 상자를 회전식 문의 공간에 넣고 기다렸다. 베로니카 수녀는 아름다운 사자 같은 눈으로 그녀를 바라보며, 상냥하게 그녀 곁으로 다가왔다. 수녀는 그녀에게 성모상을 주었고, 자리를 뜨면서 창살 밖으로 키스하라고 자신의 고상한 손을 내밀고는 사라졌다.

안나는 떨리는 마음으로 밖으로 나왔다. 그녀가 현관을 지나갈 때, 지하 예배당에서 나오는 듯한 아주 규칙적이고 감미로운 노래, 호칭 합창 소리가 그녀의 귀에 닿았다. 정원을 통과할 때, 그녀는 왼쪽 벽 꼭대기에 오렌지가 열린 나뭇가지를 보았다. 다시 길을 나서자, 마치 축복의 정원을 떠나온 듯하였다.

이후, 그녀는 그녀의 친척들을 찾으려 동쪽 길로 향했다. 낡은 집의 문간에, 모르는 여자가 문기둥에 기대어 서 있었다. 안나는 수줍어하면서 다가가서는, 프란체스카 노빌레의 가족 소식을 물었다. 여자는 말을 끊더니 물었다. "왜 그러시죠? 이유가 뭐죠? 원하는 게 뭐죠?" 목소리는 거칠었고 표정은 조사하는 듯했다. 안나가 옛날 일을 말하자, 들어오라고 했다.

친척들은 거의 모두 죽었거나 다른 곳으로 갔다고 했다. 그 집에는, 스브렌도레의 딸을 두 번째 아내로 맞이한, 늙고 한때 부자였던 밍고 삼촌이 비참한 상태로 그녀와 함께 살고 있었다. 노인은 처음에는 안나를 알아보지 못했다. 그는 빨간 천이 너덜너덜해진 낡은 교회 의자에 앉아 있었다. 팔걸이에 올려놓은 손은 통풍으로 흉물스럽게 뒤틀린 채 커져 있었고, 그의 발은 반복적으로 땅을 때리고 있었으며, 그의 목과 팔꿈치, 무릎의 근육들은 계속되는 중풍성 떨림으로 흔들리고 있었다. 그는 안나를 가만히 바라보면서, 염증이 생긴 눈꺼풀을 힘겹게 열었다. 드디어, 그가 그녀를 기억했다.

안나가 자신의 경험을 설명하기 시작하자, 스브렌도레의 딸은 돈 냄새를 맡더니, 마음속으로 돈을 갈취하려는 희망을 품기 시작했고, 이런 희망으로 그녀의 표정은 점점 유순해졌다. 안나가 이야기를 별로 하지도 않았는데, 스브렌도레의 딸은 그녀에게 하룻밤 묵고 가라고 권하면서, 그녀의 옷 바구니를 잡아서 내려놓고는, 거북이도 잘 보살펴 주겠노라고 약속을 했다. 또 병약한 남편과 비참한 자신의 집에 대해서 눈물을 섞어가며 죽는소리를 해댔다. 안나는 마음속 깊이 너무 애처롭게 생각하면서 밖으로 나왔다. 그녀는 교회의 종탑을 향해 해안을 따라 올라갔다. 교회가 가까워지자 그녀는 점점 불안해했다.

파르네세 궁전 주변에는 사람들이 파도처럼 몰려 있었다. 햇빛 속에 장엄하게 보이는 인물상으로 장식된 그 거대한 봉건 유적지는 금방 눈에 띄었다. 안나는 성의와 지역 특산물을 만드는 은세공인들의 좌판 옆을 따라 사람들 속을 통과하여 지나갔다. 전례 용품들이 모두 반짝이며 전시되고 있는 것을 보자, 그녀의 마음은 기쁨으로 넉넉해졌고, 그녀는 마치 제단 앞에 있을 때처럼, 각 좌판 앞에서 성호를 그었다. 밤이 되어 그녀가 교회 문에 도착하여 의례 찬가를 들었을 때, 그녀는 더 이상 기쁨을 억누를 수가 없었고, 거의 후들거리는 발걸음으로 강단까지 나아갔다. 그녀의 무릎은 아래로 구부러졌고 그녀의 눈에는 눈물이 솟아 나왔다. 그녀는 촛대, 장식물, 제단 위의 모든 물품을 바라보며 그곳에 서 있었는데, 아침부터 아무것도 먹지 않아서 현기증이 났다. 이것이 커다란 약점이 되어 신경은 날카로워지고, 영혼은 움츠러들어 거의 사라지는 게 아닌가 싶을 정도였다. 그녀의 위, 중앙 회중석을 따라 늘어선 유리 램프들은 불의 삼중관을 형성했다. 멀리 성막 옆면에서는 네 개의 단단하고 굵은 양초들이 타고 있었다.

XIV

축제의 닷새 동안, 안나는 이른 아침부터 문이 닫히는 시간까지 교회 안에서, 자신의 감각에는 행복한 무기력감을, 영혼에는 겸손으로 가득 찬 기쁨을 심어주는 그 따뜻한 공기를 들이마시며 아주 독실하게 살았다. 식사, 장궤, 배례, 모든 규약, 끊임없이 반복되는 의식적 동작들이 그녀의 감각을 무디게 했다. 향의 연기로 그녀는 땅을 볼 수가 없었다.

한편 스브렌도레의 딸 로사리아는, 거짓말로 죽는소리를 하고 중풍에 걸린 노인의 비참한 모습으로, 그녀의 동정심을 유발시켜 이득을 챙겼다. 그녀는 원칙도 없고, 사기를 너무 잘 치며, 방탕에 빠져있었다. 그녀의 얼굴 전체에 물집이 나 있었고, 붉은 안색에 사행성 피부병에도 걸려 있었으며, 머리도 하얗고, 배도 나와 있었다. 둘 다 똑같이 부도덕하고 중풍도 얻은 그 부부는 폭음하며 흥청거리다가 재산을 금방 날렸다. 비참한 상태에서 궁핍한 생활로 악랄해지고, 포도주와 독주에 대한 갈증으로 타오르며, 노령에 따른 여러 가지 질환으로 인해 괴로움을 당하고 있던 두 사람은 자신들의 오랜 죄에 대해 이제 값을 치루고 있는 중이었다.

자발적이고 즉흥적으로 자선을 베풀던 안나는, 자신의 귀걸이, 두 개의 금반지, 산호 목걸이와 자선을 하려고 간직했던 모든 돈과 필요 없는 옷가지 등을 로자리아에게 주고 앞으로 더 많이 지원하겠다고 약속했다. 그런 다음, 그녀는 바구니에 거북이를 넣고 수사 만수에토와 함께 페스카라에서 왔던 길을 되돌아갔다.

걸어가면서 오르토나의 집들이 멀어지자, 커다란 슬픔이 그 여인의 영혼에 내려앉았다. 노래하는 순례자들의 무리들이 다른 방향으로 지나가고 있었고 단조롭고 느린 그들의 노래는 오랫동안 공중에 맴돌았다. 안나는 그들에게 귀를 기울였다. 그들과 합류하고, 그들을 따르고, 성역에서 성역으로, 나라에서 나라로 순례하면서 모든 성인의 기적, 모든 유물의 진귀함, 모든 성모 마리아상들의 은혜를 칭송하면서 살고 싶은 어떤 강력한 열망이 그녀를 끌어 당겼다.

"저 사람들은 쿠쿨로로 가네요," 라고 수사 만수에토가 먼 곳을 가리키며 말했다. 두 사람은 뱀에게 물리지 않도록 사람들을 보호하고 애벌레로부터 씨앗을 보호한 성 도메니코에 관해 이야기하기 시작했다. 그러다가 그들은 수호성인들에 대해서 말을 이어갔다. 분야라의 리보 다리 위에서는, 과일을 실은 말과 노새 사이로, 100대 이상의 마차들이 '백설의 성모마리아 상'으로 행진하고 있었다.

신도들은 머리에 감송향 화환을 쓰고, 밀가루 반죽을 묶은 끈을 어깨에 메고, 자신의 말을 타고 와서는 곡식 선물을 성상의 발밑에 놓았다. 비센티에서는 많은 젊은이들이 머리에 곡식 바구니를 이고, 더 큰 바구니는 당나귀에게 짊어 지우고 길을 따라 이끌면서 '천사들의 성모 마리아 교회'에 들어가서는, 노래를 부르며 곡식들을 바쳤다. 토리첼라 펠리그나에서는, 장미 면류관과 장미 화환을 쓴 남자와 아이들이 삼손의 발자국들이 있는 절벽의 '장미의 성모 마리아상'까지 순례했다. 로레토 아펜티노에서는, 1년 내내 잘 자란 풀을 먹고 살찐 흰 소가 행렬에 참여해, 성 조피 토상 뒤를 따라갔다. 붉은 천이 소의 등을 덮여 있었고 한 아이가 그 위에 올라앉아 있었다. 신성한 황소가 교회에 들어와서 먹은 것을 배설해놓으면, 신도들은 김이 모락모락 나는 배설물을 보고 앞으로의 농사를 예언했다.

안나와 수사 만수에토가 그런 종교적 관습에 관해 이야기하는 동안, 그들은 알렌토 입구에 도착했다. 봄의 시냇물이 아직은 꽃이 피지 않은 푸른 이파리들 사이로 수로를 따라 흐르고 있었다. 수사는 '면류관을 쓴 하느님의 성모 마리아 성소'에 대해서 말했는데, 그곳은 성 요한 축제를 위해 신자들이 머리에 넝쿨로 만든 화관을 쓰고 밤에는 기지오강으로 가서 아주 즐겁게 목욕하는 곳이라는 것이다.

안나는 강을 건너기 위해 신발을 벗었다. 그녀는 이제 모든 것, 나무, 풀, 동물, 가톨릭 관습이 신성시해온 모든 것들에 대해 한없는 자애 깊은 숭배를 그녀의 영혼으로 느꼈다. 그녀의 무지와 단순함의 깊은 곳에서 우상숭배의 본능이 잠에서 깨어났다.

그녀가 돌아온 지 몇 달 후, 콜레라가 지역에 유행병처럼 발생했고 사망률은 엄청났다. 안나는 가난한 병자들을 보살폈다. 수사 만수에토가 사망했다. 안나는 그의 죽음을 매우 애통해했다. 1866년, 축제가 다시 열리자, 매일 밤 꿈속에서 성 토마스가 나타나 그녀에게 떠나라고 하자, 그곳을 떠나, 영원히 고향으로 돌아가고 싶어 했다. 그래서, 그녀는 거북이와 옷과 저축한 돈을 들고, 울면서 도나 크리스티나의 손에 입 맞추고, 시주 수녀 두 명과 수레에 올라 그곳을 떠났다.

오르토나에서 그녀는 중풍 걸린 삼촌의 집에서 살았다. 그녀는 밀짚 자리 위에서 잠을 잤고 빵과 야채만 먹었다. 그녀는 놀라운 열정으로 교회의 관행을 이어가느라 하루의 모든 시간을 바쳤으며, 점차 기독교의 신비를 묵상하고, 상징을 숭배하고, 낙원을 상상하는 것 외의 모든 능력을 잃어 갔다. 그녀는 하나님의 너그러움에 깊이 빠져 있었으며, 성직자들이 항상 같은 동작과 같은 말로 시현하는 신성한 열정에 완전히 에워싸여 있었다. 그녀는 단 하나의 언어만을 이해했고, 그녀에게는 단 하나의 감미롭고 엄숙한 피난처가 있을 뿐이었다. 그곳에서, 그녀의 마음은 경건하고 안전하게 평화 속에서 넓어지고, 그녀의 눈은 형언할 수 없는 감미로운 눈물로 젖어 들었다.

그녀는 예수님의 사랑 때문에 가정의 불행을 겪었지만, 온화하고 순종적이었으며, 한탄도 책망도 위협도 하지 않았다. 로자리아는 그녀의 저축에서 조금씩 조금씩 돈을 뜯어내고, 그녀에게 음식도 주지 않고, 그녀를 혹사하며, 심하게 욕하고, 계속해서 사납게 거북이를 못살게 굴기 시작했다. 늙은 중풍 병자는 계속해서 약간 쉰 목소리를 내며, 입을 벌리면 혀가 떨리고 계속해서 침을 흘렸다. 어느 날, 그의 욕심 많은 아내가 그 앞에서 술을 마시면서, 그가 술을 마시지 못하게 술잔을 들고 달아나자, 그는 있는 힘을 다해 의자에서 일어나서는, 후들거리는 다리와 반복적으로 흔들거리는 발로 땅을 디디면서 그녀 쪽으로 걸어가기 시작했다. 갑자기 동작이 빨라지고, 몸을 앞으로 구부리더니, 마치 저항할 수 없는 충동에 내밀리는 것처럼 잰걸음으로 깡충깡충 뒤를 쫓아가서는, 계단의 가장자리에서 얼굴을 밑으로 해서 떨어지고 말았다.

XV

그 후, 어려움에 부닥치게 된 안나는 거북이를 데리고 도나 베로니카 몬테페란테에게 도움을 청하러 갔다. 그 가엾은 여인은 이미 수도원을 위해 여러 가지 봉사를 했기 때문에, 수도원장은 그녀를 불쌍히 여겨, 그녀에게 평수녀 업무를 맡겼다.

안나는 지시받지는 않았지만, 검은 튜닉, 깃, 흰색 챙이 넉넉한 두건 등의 수녀 복장을 하고 있었다. 그런 복장을 하자, 그녀는 자신이 성화 되는 것처럼 느껴졌다. 수녀 복장을 한 지 얼마 되지 않았을 때, 바람이 불어 그녀 머리 주위의 챙이 퍼덕거리며 날개 같은 소리를 내자, 그녀는 갑자기 피가 멈춘 듯이 몸서리를 쳤다. 또한, 햇빛을 받는 챙이 그녀의 얼굴에 눈처럼 하얀빛을 얼굴에 반사했을 때, 갑자기 신비한 광선이 자신을 비추는 것처럼 느꼈다.

시간이 지날수록, 그녀의 황홀경은 더욱 잦아졌다. 백발의 처녀는, 천사의 노래, 멀리서 울려 퍼지는 오르간 소리, 다른 사람들 귀에는 들리지 않는 소음과 목소리들로, 시시때때로 황홀해했다. 어둠 속에서, 그림 속 인물들이 빛을 밝히며 등장했고, 낙원의 냄새로 그녀는 정신을 차리지 못할 정도였다.

그래서 신성한 공포 같은 것이, 어떤 신비로운 힘을 갖고, 초자연적인 사건이 임박한 것처럼, 수도원 전체에 퍼져나가기 시작했다. 그녀의 상태가 걱정스러워서 그녀는 노역과 관련된 모든 의무에서 해방되었다. 그녀의 상태, 말, 시선, 모든 것이 미신과 연관되어서 관찰되고 회자되었으며, 그녀의 신성함에 대해 사람들은 입방아를 찧기 시작했다.

서기 1873년 2월 1일, 동정녀 안나의 목소리는 유난히 쉰 소리가 나며 깊어졌다. 그러다가, 그녀의 언어 능력이 갑자기 사라졌다. 수녀들은 그녀가 갑자기 벙어리가 된 것을 보고 공포에 싸였다. 모든 사람들은 그녀 주위에 서서, 그녀의 황홀경에 빠진 듯한 태도, 말을 못 하는 입의 어렴풋한 움직임, 가끔 눈물이 흘러넘치는 움직이지 않는 눈을 신비로운 두려움 속에서 바라보았다. 오랜 금식으로 지치고 아픈 듯한 여자의 얼굴은 거의 상아처럼 순결했고, 동맥의 세밀한 부분까지 볼 수 있을 듯했으며, 동맥들이 아주 선명하게 튀어나와 끊임없이 팔딱거리고 있어서, 그렇게 눈앞에서 피가 팔딱거리는 것을 보고 있는 수녀들은, 마치 피부를 벗겨낸 시체를 보고 있는 듯이, 공포에 사로잡혔다.

성모 마리아 달이 다가오자, 수도회 사람들은 즐거운 마음으로 부지런하게 예배당을 꾸미기 시작했다. 그들은 장미꽃들이 활짝 피고 오렌지들이 열린 회랑 정원 전체에 흩어져, 5월 초 수확물들을 모아 제단 아래에 두었다. 평소의 평온함을 되찾은 안나도, 다른 사람들처럼, 경건한 일을 돕기 위해 내려왔다. 그녀는 종종 몸짓으로, 전혀 말을 못 하는 자신의 생각들을 전달했다. 주님의 모든 신부들은 태양 아래에 서성이며 향기가 가득한 샘들 사이를 걸었다. 정원의 한쪽에는 문이 있었다. 향기가 순결한 그녀들의 영혼 속에 숨어 있는 생각들을 일깨우듯이, 두 개의 아치 아래를 뚫고 들어온 태양빛은 회반죽에서 비잔틴의 금가루들을 반짝이게 했다.

예배당은 첫 기도의 날을 위해 준비되었고, 의식은 저녁 예배 후에 시작되었다. 한 수녀가 오르간에 올랐다. 곧이어, 오르간으로부터 울부짖는 듯한 예수 수난곡이 사방에 퍼지자, 모든 사람이 이마를 숙이고, 향로에서는 재스민의 연기가 새어 나오고, 꽃으로 만든 면류관들 사이로 촛불의 불꽃이 흔들리고 있었다. 다음, 찬송가와 상징적 호칭과 절실한 기원으로 가득한 호칭 기도가 이어졌다. 찬송가 소리와 기도 소리에 점점 힘이 가해지면서, 안나는 갑자기 거대한 백열 상태에 빠져 소리를 질렀다. 이적을 맞이한 그녀는, 뒤로 넘어져 팔을 흔들며 일어나려고 하였다. 호칭 기도가 멈췄다. 몇몇 수녀들은 거의 겁에 질려 순간 움직이지도 못하고 있었으며, 다른 수녀들은 쓰러진 안나를 일으키려고 하였다. 기적은 아주 밝고, 지고하고, 예상치 못하게 나타났다.

그러다가, 조금씩 혼미하고 불분명하게 중얼거리기도 하고, 이러지도 저러지도 못하는 상태에서 끝도 없이 기뻐하기도 하며, 시끌벅적하게 찬양하는 합창 소리가 들리면서, 술에 취했을 때처럼 약간 졸린 상태가 이어졌다. 여전히 기적의 황홀경에 빠져 무릎을 꿇고 있었던 안나는 주변에서 무슨 일이 일어나고 있는지 의식하지 못했다. 그러나 더 열정적인 찬송가가 다시 시작되자, 그녀도 노래를 불렀다. 그녀의 노랫소리는, 합창 소리가 작아 지면서, 간간히 들렸다. 신자들이 하느님의 은혜로 회복된 목소리를 듣기 위해 힘을 빼고 목소리를 냈기 때문이었다. 노래를 부르고 있는 그녀는 때때로 달콤한 발삼향을 내뿜는 황금 향로가 되기도 하고, 밤낮으로 성소를 비추는 등불이며, 하늘의 양식을 담는 항아리요, 꺼지지 않고 타오르는 불꽃이고, 가장 아름다운 꽃들이 만발한 이새의 그루터기였다.

이후 이 기적의 명성은 수도원에서 오르토나 전역과 그 지역과 인접한 모든 곳으로 퍼졌고, 퍼지면 퍼질수록 그 명성은 커졌다. 그래서 이제 수도원은 큰 존경을 받는 곳이 되었다. 장엄한 도나 블란디나 오노프리는 예배당의 성모마리아에게 양단으로 장식된 은 조끼와 스미르나 섬에서 가져온 희귀한 청록색 목걸이를 바쳤다. 다른 오르토나 여인들은 다른 작은 선물들을 바쳤다. 오르사냐의 대주교는 행렬을 이끌고 축하 방문을 하였으며, 순수한 삶을 살아서 하늘의 선물이 부끄럽지 않을 안나와 웅변조의 말들을 나눴다.

1876년 8월에 새로운 기적들이 또 일어났다. 허약해진 안나는, 저녁 예배가 다가올 때쯤, 몸이 뻣뻣해지면서 갑자기 황홀경에 빠져 쓰러지더니, 시간이 잠시 흐르자 벌떡 일어섰다. 일어서는 언제나처럼 같은 자세를 유지하면서, 신비한 영감으로 절박해진 듯, 처음에는 천천히 말을 하다가 점점 더 빨라지기 시작했다. 그녀의 말은 이전에 알고 있던 단어, 구, 전체 문장들 여러 가지를 뒤섞인 것에 불과했다. 이제 그것들이 그녀의 무의식 속에서 단편적으로 맥락도 없이 흘러나오고 있는 것이었다.

그녀는, 음절들을 이상하게 결합한 것, 거의 들리지 않는 노래의 화음들, 궁정 형식, 성서 용어에서의 과장법 등을 자신이 태어난 곳의 사투리와 섞어 반복했다. 그러나 그녀의 목소리가 심오하게 떨리고, 갑작스럽게 억양을 바꾸고, 어조를 번갈아 가며 낮추거나 올리는 모습, 황홀경에 빠진 사람이 보여주는 영성, 그 순간의 신비가 그녀를 지켜보고 있던 모든 사람들에게 깊은 인상을 주는 데 한몫했다.

이런 일들이 주기적으로 규칙적으로 매일 반복되었다. 예배당에서의 저녁 예배 때, 사람들은 등불을 켜고, 수녀들은 원을 그리며 무릎을 꿇고 신성한 의식을 시작했다. 쇠약해진 안나가 다시 황홀경에 빠지자, 오르간의 아련한 전주곡이 신도들의 영혼을 더 높은 차원으로 끌어올렸다. 높은 곳에 매달린 등불의 산란한 빛은 불안하게 깜박거리며 사물들에게 서서히 사라지는 감미로움을 주는 듯했다. 어느 시점에서 오르간의 소리가 멈추자, 안나는 숨을 깊이 쉬면서 팔을 쭉 뻗었는데, 쇠약해진 손목에서는 힘줄들이 악기의 현 처럼 떨리고 있었다. 그러더니, 갑자기 안나는 벌떡 일어나서 팔짱을 끼고 세례당의 여인상 기둥같은 자세를 잡았다. 그녀의 목소리는 달콤했다가, 애처롭기도 하고, 차분하게 고요함 속에서 울려 퍼졌지만, 거의 알아들을 수가 없었다.

1877년 초, 이런 발작의 빈도가 줄어들어 일주일에 두세 번 발생하다가, 완전히 사라지기는 했지만, 몸 상태는 비참할 정도로 약해졌다. 그 후로 몇 년이 흘렀다. 그 가련하고 정신이 온전하지 못한 여자는 근육 경련으로 팔다리가 마비되어 끔찍한 고통 속에서 살았다. 그녀는 더 이상 자신의 몸을 씻을 수도 없었고, 부드러운 빵과 약간의 야채만 먹었으며, 목과 가슴에 많은 작은 십자가, 유물, 형상들을 걸고 있었다. 그녀는 이빨도 없이 더듬거리며 말을 했고, 머리칼은 빠져 있었으며, 눈은 이미 죽어가는 늙은 말의 눈처럼 게슴츠레해져 있었다.

여전히 고통을 겪고 있던 5월의 어느 날, 수녀들이 성모 마리아를 위해 장미를 모으고 있을 때, 그녀는 대문 아래에 있었는데, 평화롭고 천진하게 보이는 거북이 그녀 앞을 지나 회랑 정원을 가로질러 가고 있었다. 그 늙은 여자는 거북이 움직이는 것을 보더니 조금씩 뒤로 물러났다. 거북을 보고도 그녀의 마음속에는 아무 기억도 떠오르지 않았다. 거북은 백리향 속으로 사라졌다.

그러나 수녀들은 그녀의 정신이 온전하지 못한 것과 병약함이 순교의 지고한 증거 중 하나이며, 주님께서 선택받은 자들을 부르셔서 나중에 낙원에서 그들을 거룩하게 하고 영광스럽게 하기 위함이라고 생각했다. 그래서 수녀들은 존경과 보살핌으로 그녀 주변에 모여 있었다.

1881년 여름, 죽음이 다가오는 징후가 나타났다. 진이 다 빠지고 불구가 된 비참한 몸은 더 이상 인간의 몸 같지 않았다. 서서히 변형이 생겨 팔의 관절을 못 쓰게 만들었고, 사과만한 종양이 옆구리와 어깨, 머리 뒤쪽에 튀어 나와 있었다.

9월 10일 아침 8시경, 땅이 흔들려 오르토나가 기초부터 흔들렸다. 많은 건물들이 붕괴하고 다른 건물들의 지붕과 벽은 금이 갔고,

또 다른 건물들은 기울어지고 뒤틀렸다. 오르토나의 모든 선한 사람들은 울고, 부르짖고, 기도하고, 성인들과 성모님을 간절히 찾으며, 더 큰 위험을 두려워하면서 문밖으로 나와 산 로코 평원에 모였다. 수녀들은 공황 상태에 빠져, 회랑에서 거리로 뛰쳐나와, 안전한 곳을 찾으려고 무진 애를 쓰고 있었다. 수녀 4명이 안나를 식탁 위에 실어 나르며, 모든 수녀들은 다치지 않은 사람들이 모여 있는 평원으로 향했다.

그들이 도착해 사람들의 눈에 띄자, 수녀들의 존재가 길조라고 여겨서, 사람들은 너나 할 것 없이 마음에서 우러나서 소리를 질렀다. 사방에는 병자, 노약자, 포대기를 두른 아이, 공포로 넋이 나간 여인들이 누워 있었다. 아름다운 아침 햇살이 바다의 거친 파도와 포도원을 내리쬐고 있었다. 아래쪽 해안을 따라 선원들은, 숨을 헐떡거리며 쉰 목소리로 아내들을 찾아 뛰어다니고, 아이들의 이름을 불러댔다. 또한, 칼다라에서 양 떼와 소 떼를 몰고 온 목동들과, 거위 떼를 몰고 온 여자들, 마차들이 도착했다. 모두 혼자 있는 것을 두려워했고, 사람들과 짐승들은 소란이 벌어지자 동료가 된 듯하였다.

안나는 올리브 나무 아래 땅에 누워, 죽음이 임박했다고 느끼면서 약한 소리로 중얼거리며 안타까워했다. 왜냐하면 그녀는 성찬 없이 죽고 싶지 않았기 때문이었다. 그녀 주변의 수녀들은 그녀를 위로하였고, 다른 사람들은 그녀를 경건하게 바라보았다. 그런데 갑자기 포르타 칼다라로부터 사도의 형상이 오고 있다는 소식이 사람들 사이에 퍼졌다. 희망이 되살아나고 감사의 찬송이 하늘까지 울렸다. 멀리서 예상치 못하게 뭔가 번쩍이는 것이 어른거리자, 여인들의 눈에는 눈물이 가득 고이고, 헝클어진 머리로 찬송가를 읊조리면서 무릎을 꿇었다. 그리고는 무릎을 꿇은 채 섬광을 향해 기어가기 시작했다.

안나의 고통은 극심해졌다. 두 수녀의 부축을 받으며 그녀는 기도 소리를 들었고 발표도 들었다. 아마도 그녀는 마지막 환상 속에서 사도가 다가오는 것을 봤던 것 같다. 왜냐하면 그녀의 푹 꺼진 얼굴 위로 기쁨의 미소가 스쳐 지나갔기 때문이다. 그녀의 입술에

서너 개의 침 거품이 생기고, 그녀의 몸이 심하게 떨리더니 눈에 보일 정도로 몸 끝까지 떨리는 것이 보였다. 맑은 핏빛의 눈꺼풀이 감기면서 머리가 어깨에 떨어졌다. 그렇게 동정녀 안나는 마침내 숨을 거두었다.

번쩍이는 것이 우러러보던 여자들에게 조금 더 가까이 다가오자, 관습에 따라 금속 장식을 등에 균형을 맞춰 지고 가던 나귀의 형태가 양 빛 속에서 빛나고 있는 것이 보였다.

끝